# 白豚貴族ですが前世の記憶が生えたのでひよこな弟育てます

III

やしろ

TOブックス

JN073031

## story

前世の記憶が生えたことで鳳蝶は、弟レグルスを本邸に住まわせ教育を受け持つことに。神々や大人たちに助けられながら、豊かな地を弟に譲るため、目下廃れた領地をコツコツと改革中。領内に産業を興すため会社 Effet・Papillon を設立した。

## characters

**菊乃井伯爵家**

### レグルス

鳳蝶の母親違いの弟。四歳。好きなものは、にぃに。母方の実家で育てられたが、実母が病死。現在は、菊乃井家で鳳蝶の庇護の下で暮らしている。

### 鳳蝶《あげは》

主人公。麒鳳帝国の菊乃井伯爵家の嫡男。六歳。前世の記憶から料理・裁縫が得意。成長したレグルスに殺される未来の映像を見るも、その将来を受け入れている。

### 宇都宮アリス

メイド。レグルスのお守役として菊乃井家にやってきた少女。

### ロッテンマイヤー

メイド長。鳳蝶の乳母的な存在。愛情深いが、使用人の立場をわきまえて鳳蝶には事務的に接している。

### 鳳蝶の父

（名前不明）

菊乃井伯爵家の現当主だが、菊乃井家本宅には寄り付かない。レグルスの養育費を捻出するため、事業経営の道を模索中。

### 鳳蝶の母

（名前不明）

菊乃井伯爵家夫人であるが、従僕を連れ別邸住まい。

# 菊乃井家を取り巻く顔ぶれ

## アレクセイ・ロマノフ

鳳蝶の家庭教師。長命のエルフ族。帝国認定英雄で元冒険家。鳳蝶に興味を惹かれ、教師を引き受けている。

## 百《ひゃっ》華《か》公《こう》主《しゅ》

大地の神にして、花と緑と癒しと豊穣を司る女神。六柱の神々の一人。鳳蝶の歌声を気に入り、兄弟を目にかけている。

## ヴィクトル・ショスタコーヴィッチ

麒凰帝国の宮廷音楽家。エルフ族。アレクセイの元冒険者仲間。鳳蝶の専属音楽教師。

## イラリオーン・ルビンスキー（イラリヤ・ルビンスカヤ）

通称ラーラ。エルフ族。男装の麗人。アレクセイ、ヴィクトルとは元冒険者仲間。

## 奏

菊乃井家の庭師・源三の孫。この世界においては、鳳蝶の唯一の親友。

## イゴール

空の神にして技術と医薬、風と商業を司る神。六柱の神々の一人。鳳蝶に興味津々。

## 氷《ひょう》輪《りん》

月の神にして夜と眠り、死と再生を司る神。鳳蝶の語るミュージカルに興味を持っている。

contents

イラスト　keepout
デザイン　團 夢見（imagejack）

# 久しき薫風

冬来りなば春遠からじとは、誰の言葉だったか。

雪深い菊乃井も二月の終わりになれば、それなりに風も微温《ぬる》んでくる。

相も変わらず日々は忙しくて、本当に人手不足で辛いなか、その吉報が入ったのは、足繁く通ってくださる氷輪《ひょうりん》様からだった。

氷輪様——死と再生を司る神様は、私・菊乃井《きくのい》伯爵家のみそっかす長男鳳蝶《あげは》のやることなすことが面白いらしく、夕食後の僅かな一時、二日に一回くらいお話しに来てくださってるんだよね。

曰く、三の月の中旬に強い春風が吹く。それに乗って百華が久々に地上に降りる、と。

『屋敷の者には早々に箝口令《かんこうれい》を敷くがいい』

「何故ですか?」

『昨年の春から冬にかけて、この屋敷の庭に百華が居座っていたせいで、ここは百華の神殿のようなものと認識されている。だから草花も動物も精霊も、百華に関わりあるものは並べてこの地にくるはずだ。そうなれば植えてもない花が庭に咲くし、なんなら花びらだけでも飛ばすものもあろう。庭がおかしな有り様になるのだ。家人には無闇に騒がぬよう伝えておかねば、お前が要らぬ耳目《じもく》を集めるぞ』

なるほど。

庭が花だらけになるのは構わないけど、騒がれるのはちょっと困るな。

教えに素直に頷くと、氷輪様が目を細める。そして少し迷うように手を出したり引っ込めたりしつつ、私の肩より長くなってきた髪に触れた。

『百華が帰ってきても、訪ねてよいか？』

「はい、勿論」

『朝も夜も神と会うなど、お前の負担にはなっていないのか？』

「いいえ。だって私は訪ねて下さるのを待つだけですもの。他に何かしている訳ではありませんし」

『そうか』

鷹揚《おうよう》に返す氷輪様の姿は、ここ最近は腰まで伸びた銀髪に蒼銀の瞳、ビロードの質感も艶《なまめ》かしい蝶の羽の模様が織られた黒いマントに、同じ色の肋骨服で固定されている。

どうやら、その姿が気に入っているらしい。

ただ私がその姿に、オペラ座の怪人を想像してしまったりするから、顔の片側を覆う仮面を身につけておられることも。

それはそれで面白いと、楽しんで下さってるようではある。

いかん、話が逸れた。

お戻りになる姫君に、お預かりした懐刀《ふところがたな》をお返ししなければ。

それから、この冬から春にかけて何がどれだけ出来るようになったか、少しだけでもお見せしたい。

意気込む私の心の声を聴いたのだろう、氷輪様が口許を僅かに上げる。

『士別れて三日なれば、即ち更に刮目して相待すべし、か』

「それは……え？　この世界に『三国志』ってあるんですか？」

『その『三国志』とはなんだ。後で教えろ。……いや、イゴールのところの小僧が言っていたらしい』

イゴール様のところの小僧とは、次男坊さんのことだろう。

次男坊さん、そういうの好きなひとだったのかしら。

この国にも戦記っぽいのはあるみたい。

吟遊《ぎんゆう》詩人が語るのは英雄の恋と栄枯盛衰だもんね。そりゃあるわな。

そんな訳で、その日の夜は三国志談義で更けていった。


それからの日々はやはり忙しく、イゴール様経由で「初心者冒険者に与える書」の完成のための取引が。

親に私達が何をしているか知られれば取り上げられかねないからって、神様を使い走りにするのは本当に気が引けるんだけど、そう思うのは私だけだそうで。

「アイツは僕のことを共同経営者か何かだと思ってるよ。君に比べたら、実に雑な扱いをしてくるんだから」

「うへぇ……心臓に毛が生えた人なんですか」

「うーん、一回死んだんだから二度死ぬのも同じって言ってたかな。前世の記憶が残り過ぎてて、あんまりこっちの世界に執着がないんだよ。両親とも仲が良くないし、兄弟だって妹以外は有象無象《うぞうむぞう》だって言ってたし」

「それは、余り良い傾向ではないような……」

「まあ、それも最近変わってきたよ。君の手紙を心待ちにしてる」

生きるための縁《よすが》は必要だと思うから、そういうモノになれてるなら、それはそれでよいんだけど。

やっぱり私の様にオールリセットからの「あるぇ？」って思い出した人間より、前世の人格を保ったまま生まれ変わるのとでは大分違いがあるんだろう。

Effet・Papillon《エフェ・パピヨン》から出せる冒険者の服セットをイゴール様にお渡しすると、彼から預かったと言うドワーフの見習い鍛冶師の武器とアクセサリーを渡される。

見習いとは言えドワーフのそれは、人間の見習いとは雲泥《うんでい》の差があって。

人間の一人前の鍛冶師がドワーフの郷にいくと、半人前どころか三分の一人前扱いされることもしばしばだとか。

つまり初心者冒険者には破格のブツなのだ。

本来なら自らの技に誇りを持つドワーフは、見習いの品を売ったりはしない。しかし、それを次男坊さんが「沢山の初心者冒険者の命を守るためだ」と、肉体言語込みで話し合って売り物にしたのだとか。

種族的に物理防御力最高を誇るドワーフと、肉体言語で語り合うとか、次男坊さんかなり強いんじゃないのかしら。

ちなみに、この世界でもドワーフとエルフって、余り仲良くないみたい。

だけどラーラさんとロマノフ先生としては「酒癖さえなんとかなったら、同族より付き合いやすい」そうで、ヴィクトルさんから言わせれば「確かに悪いやつらじゃないけど、酒癖の最悪さで台無し」なんだそうな。

この辺はもう相性問題だよね。

私も酒癖悪いのはちょっと遠慮したいかな。


閑話休題。

「次の取引の頃には百華も帰ってきてると思うよ」と言う言葉を残して、イゴール様は去っていかれた。

んで、折角取引成立した訳だし、試験運用第一号にローランさんの許可も貰って星《エストレージャ》の三人になってもらうことに。

彼ら三人とロマノフ先生と私 with タラちゃんで、件《くだん》のダンジョンに潜ってみたんだけど、まあ驚いた。

ちゃんと三人とも強くなってるの。

いや、修行させてるんだから強くなってもらわなきゃ困るんだけど、なんと三人だけで初心者冒険者と中級冒険者を隔てる階層のボスに勝っちゃったんだよ。

ロマノフ先生に出番はないし、私も付与魔術使う暇もないし、タラちゃんだけはお零れの階層ボスの巨大ミミズだったモノを食べてご満悦で。

そこからの階層もちょっと苦労したけど、ボスのいる階層までは手伝わないでも何とか踏破できた。

ボスの巨大シロアリだけは私の付与魔術とタラちゃんの加勢があったくらい。

具体的に何をしたかと言うと、私が付与魔術で俊敏と防御力と攻撃力を物理・魔術両面で上げておいて、タラちゃんが糸をトリモチがわりにしてシロアリの足留めをしただけ。後は三人でタコ殴りにして終わらせてた。死骸は勿論タラちゃんのお腹の中へ。

武闘会への調整は順当に行っているようで何よりだ。

そして待ちに待った三の月の中頃、朝日が昇って身支度も朝食も済ませて、私とレグルスくんが奥庭に行く時間。

ざっと一際強い風が木々を揺らして、青葉がざわめく。

さわさわと音を立てる草の合間に、様々な春の花がぽんぽんと順次開いて奥庭に続く小道を可憐に彩る。

姫君がお戻りあそばしたのだ。

ひよこちゃんの手を引いて花の小路を駈けて、奥へ奥へと進めば、森の中の開けた——去年の春先に野ばらを見つけた場所へと辿り着く。

すると咲き乱れる花々の中に、大きくて薫り高い艶やかに美しい紅の牡丹《ぼたん》が一輪。

「お戻りなさいませ」

「なちゃいましぇ！」

牡丹に跪き、頭を垂れれば芳しい香気が風に乗って届く。地面に向かう視線に、花と同じ色の薄絹が映りこんだ。

「出迎え大儀《たいぎ》、息災かや?」

頭上に降る言葉に顔を上げれば、絹の団扇《うちわ》で口許を隠す姫君の麗しくも懐かしいお顔が目に入った。

固く閉じた蕾《つぼみ》が一斉に花開く様は、壮観の一語に尽きる。

氷輪様に事前に忠告されたように、屋敷に勤めるひとたちには驚くことがあっても口外しないようには伝えておいたけど、これは本当にびっくりだ。

「姫君様の厄除けのお陰をもちまして、こちらは恙無《つつがな》く過ごせておりました。ありがとうございます」

「うむ」

「姫君様におかれましても、お変わり御座いませんか?」

「まあ、妾《わらわ》は神ゆえのう。そうそう……」

ふふんっとお笑いになるのが途中で止まって、僅かに眉間にしわがよる。

綺麗なひとは眉をしかめようと、顔を歪めようと綺麗だ。

「顰《ひそ》みに倣《なら》う」という言葉が前世にあったけど、これは美人が胸の病の発作だかで眉をしかめたのを見た、そうでもないひとが、自分も美しく見えるかもと眉をしかめてみたことが語源なんだけど、やってみたくなる気持ちも解る。

やったとこで、フツメンはフツメンなんだけどね。

じゃなくて、姫君がむすりと黙り込む。

首を傾げると、ひらりと薄絹の団扇を翻《ひるがえ》し「気にするでない」とお笑いになった。

「息災でなによりじゃ」

「はい。誕生日のプレゼントも頂戴して、ありがとう存じます。弟共々お礼申し上げます」

「ありがとー、ございました！」

「こちらも心尽くしの品、しかと受け取ったぞ」

頷くと、またひらりと団扇を翻す。

また、姫君との毎日が始まるのだ。

感慨深げにしていると、姫君が団扇を私に差し向ける。

その仕草にはっとすると、私は懐からお預かりした短刀を取り出した。

「お預かりしていたお刀をお返しいたしますね」

「うむ。抜かずに過ごせてなによりじゃの。上から時折は覗いておったが、亀の歩みより遅いとはいえ色々と進めていること、先ずは誉めおこう」

「は、ありがたき幸せ」

団扇の上に懐刀を載せるとキランと光って消える。どうやら姫君の懐に戻ったらしい。

お誉めの言葉を頂いて、恭しくお辞儀すると、レグルスくんがモジモジとひよこのポシェットから、なにやら巻いた紙を取り出した。

「ひめさまー、わたし、ひめさまのおかおかきました！」

「そうか、どれ……」

レグルスくんが持っていた紙が、ふわふわと姫君のもとに飛んでいく。丸めてあったそれを広げて、姫君はくすっと笑われた。

「まあ、ひよこの歳なればよう描けた方じゃな。誉めてつかわそう。が、字の方は練習の余地があるのう。ひよこや、そなたの兄は達筆じゃ。習うがよい」

「はい！　がんばりましゅっ！」

「す」で噛まなかったら完璧なご挨拶だったんだけどな、惜しい。

ほこほこしていると、姫君のお顔がこちらに向く。と、姫君の目がちょっとだけジト目になったような。

「ひよこは妾の言い付け通り、剣術にも勉学にも励んでいたようじゃが……」

その言葉に私は姫君から目を逸らす。

いや、サボったりしてない。してないけど、何でか剣術も弓術もさっぱり上達しないんだよねー……。

ラーラさんなんか「剣術も弓術も出来なくたって、死なない死なない」って言いだしたし、ロマノフ先生なんて「いざとなったら魔術がありますから。防御系の魔術も極めましょうね」って目を思い切りそらしてくれたんだから！

唯一ヴィクトルさんだけは「ダンスは凄く上手くなったと思うよ」って誉めてくれたけど「ダンスは」ってことは、他はダメってことだよね。

もう剣術も弓術も、兄の威厳なんてありゃしない。

何せついこの間弓を習いだした奏くんにまで「他のことは、おれなんか手も足もでないくらいできるんだから気にすんな！」って凄く爽やかな笑顔で言われたし。

黄昏《たそが》れる私の内面が伝わったのか、姫君が微妙な顔で溜め息を吐かれた。

「この屋敷の大将はそなた故、そなたが刃を振るって戦う必要はなかろうが……だからと言って出来ぬともよいわけでもなかろう。何より妾の臣下がモンスターの一匹も自力で倒せぬなど有り得ぬぞ。臣下なれば主を守るのも責務なのじゃから」

「ぐ……確かに仰せの通りです、申し訳ございません」

うー……、それを言われると私も辛いんだよねー……。

いや、魔術なら多分なんとかなるんだけど、私はどうにも攻撃魔術を使うのが怖い。

針の穴を通す精度を身に付けても、命のやり取りをするときに、そのコントロールが利くのかどうか解らないからだ。

付与魔術は問題なく発動できるんだけど、私小心者だからコントロールが上手くいかなくてモンスターならともかく、人間を丸焦げにしたらどうしようかと。

いや、人間と戦わなきゃいいんだろうけど、問題は一緒に戦ってるひとに飛び火しないかってこと。フレンドリーファイアって洒落にならない。

そんなことを考えていると、姫君がひらひらと団扇をはためかせて、それから肩に掛けていたショール——漢服と同じ造りなら領巾《ひれ》っていうんだけど——を外して。

「確かにそなたは魔術に秀でておるゆえ、大概のことはそれで片付けられるじゃろうが、魔術が効かぬ輩もおらぬではない」

「はい」

頷く私に、レグルスくんがひよこの羽毛のような髪の毛を揺らして、首を横に振る。

「にぃ……あにうえはぁ、わたしがまもりますー！」

「そなたがおらぬ時に何かあったらどうするのじゃ。風呂やら手洗いにまで付いて行くのかえ？」

そう言われて唇をタコのようにするレグルスくんは可愛いけど、兄は複雑ですよ。守るって言われちゃった、これはいかん。

こういうときはアレだ、相談したら良いんだよね。

ってな訳で、姫君に聞いてみよう。

「魔術が効かない相手に、魔術師が対抗する手段はあるのでしょうか？」

「簡単なことじゃ。魔術で物理を補強してぶつければ良い。見本を見せてやろう」

言うやいなや、姫君は手に持った領巾をひらりと動かす。その柔らかな動きとは裏腹に、領巾が鞭《むち》のようにしなって地面を打つと、轟音と共に大地にクレーターが出来た。

「ひぇ⁉」と思わずひよこちゃんを抱き締めると、レグルスくんもしがみついてくる。

「こんな感じじゃな」

「こんな感じって……？」

「領巾に神威を込めて、物理的に強化して地面を打ったのじゃ。それだけではないぞ、ひよこ。落ちている石を妾に投げてみよ。不敬は許す」

「はい！」

「ちょ⁉　レグルスくん⁉」

止める間もなく、私の手をすり抜けたレグルスくんが、その辺に落ちてる石を拾って姫君に投げつける。

同年代の子供より腕力があるレグルスくんの投げた石は、まるで豪速球のように姫君へと飛んでいって。

姫君の花の顔に当たる寸前、領巾がその身体をふわりと覆う。すると石が布に当たって、砕けて四散したのは石の方。

するりと布が外れると、姫君が麗しく微笑んでおられた。

「こうして身を守ることも出来るのじゃ」

「はー……すっごい」

「ひめさま、すごぉい！」

いやー、凄い。

布で攻防自在とか本当に凄い。あれなら寸鉄を帯びちゃいけない場所でも、護身手段を手放さなくてすむし、そもそも武器として警戒されないよね。

ほえほえと感心していると、姫君が呆れたようなお顔で此方を見る。

「何を感心しておるのじゃ。妾直々にこの術をそなたに伝授してやるゆえ、早々に覚えるのじゃぞ？」

「ふぁ⁉」

ヤバい、エルフィンブートキャンプより生き残れる気がしないんだけど。

「あー……それはちょっと出てこない発想でしたね」

「ですよねー」

ズタボロまでいかなくても、割りと草臥《くたび》れた姿で日課の散歩から戻った私とレグルスくんと、一番最初に顔を合わせたのはロマノフ先生だ。

出ていった時は意気揚々、帰りはお通夜かと思うくらい静かだから、先生としてはかなり驚いたらしい。

が、私が姫様にしごかれた理由やらを話すと、ロマノフ先生は天を仰いだ。

「本当に盲点でしたね。布を盾にしたり鞭の様に使ったり、言われれば成る程とは思うんですが」

「でも使えれば凄く有効ですよね。武器を持ってはいけない場所でも、布ならなんとでもなりますもん」

「そうですね。サッシュベルトなんて珍しくもありませんし」

うんうんと頷く先生だけど、眉間にシワが寄っている。それを見つけたレグルスくんが、こてんと首を傾げた。

「せんせー、どうしたんですかー？」

「いえね、私が普段使うのが剣や槍や弓だし、身を守るだけなら結界や魔術を使えばいいだけだからか、固定観念を抱いていたんだな……と。そもそも鳳蝶君は付与魔術特化型なんだから防御魔術を極めるよりも、持ち物や自身に付与魔術を使って同じ効果を出す方が早いんですよね。いや、防御魔術も極めてもらいますけど」

「やっぱり防御魔術は極める方向なんですね……。じゃない、それはいいんですが、媒介を使って結界と同じ効果を出すってことですか？」

「そう言うことですね。魔術を付与する布にも、それ自体に『防御力向上』とか『武器破壊効果』がついていれば、更にそれが強化されますし」

「ああ……なるほど」

確かに付与魔術は何にでも付けられるのが強みだし、単なる布に鉄板レベルの強度を持たせられるなら、元々それくらいの強度を持ったものを使えば更に強度向上を図れる。

今の私には超強固な結界を張るのは難しいけど、付与魔術で布をダイアモンドくらいの固さにするなら朝飯前だ。そっちのが確かに早い。

「うーむ、これは早速ヴィーチャやラーラと話し合いですね。布の使い方の研究と、その訓練法を考えないと」

「はい、よろしくお願いします。姫君はちょっと天界でやらないといけないことがあって、こちらに来れるのは週に一度になるらしくて、その間は先生たちに相手をしてもらうように言われています。あと非常に言いにくいんですが……『頭が固いぞよ』と仰せでした」

「それは……我々教師陣へのお叱りですね。謹んで承りますとも。今度姫君様にお会いした時には

『申し訳御座いませんでした、研鑽《けんさん》にあい勤めます』とお伝え下さい」

「承知いたしました」

ふっと穏やかに笑うと、ロマノフ先生が私とレグルスくんの頭を撫でて、ヴィクトルさんとラーラさんのお部屋のある方向に去っていく。

善は急げで、早速緊急会議を開催してくれるんだろう。私の先生たちはとても頼もしい。

ロマノフ先生の背中を見る私の手を、つんつんとレグルスくんが引っ張った。

「にぃに、ひめさまのごようじってむつかしいの？」

「いやぁ、どうなんだろうねぇ」

特訓の後のこと、姫君は私たちに前のように毎日は屋敷の奥庭に来られなくなったと仰った。

神様が一つ所にばかり留まるのは良くないと言うことなのかと落ち込んだけれど、そう言うことではないそうで。

「昨年の年の初めに、妾と艶陽《えんよう》で賭けをしたのじゃが負けてしもうてな。賭けの代償に妖精馬《ケルピー》を、艶陽に所望されてのう」

「けるぴー？　にぃに、けるぴーってなぁに？」

「水辺にいる妖精のお馬さんだったかな？」

「そうじゃ。天馬《ペガサス》や一角馬《ユニコーン》と同じくらい珍しい駿馬《しゅんば》よ」

昨年の野ばら咲く頃、菊乃井の庭に降りられたのは、この屋敷の近くに妖精馬《ケルピー》の気配を感じたからららしい。

あとは妖精馬《ケルピー》を捕まえる術を組み上げるだけってところで、私が野ばらに惹かれて七日間歌い続けちゃったもんで。

「そなたに捧げ物の対価を渡さねばならんし、渡したら渡したで思わぬ拾い物ではあるし。そなたの歌やら色々に気を取られて、今年の新年まで妖精馬《ケルピー》のことなぞすっかり忘れておったのじゃ」

「おぉう……」

「まあ、そんなわけでの。妾は約束を果たすために妖精馬《ケルピー》を探さねばならん」

長く溜め息を吐き出した姫君のお顔には、どこか疲れたような雰囲気が漂う。

妖精馬《ケルピー》というのは神様の力を持ってしても、見つけにくいくらい希少生物なんだろうか。

レグルスくんと顔を見合わせると、姫君が重々しく頷く。

「あやつらの気配は水辺でははっきり解るのじゃが、陸地だと単なる馬と変わらぬのじゃ。水を辿ってこの辺りまで追えたのも、妾が神だったゆえ。人間たちは無論、妖精と近しいエルフでさえ妖精馬《ケルピー》の気配を掴むなど至難の業《わざ》よ」

「なんとまあ……」

「捕まえて乗りこなせれば、あれほどの駿馬もあるまいよ。それゆえ艶陽も欲しがっているのじゃが……」

余程気配を隠すのが上手いのか、菊乃井の辺りでぱたりと気配が途絶えて一年。地上の至るところに網を張っているが、さっぱり捕まらないのだとか。

「大変ですねぇ」

「まあ、のう……。神々の約束は果たされねばならぬもの。艶陽も痺れを切らして、せっついてきおるわ」

「ははぁ……」

妖精馬《ケルピー》か。

うちにはポニーしかいないけど、いつか良い馬をレグルスくんに買ってあげたいな。

そのためにもお金貯めなきゃね、なんて。

そんな会話がレグルスくんの頭の中には残ってたんだろう。

「私たちじゃ見つけられないだろうけど、お手伝い出来ることがあったら頑張ろうね」

「あい！　れー、がんばりましゅ！」

また「す」が言えなかったけど、おててを挙げて誓うひよこちゃんが可愛かったので、ふわふわの髪を混ぜ返しておくのだった。

# のるか、そるか

四月朔日《わたぬき》がやってきた。

こちらでは四の月の朔日《ついたち》を、暖かくなって服から綿を抜き出す頃合いイコール春の始まりという意味を込めて「わたぬき」と呼ぶ。

「施行されましたね」

「はい。これで少し、職人の立場が変われば良いのですが……」

「今までと比べれば格段に変わるでしょうが、貴族たちの意識ががらっと変わるかと言えば難しいでしょうね」

「そうでしょうね。でも、先ずは一歩を踏み出さないと」

この日、朝から少しだけ菊乃井邸は雰囲気が冴えていた。

帝国全土に発布された職人の権利や特許を認める法律が、この日から正式に施行される。その特許一号に私のつまみ細工が認定されて、その技術の詳細が明かされるのだ。

それだけじゃない。

カレー粉の基礎調合レシピも開示される。その上でEffet・Papillonのカレー粉には皇室御用達の看板が下賜《かし》されることに。

ただし公開するものは基礎の基礎で、Effet・Papillonのカレー粉は料理長と一緒に改良に改良を重ねたものだから味は別物、一朝一夕に作り出せるものではないのが味噌《みそ》だ。

それはつまみ細工にしてもそうなんだけど、商売をする上でそう言うブラックボックスを作っておくのは当たり前のこと。

私は何もかも横並びにするほど良い人じゃない。

法律が発布されてから、今日までの間に職人養成の目処もなんとか立っていた。

それはローランさんから紹介された孤児院なのだけれど、ある程度大きくなった子どもたちに作業の一端を担って貰って、仕上げは私やエリーゼが担当する。

対価は孤児院に支払われるのだけれど、読み書き計算の授業も仕事の一環として組み入れてみた。パーツを数えるのも揃えるのも、管理するにも読み書き計算は必須だもの。

孤児院の方への監督には、なんとラーラさんが行ってくれている。

今、菊乃井にはロマノフ先生やヴィクトルさん、ラーラさんの帝国認定英雄が三人いるわけなんだけど、ヴィクトルさんは合唱団員育成を、ロマノフ先生は治安維持方面を、ラーラさんは人材育成を受け持ってくれてるんだよね。

だけど私は先生がたに何か報酬をお渡ししてる訳じゃない。それがちょっと心苦しいんだけど。

でもそれを言うと先生方は笑って「出世払いで良いですよ」っていうんだよね。

「先生、重ねて言いますが、私に用意できるものなんて限られてるでしょうけど、何か欲しいものがあったら気兼ねなく仰ってくださいね」

「ありがとうございます。でもねぇ、私もそうですがヴィーチャもラーラも長く生きてるので、そうそう欲しいものもないんですよね。だからお宿と食事があれば大概は事足りるんです」

「でも、先生方にはそれだけでは賄《まかな》いきれない程のことをお手伝い頂いてますし……」

「それなんですけど、強いて言えばそれ自体が報酬でもあるんですよ。私達は長く生きる分退屈が苦手なんですよね。だから世界を旅して、一つ所には余り留まらない。けれど今の菊乃井は明らかに色々と怒濤《どとう》のように変わって行こうとしている。その中にいるのはとても面白いんですよね」

うーむ、よく解らん。

よく解らんけど楽しいなら何よりだ。

ぽてぽてと菜園に続く庭の小道を揃って歩くと、畑には先に道具を持って行ったレグルスくんと奏くんと源三さんがいて。

朝の挨拶もそこそこに、奏くんが難しい顔をして口を開いた。

「あのさ、若様。ちょっと見てほしいことがあって」

「はい、なぁに？」

小首を傾げると、軽く頷いて奏くんが両手を畑の畝に向かって伸ばす。

するとぼこぼこと陥没するような、隆起するような、そんな音を立てて、畝の土が混ぜ繰り返されていく。

まるで透明な鍬を畝にいれて、畑を耕しているような光景にあんぐりと口が開いた。

「なに、これ⁉」

「かなー⁉　これ、かながしたのぉ⁉」

「おお……やりたいなと思ったら何か出来た！」

いや、解らん。

はわわとなってるのは私とレグルスくんだけでなく、源三さんも目をかっ開《ぴら》いてたし。

しかし、年の功ってやつかロマノフ先生はパチパチと拍手を奏くんに送った。

「奏君、お見事。これは先週の授業で教えた、土を隆起させるのと陥没させる魔術の応用ですね」

「うん、そう！　へこませて、もり上がらせて、へこませて……ってくり返したら、畑がたがやせるかなって思って」

思ったらできちゃうとか、なんなの⁉

天才かな⁉

あんぐりと口を開けている間に、全ての畝を魔術で耕した奏君は、それとは関係あるような無いような、一つ仮説を立てたと言う。

それは作物の出来の違いについて。

「去年、じいちゃんの畑とここで白菜を育てたろ？」

「ああ、なんか育ち方と味が違ったんだったかな」

「うん」

源三さんによると、源三さん宅で育てた白菜も、もともと源三さんが育てた苗からだ。

でも、源三さん宅で育てた白菜とここで育てた白菜は、大きさも味も段違いでこちらで育てた白菜の方がよかったそうな。

肥料は源三さんが作ったものだから、両方同じ。

ならば土かと思って、この畑の土をプランターに詰めて自宅に持ち帰り、白菜を育ててみたけれど、それは源三さん宅で育てた白菜と同じような味と大きさになったそうだ。

日照条件もなるたけ同じになるように、場所やらなんやらにも気を使って育てたらしい。

「んで、育てたひとかなって思ったけど、じいちゃんも『緑の手』があるんだ」

「条件はほぼ同じなのに、やっぱり差異が出たんですね……」

「うん。それでおれは考えてみたんだけど、この家とじいちゃんの家でちがうのは、若さまの歌がきこえるかどうかじゃないかと思って」

なんと、この庭まで私の声は届いているらしい。

ぎょっとしていると、奏くんと源三さんが揃って首を横に振った。

「や、おれたちには聞こえない。でもエルフの耳には聞こえてるらしいよ」

「エルフ先生方のお耳に聴こえるなら、精霊が聴いとっても不思議はないですじゃ」

なんでそこで精霊が出てくるんだろう。

微妙な顔をしていると、ロマノフ先生がポンッと手を打った。

「ああ、なるほど。精霊の贈り物ですか」

「せーれーのおくりもの？」

こてんとレグルスくんが小首を傾げると、ロマノフ先生が穏やかに笑う。

ロマノフ先生の言うことには、精霊は美しいものが好きなのだとか。

『緑の手』や『青の手』の持ち主を好むのは、簡単に言えばそのスキルを持つ者から産み出されるものが美しいからだ。

そして美しいというのは何も目に見えることだけでなく、歌や音楽も含まれる。

「つまり鳳蝶君の歌を気に入った精霊が、その対価に鳳蝶君の庭で育つ植物を大きく美味しくなるように手助けしたということですね」

「なるほど」

「それでおれは思ったんだけど、精れいはまじゅつも好きなんだよな。だったらまじゅつでたがやした土も好きになってくれるんじゃないかなって」

魔術が行使される瞬間、魔力として還元される光も精霊は好むという。

魔術で土を耕すと言うのは、精霊が好きな光を土に鏤《ちりば》めることと同じ。

歌を聞かせた時と同じ対価をくれるかも……と言うのが奏くんの仮説だそうで。

「だめでもさ、まじゅつで土をたがやせられれば、今より畑しごとが楽になると思うんだ」

「ああ、それは確かに……」

「そしたらみんな、べんきょうしてまじゅつが使えるようになりたがると思うし」

「どう?」と鼻の下を擦りながら笑う奏くんの手を、思わずぎゅっと握りしめる。

「ありがとう、奏くん。色々一緒に考えてくれて」

「おれ、手伝うって言ったろ? おれは言ったことは、ちゃんとやるんだ!」

もう、どうしよう。

友達が男前で困っちゃう。

握った奏くんの手を、更に重ねて握ると、後ろからシャツの裾を引かれる。

するとレグルスくんがぎゅっとしがみついてきた。

「にぃに、れーもあれできたらしゅごい?」

「そりゃ、凄いよね」

「おお、ひよさまも出来ると思うぞ！」

「うん、がんばるー」

「えいえいおー！」と腕をあげるレグルスくん、超可愛いんだけど。

私の弟、超可愛いんだけど。

奏くんも爽やかに笑うと、レグルスくんのふわふわの前髪を撫でる。

暖かな日差しのなかの和やかな雰囲気を、しかし屋敷の方からリズミカルに走ってくる足音が引き裂く。

はっとして振り返ると、難しい顔をしたラーラさんが。

「まんまるちゃん、奴らの報告書が届いたよ！」

奴ら。

その言葉に、レグルスくんと奏くん以外の顔から笑顔が消えた。

麗らかな陽射しの中で飲む紅茶は、程よい甘さの筈なのに口に苦い。

書斎の飴《あめ》色の机に置かれた報告書には、ロミオさんたち三人に巨大ゴキブリの卵を掴ませた連中に関する報告書が。

ざっと目を通すと、自然とため息が出た。

「ロミオ君たち三人にかけた情けが仇《あだ》になりましたね」

「アリョーシャ！」

「いえ、まさしくその通りです。が、このままでは終わりませんよ」

実は全大陸のギルドに向かって指名手配をかけた日の翌日には、三人を詐欺《さぎ》にかけた連中の動向は知れていたそうだ。

しかし、奴等はなんと貴族お抱えの冒険者だったそうで、バックのお貴族様のお陰で引き渡し交渉は難航。

その上、奴等の被害者ではあっても菊乃井に対して加害者であるロミオさん・ティボルトさん・マキューシオさんの待遇を引き合いにだして「彼らも無知ゆえに引き起こしたこと」と言い張っているそうで。

「確かに菊乃井の件はそうかもしれないけれど、奴等には弱い冒険者を囮《おとり》にして逃げたり、一緒に依頼を受けた冒険者を陥れて手柄を横取りするって余罪が何件もある。それまで『無知ゆえに』で片付けるつもりかな」

「これはその後ろ楯《だて》の貴族とやらも、まともな貴族ではないかもしれませんね」

静かに紅茶がテーブルに置かれる。

確かに彼ら三人に対する処分は、見方を変えれば甘いの一言で、だからそこに付け入られる隙があったのだ。

が、相手が貴族なら同じ貴族としてやりようがあるだろう。

再び報告書に目を落とすと、その後ろ楯貴族の名前があって。

「このバラスというのはお隣の男爵家のことですか?」

「そうだよ」

「なるほど」

バラス男爵とは菊乃井の隣に領地を持ち、もとは更に隣の公爵家の血族が、分家して領地を一部割譲してもらったのが始まりで、今でも多少は公爵家と血の繋がりがあるらしい。

麒凰帝国では貴族の序列は、上から公爵・侯爵・伯爵・子爵・男爵・騎士となる。先生達が持っている騎士号は、この騎士号とはちょっと違うらしいけどそれは割愛。

普通なら男爵が伯爵家に歯向かうことは考えられないが、強気な態度なのはもしかしたら男爵家の後ろに公爵家がいるからか。

書類から視線をあげてラーラさんに投げると、「いいや」と首を横に振った。

「ボクの情報網では、公爵の方はまっとうな……まんまるちゃんよりの貴族だよ。だから男爵家には手を焼いてるみたい。だけど親類だけに無下に切り捨ても出来ないから困ってるらしい」

「そうですか。ではこちらが何か手を打ったとして、公爵家を巻き込むものでなければ手出ししてくる可能性は低いですかね」

「積極的放置はあり得るかもしれませんね」

それなら重畳《ちょうじょう》。

かつてその長いエルフ生で、冒険者ギルドのギルドマスターを勤めたラーラさんの、その頃に築き上げ、今尚裏にも表にも通ずる情報網から得た報告書も、公爵家の介入の可能性が低いと示唆《しさ》している。

そして、二人が苦い顔をしているのは、その報告書の中にある一文のせいで。

「武闘会に出場させて、優秀な成績を残せたら恩赦《おんしゃ》を……とは。随分図々しいお願いをしてきましたね」

「彼らに賭ければ損はしない。賭けによって得た儲けをロミオさんたちへの賠償金がわりにして欲しいだなんて……。おふざけが過ぎる」

賭けとは、武闘会で公に行われるトトカルチョのようなもの。

それで自分達に詐欺を働いた奴等に賭けろだなんて、どんだけ非常識なんだか。

「しかし、それだけ件の冒険者達の腕に自信があるんでしょう」

なら、状況を引っくり返す狙い目はそこだ。

トントンと飴色の机を指で叩くと、私はラーラさんとロマノフ先生に視線を向ける。

「あの三人に勝ち目はありますか？」

「ボクのところに来た情報では、奴等の位階は中の上。ただし実力がそれほどあるのかは微妙。何せ中の下くらいの依頼でとんずらしてる」

「対して三人の位階は下の中……なのはおかしい、強すぎる。上の下辺りが妥当だろう、という評判です」

「なるほど」

では何故男爵は奴等が優秀な成績を残せると思っているのか。

そう言えばロミオさんたちは、奴等がとても立派な装備を身につけていたと言っていた。

それだと考えられるのは、その装備に付与魔術がふんだんに使用されていて、奴等の実力を底上げしているってとこだろう。

だったらそれをどうにかすれば、互角あるいはそれ以上の勝負には持ち込めるか……。

「解りました、その提案に乗りましょう。ただし男爵には奴等に身代を賭けてもらいます。代わりに私はエストレージャに Effet・Papillon のこれから発生する利権を賭けます」

「……随分と大博打《おおばくち》にでたね」

「そんな訳ないじゃないですか。エストレージャの装備品には付与魔術と、逆に相手の付与魔術を無効化する魔術、更に相手の能力を大幅に下げる魔術を大量に付けますから」

「淀みなくえげつないこと考えますね。さすが私の教え子」

「いやいや、男爵が強気なのって、そういうことをあっちもしてるからじゃないですか。目には目を、歯には歯をです」

だいたい戦闘するなら、最大限此方の力を生かすように準備をするのは当たり前のことだ。

男爵お抱えの奴等が付与魔術をこれでもかと付加された装備を身に付けている可能性が高いなら、それを無効化する物を準備するのは当然の対策ではないか。

売られた喧嘩は買う、それも二度と噛みつく気にならないように叩き潰すだけの準備をしてから。

それにはまだ策がいる。

「男爵に身代を賭けさせるとして、私がそういうものをエストレージャに賭けるとなると、何か策を講じていると警戒されると思うんですよね」

「なら、表向き奴等に賭けておきますか？」

「いえ、男爵には貴方のお金を賭けて賠償金を作り出して欲しいと告げてください。少しでも損をする可能性があるなら、それは賠償にはならないとね。賠償金額以上に儲けが出たら、それは男爵の取り分としてくれれば良いとも伝えて下さい」

「なるほど、欲をかかせるんですか」

こくりと頷く。

最初は男爵も賭け渋るだろうけれど、ロミオさんたちと奴等が当たる時は冒険者の位階的に、奴等が勝つと大半の人間が思うはずだ。

簡単確実に儲けがでると、身代を持ち出させるように誘導するのも可能だろう。

その餌に Effet・Papillon の利権を持ち出す。ただそれだけだ。

そこまで持っていくためには、色々と算段が必要なんだけど。

「ともあれ、奴等に三人が勝てないことには意味がないし、奴等に当たるまで勝ち続けてもらわなければいけませんね」

菊乃井からの正式な交渉人は代官のルイさんに頼もう。彼なら堅実な条件——賭けは男爵の資産で行うこと——を持ち出しても違和感は生じないだろうし。

情状酌量というのは、それまで法を順守し、善良に生きてきた人間を守るために存在する。それを逆手にとるならば、更に逆手に取って脚を引っ掛けてやろうじゃないか。

「まんまるちゃんって、お腹のお肉は減ったけど、ちょっと中身が黒くなってきたよね」

「まだまだこれくらいなら貴族としてはベビーピンクですよ」

……まだ大丈夫とか、貴族ってどんだけあくどい存在なんだろう。

ちょっと怖くなってきたんだけど。

## 誓いをここに

四の月の半ばから終わりにかけて、皇帝陛下の即位記念の式典が続く。

武闘会と音楽コンクールは、その始めの週の一日目から予選が行われ、成績優秀者は式典最終日にある園遊会へと招待されるのだ。

だから、決着が着くのはその三日くらい前なのだそうで、結構な長丁場になる。

ってな訳で、予選が始まる前々日、菊乃井屋敷では壮行会をすることに。

ラ・ピュセルの五人とエストレージャの三人を招いて、食事会兼衣装のお披露目会《ひろめ》でもある。

ハレの日にマナーがどうのと気にせず、お腹一杯食べてもらうために、会場は庭。立食形式というかバーベキューにしてみたんだよね。

料理長が下拵《したごしら》えしたお肉や魚、野菜を炭火の上に置いた網に並べていく。

因みに材料はまたも先生方が調達してくれたんだけど、出所は内緒だそうで。

「お招き頂いてありがとうございます」と、五人揃った見事なカーテシーを披露してくれたラ・ピユセルの五人に、同じく招待への謝辞を胸に手を当てて述べるエストレージャの三人。

「今日は気兼ね無く楽しんで、英気を養ってくださいな」

「ありがとうございます！」

「私、こんな立派なお庭初めて入りました！」

「お花が沢山で素敵ですね」

「バーベキューも凄く良い匂い……」

「み、皆！　お行儀よくしなきゃ、ダメだよ⁉」

思い思いに屋敷の庭を見たり、バーベキューの匂いに鼻をひくひくさせたりするのを、キャッチフレーズにも「真面目」と言うくらい真面目そうな美空さんが止める。

ロミオさんたち三人はエルフィンブートキャンプで屋敷に来馴れているせいか、料理長を手伝って肉を焼く。

奏くんやレグルスくんも、焼いてもらった肉にかぶり付いて楽しんでいるようだ。

エストレージャの三人にせよ、ラ・ピュセルのお嬢さんがたにしても、マナーや立ち居振舞いはラーラさんが担当して教えているせいか、背筋がぴんと伸びている。

特にお嬢さんがたは舞台人だからか、すっきりとしていて優雅。

何処かの貴族のご令嬢と言われても納得しそうな雰囲気で、同じく何処かの騎士団の騎士だと言われても頷いて仕舞いそうなロミオさんやティボルトさん、マキューシオさんと並ぶと実に華やかだ。

「はぁ……お姉ちゃんたち、きれいだなぁ」

「おねーさんたち、かわいいねぇ」

ほわぁっと感嘆のため息を吐く奏くんとレグルスくんの眼はキラキラしていて、あれだ。前世の「俺」と「田中」が、菫の園の男役さんや娘役さんを見る時みたいな眼をしてる。

そう、アイドルとか役者さんは、こうやって憧れと夢と希望を振り撒《ま》いてくれるから好きなんだよね。

ほわぁんとそんな様子を見ていると、ロミオさんやティボルトさんやマキューシオさんも、何か思うところがあったのか、奏くんに「俺達は？」と尋ねる。

「兄ちゃんたちも変わったな！　すげぇ強そうだ！」

「少しは俺達もカッコよくなったかい？」

「うん、でもぉ、にぃにのがかっこいいの！」

あらぁ、もう、ひよこちゃんたら、兄上照れちゃう。

両手を頬っぺたに当てて照れ照れしながら答えてくれるレグルスくんの姿に、お嬢さん方が「かーわーいーいー！」と身悶えて、エストレージャの三人が肩をすくめる。

「そりゃ、れーたんにはあーたんが一番カッコいいよね」

「そんな鳳蝶君が一番格好いいと思うのは私ですけどね」

「異議あり！　それはボクだと思うよ」

「ちっがうよ！　僕だよね、あーたん？」

確かにロマノフ先生は格好いいけど、ラーラさんもヴィクトルさんも格好いいんだよね。

でも私的には、漢と書いて男と読む系なローランさんとか料理長の方がカッコいいって言葉に当てはまるような。

つか、エルフ三人衆はカッコいいより綺麗なんだよ。

それはおいといて。

今日、ロミオさん達が着ているのは、私が作ったナポレオンジャケットとベスト、その下のシャツ・下着・靴下、それからパンツと小さなポーチの付いた武器を吊り下げられるベルト。加えて次男坊さんから仕入れた武器とバックル、靴とフル装備だ。

どれもこれも「防御力向上」と「魔力向上」を付与しているお陰で、それが重なって「武器破壊効果」と「絶対防御」になっている。

ちなみに「絶対防御」は物理的な攻撃は勿論の事、魔術攻撃や相手からの能力低下の付与魔術も弾いてくれるのだ。

それだけじゃない。

武器——ロミオさんは剣、ティボルトさんは槍、マキューシオさんは鞭と投げナイフ——にも「貫通」が付与されている。

「貫通」とはそのまま、相手がどんな付与効果が付いた防具を身に付けようとも、その効果を全く無視してダメージを与えられるのだ。

他にも靴やバックルには「俊敏《しゅんびん》向上」や全体的な能力向上効果を得られる魔術を付与している。

こんだけ盛ったらまず負けない……と思うんだけど、それでも元々の能力が低いとどんだけ盛ってもそれなりにしかならないのが付与魔術の弱点だ。

薄っぺらい紙に「絶対防御」を付けたところで、三回ほどナイフで切られたら、魔術の効果が無くなって切れちゃうんだよ。

「三人とも、服の着心地はどうですか？」

「はい、凄くしっくり来ます」

「動きやすい、軽いですね」

「見た目はちょっと派手かと思いましたが、実際着てみるとそうでもないかなって」

「ああ。ジャケットとパンツの色は三人とも同じ黒にしましたけど、中のベストの色は変えましたもんね」

ロミオさんにはワインレッド、ティボルトさんにはインディゴブルー、マキューシオさんにはビリジアングリーンを。

目立たない所にエルフ紋様の刺繍も入れまくったもんね。

くるっと三人ともターンして見せてくれたけど、中々様になっている。

その姿にパチパチとラ・ピュセルのお嬢さん方から拍手が起こった。

それに軽く手を振ってから、きりっと三人は表情を改める。

「奴らのこと、ロマノフ卿から聞きました。それから若様の考えも」

「俺達は菊乃井の御領地を確かに危険に晒しました。あの時は俺達がどんなに愚かな事をしたのか、全く解ってなかった」

「でもこの数ヶ月で俺達は学び、そして知って、どれ程の温情を与えられたのかも理解したつもりです」

「そうですか。で、どうします？」

「勝ちます。勝って、御領地に恩返し……いや、俺達みたいに心ならずも腐った奴を助けてやりたい。俺達が助けられたみたいに」

「若様、俺達にご命令ください」

「『絶対に勝て』と、一言。必ずや勝ってご覧にいれます」

ざっと膝を折り、三人揃って私に向かって頭を垂れた。

何かあれだなぁ、騎士の叙任式みたいでちょっと壮観。

と、思っていると、ロマノフ先生が腰から剣を引き抜いて、私の手に自分のそれを重ねて持たせて来た。

「鳳蝶君、首打ち式《リッターシュラーク》を」

「首打《くびう》ち式？」

「首筋に剣の平たい部分を当てて騎士の誓いを立てさせてあげなさい。主君に立てた誓いは、主君の赦《ゆる》しをもって祝福になります」

そう言うと、私の手に添えた先生の手が動いて、剣の平でロミオさんの首筋に触れる。

「鳳蝶君、復唱してください。『彼が全ての善良にして弱きものの守護騎士となるように』」

「彼が全ての善良にして弱きものの守護騎士となるように」

「『汝《なんじ》、謙虚であれ。誠実であれ。礼儀を守り、裏切ることなく、欺《あざむ》くことなく、弱者には常に優しく、強者には常に勇ましくあれ。己の品位を高め、堂々と振る舞い、民を守る盾となれ。主の敵を討つ矛《ほこ》となれ。騎士である身を忘れることなかれ』」

「汝、謙虚であれ。誠実であれ。礼儀を守り、裏切ることなく、欺くことなく、弱者には常に優しく、強者には常に勇ましくあれ。己の品位を高め、堂々と振る舞い、民を守る盾となれ。主の敵を討つ矛となれ。騎士である身を忘れることなかれ」

仰々しい言葉を復唱すると、剣を首から離し、その切っ先をロミオさんの目の前へと差し出す。

すると顔をあげたロミオさんに、ロマノフ先生が「誓うならば刃先に口付けを」と言葉をかける。

ロミオさんは、凛とした表情で刃先にキスをして。

「誓います」

ヤバい、なんか私の中の「俺」が「騎士道ロマン万歳！」とかワクワクしてるんだけど。

ロマンは兎《と》も角《かく》、ティボルトさんやマキューシオさんにも、同じく首打ち式をすると、パチパチと周囲から拍手が起こる。

いや、でも、よく考えたらこんな誓いを立てさせたら、三人の未来を縛っちゃうんじゃないかしら。

そうは思うけど、彼ら三人の償いは結局「強くなったら菊乃井に奉仕する」だから、形としては縛らなきゃいけないわけで。

でもまあ、武闘会に向けて彼らのモチベーションが上がるなら良いか。

と、思っていたら、ドスッと後ろから何かに追突されて。

振り返ったらひよこちゃんがぶうっとほっぺたを膨らませていた。

奏くんも、なんだか口を尖らせてるような。

「どうしたの、レグルスくん。奏くんも……」

「にぃに！　いちばんは、れーでしょ！」

「ひよさまはともかく、なんで兄ちゃんたちが先なんだよぉ！」

なんのことさ？

なんで二人がぷりぷりしてるのかよく解らなくて首を傾げると、ラーラさんがぽんっと手を打った。

「二人とも首打ち式が羨ましかったのか」

「えー……なんで？」

「なんでって……」

「にぃには、れーがまもるの！」

「おれは、若さまの右うでになるって言ったじゃん！」

うん？

つまり、三人が私の家来になったと思ってるってことかな。

それはちょっと違うんだけど。

訂正しようとすると、ヴィクトルさんが「チッチッチ」と人差し指を振った。

「君たちは首打ち式しなくっても、あーたんの特別枠でしょ。だってれーたんはたった一人の弟だし、かなたんはたった一人の親友なんだから」

なんかボッチ拗らせてるみたいな言い方だけど、間違ってはないんだよね。

レグルスくんは唯一の血を分けた弟だし、次男坊さんとかマリアさんとか「友人」って言えるひとはいるけど、「親友」となると奏くんしか思い付かないもん。

前世の「俺」の親友はまた別枠だし。

頷くとちょっと二人が得意気になる。

それを見たラ・ピュセルのお嬢さん方がやっぱり「かーわーいーいー！」と悲鳴をあげて。

うん、レグルスくんと奏くんが可愛いのはデフォルトです。

抱きついてきたレグルスくんをぎゅっと抱き締めて、奏くんの手も握る。それで完全に脹《ふく》れっ面《つら》が消えたから、納得してくれたんだろう。

さて、食事の続きだ。

良い具合に焼けた野菜やお肉は、ロミオさんたちやラ・ピュセルのお嬢さん方のお腹にドンドコ収まるし、レグルスくんも奏くんも元気に食べて。

デザートの焼き林檎を食べ終わった頃。

「お招き頂いたお礼に、一曲歌わせて頂きます！」

凛花《りんか》さんを中心に五人が並ぶと、ヴィクトルさんが指揮棒を振る。

すると五人が息ぴったりに歌い始めた。

その曲は五人のオリジナル曲で、普段カフェで歌っているものだそうで。

賑やかな旋律に、五人のそれぞれ高さの違う声が絡まって、美しいハーモニーになっていた。

けれどこれはコンクールで歌うものではないらしい。

最後の一音を合わせて伸ばすと、振り付けなのだろう。腕を天に向けてフィニッシュポーズ。

奏くんとレグルスくん二人の拍手がとても大きく庭に響いて、私も負けずに手を叩く。

「「「「「ありがとうございました!!」」」」」

お嬢さん方が声を合わせて、お辞儀をする。それに合わせてヴィクトルさんも一礼すると、五人に顔を上げさせた。

そしてあらかじめ渡してあった風呂敷包みを、五人に順次手渡していく。

「開けてみて良いよね？」

「勿論ですよ」

私の言葉に風呂敷包みをあけると、シュネーさんが「きゃあ！」と歓声を上げた。

「可愛い！　このスカート、ドレスみたい！」

「本当だ！　すごぉい！」

「わぁ、マントみたいなヒラヒラついてる！」

「凄く可愛いです……！」

彼女達の手にはコンクールで着るためのステージ衣装——真っ白なパフスリーブのレースジャケットに、パニエで膨らませた裾のプリーツがジグザグと段違いになったワンピース、シルクの靴下に白い靴、背中には色違いのシフォンのような柔らかい素材で作った妖精の羽のマント——が確《しっか》りと握られていて。

本当はアクセサリーも用意してるんだけど、それは当日のお楽しみだ。

それぞれ身体に衣装を当てて、見ているのも華やかで可愛くて和むんだけど。

ほんわかしていると、リュンヌさんが真面目な顔で衣装を抱き締めた。

リュンヌさんの羽は黄色。

「若様、ありがとうございます。私たちも、全力で菊乃井のために頑張ります！」

「はい、よろしくお願いいたしますね」

桃色の羽を翻すのは凛花さん。眼が少し潤んでいる。

「私、最初は家に帰りたい一心で合唱団やってました。でも今は違うんです」

「私も凛花ちゃんと同じです。今は自分から歌いたいって心から思います」

今にも零れそうなほど涙を溜めて凛花さんに寄り添うのは、ステラさん。ポニーテールに青い羽がきっと映えるはずだ。

同じく凛花さんにシュネーさんが寄り添うけど、彼女の羽は緑色。

「応援して下さる冒険者さんが『今日は危ないことがあったけど、生きて帰ったら君たちの歌が聞けるって自分を励まして頑張った』って言ってくださって。私たちでも誰かの生きる縁になれてるって、嬉しかったんです」

ひらりと紫の羽を翻して、リュンヌさんと寄り添うのは美空さん。二人の眼にも涙の膜が張っていた。

「応援して貰える嬉しさも、誰かの生きるための力になれる喜びも、合唱団として活動しなければ解りませんでした。だから、これからも私は誰かの力になれるように頑張ります！」

彼女たちに関しては、私はほとんど何もしてないんだけど、そういう風に言ってもらえるなら服を作った甲斐があるってもんだよ。

頷いていると、ヴィクトルさんが優しく笑う。

「合唱団にはモデルがあるんだよね？　確か異世界の女の子だけの劇団で……」

「はい。その方々もお客さんに夢や希望を分け与え、美しい物語を見せていらっしゃる。私はラ・ピュセルの皆さんにもそうあって欲しい」

誰かに希望を持たせ、生きる勇気を与えることの何と難しいことだろう。

けれどアイドル、或いは役者という人たちは、それを当たり前にやってのけるのだ。

「願わくば、あなた方ラ・ピュセルが菊乃井に……いえ、それ以外の人にも夢と希望をもたらす存在であるように」

「「「「「はい！　頑張ります！」」」」」

五人の乙女の溌剌《はつらつ》とした声が、澄んだ青空に誇り高く響いた。

# 釣り針の先に疑似餌

そんなこんなでラ・ピュセルとエストレージャは、ヴィクトルさんとラーラさんに引率されて、帝都に旅立っていった。ただし、転移魔術で。

音楽コンクールの方は前にマリアさんのコンサートで行った帝国劇場で、武闘会の方は帝国劇場とは真逆の方向にあるコロッセオでやるそうで、それも両方とも被らないように音楽コンクールの予選の翌日は武闘会の予選、その次の日はまた音楽コンクールの予選……という感じで一日おきに予選が行われる。

本戦に出られるのは音楽コンクールも武闘会も八組。

帝国全土から猛者が集まる大会だから、その八組に滑り込めただけでも大したことだそうで。

そんな訳で壮行会から数日後、書斎で膝の上にひよこちゃんを乗せながら、私は二人の人物から報告を聞いていた。

「ヴィーチャから連絡が来ましたけど、どうやら双方とも八組のなかに滑り込めたようですよ。ついでに奴等も」

「ここまでは想定内ですね」

音楽コンクールの方は兎も角、武闘会の方はまあそうだよね。

この武闘会、本当に強い位階が上の上の冒険者は出ない。何でかっていうと、武闘会に出て貰える賞金よりも、普段自分達が引き受けてる依頼の料金の方が高いし、名前も売れてるから今さら売名をする必要はないから。

他にも個別で事情はあるだろうけど、出てきても上の下くらいの冒険者が多く、そんな連中は実力はあるけど名前が売れてないから、名前を売りたいのだそうな。

警戒すべきはそれくらい。

の、筈なんだけど今回はちょっと番狂わせが起こっている。

なんと上の上の冒険者が大会に出てきているのだ。

「後は奴等に当たる前にその……バーバリアンって言うんでしたっけ？　そのパーティと、奴等かこちらが当たらなければ良いんですが」

「うーん、それればっかりはね。ロミオ君のくじ運に賭けるしか……」

くすりとロマノフ先生が笑う。

ロミオさんの運はなぁ……本人は「運は良い方です」って言ってたけど、良かったら詐欺られたりしないだろうしなぁ。

まあ、もうそこは人事を尽くして天命を待つと言うことで。

「本戦に入れば公営の賭けが始まる筈ですが……仕掛けはどんな感じです？」

「そちらは私から報告を」

書斎《しょさい》にいる二人目の大人は、菊乃井の代官を務めるルイさん。

灰色の髪をさらりと揺らしてソファから立ち上がる。

「バラス男爵はこちらの提案――賭け金は男爵が出すことに最初は渋りましたが、儲かるならそこから少し貧乏冒険者に恵んでやるなど、慈悲深い男爵閣下であれば雑作もないでしょう……と煽れば乗ってきました。身代の件も、我が君が Effet・Papillon の販売利権を持っている事をちらつかせて、お家の事情を――此度奴等を指名手配したのは若君の独断。父君はそれを苦々しく思い、懲らしめたがっている。ついては若君の増長の原因である Effet・Papillon の利権を賭けさせるよう仕向けるので、その餌としてご協力頂きたい、と。成功すれば利権から得られる利益は両家で山分けに。これを機に菊乃井伯爵家はバラス男爵家と誼《よしみ》を通じておきたいと、あくまで伯爵は望んでおられるとも伝えておきましたら……何の疑問も持たなかったのか、『是非お力になりましょう』との返事がありました。若君を謀《はか》るためと、証文も書かせております」

「ああ……うん……そっか。ありがとう」

これ絶対私の前だからある程度歯に衣着せてるけど、実際はもっと優越感と欲をかかせる持ち上げ方をしたんだろうな。

腹芸は得意だって言ってたし。

このルイさん、自分でも売り込むだけあって実務も物凄く有能で、無駄な支出があることを書類一枚から炙《あぶ》り出したし、父や母の縁故の不自然な採用とその能力に見合わない給与の高さとか、両親に突きつけたみたいで役所はドンドコ職員が入れ替わってるとか。

両親の縁故の、余り仕事してないひとを放り出して、代わりに登用してるのは、なんと祖母の代に働いてたひととか、そんな関係のひとから推薦を受けたひとで、これに関してはロッテンマイヤーさんが寄与してくれている。

日記にもあったけど、祖母は私が大きくなるまでに、菊乃井を支えてくれる人材を確保していたのだ。

しかし、そういう能吏は無駄や不正にうるさい。

伯爵家を好きにしたい父にも、贅沢をしたい母にも邪魔だったのだろう。

代替わりして数年で、ほとんどのひとが辞めさせられたり、閑職に追いやられていたのだとか。

祖母には取り立てて貰った恩があるけど、それだけで勤めていくにはもう限界。そのラインに達する寸前、ルイさんの人事介入があったそうで、私はなんとか間に合ったらしい。

「心あるものは、最近の市井の変化に気付いていて、中には我が君が動いておられるのを調べあげた者もおりました」とは、ルイさんから聞いたけど、それでも私が菊乃井の実権を握るまでにはまだ数十年かかるだろうし、それまでは待てないと皆思っていたのだ、と。

そんなところにルイさんが現れて、最初は何も変わらないと失意の溜め息を吐いていたが、あれよあれよと父や母の縁故の職員を淘汰《とうた》していくではないか。

これはとうとう、菊乃井の坊っちゃん……私のことだけど……が、両親を追い落とし始めたに違いないと、ここ最近追われてしまったひと達を、残ってるひと達が声をかけて呼び戻してくれてるんだって。

「私の動きはそんなに分かりやすかったですかね」

「いえ、巧妙にEffet・Papillonの販売ルートを散らしたり、仕入れている形を取っておられるので気づく人間は気づく程度です。が、我が君の祖母君の集めた者達は流石、異様に目鼻が利く者が多くいました」

「そうですか。それは祖母に感謝しないといけませんね」

上がアレでも中堅が何とかなったら、割りと何とかなるの見本を見せられて、私としてはちょっと複雑だ。

「私としてはロッテンマイヤー女史にも感謝を。彼女が昔の繋がりを絶たずにいてくれたから、人材を呼び戻せたのです」

「得難いひとです。私からも感謝を伝えておきます。代わりと言ってはなんですが、戻ってきてくれた方々にも、我慢を強いた方々にも、私が感謝していたとお伝えください」

「承知致しました。」

すくっと立ったまま一礼すると、用事は済んだとばかりにルイさんが扉へと向かう。

と、私の膝の上で布絵本を読んでいたレグルスくんに、ひたりとルイさんの視線が当てられた。

「……よく似ておられますな。願わくばご父君と同じ道を歩まれませぬよう」

「勿論ですよ。この子にはそんな道は行かせません」

「そう言えば祖母君を知っている配下の者が、我が君を通りがかりに見かけたそうですが……。我が君の中身は察するところながら、外見も祖母君とそっくりでいらっしゃると聞きました。ご兄弟揃うと確かに眼福《がんぷく》ですな」

腹芸が得意なわりに、お世辞が下手とかなんだかなぁ。

まあ、いいや。

ルイさんの背中を見送ると、私は祖母の日記の栞《しおり》を挟んでいたページを開く。

もう一つ、仕掛けが必要なのだけど、それはルイさんに内緒で。

こちらを窺うロマノフ先生に、ひよこちゃんを膝から下ろして問いかける。

「ロマノフ先生、『宇気比《うけひ》』の件はどうなっていますか？」

「ラーラがギルド本部に掛け合って、奴等とエストレージャが闘う試合をそのように取り計らうと確約頂きました」

「ありがとうございます。後は奴等とエストレージャが当たるのを願うだけですね」

「はい。しかしよくそんな旧い儀式を知っていましたね」

「祖母は帝国の歴史に興味があったようで、帝国開闢《かいびゃく》の時に初代皇帝が神憑《かみがか》り的な力を持っていたのはこれのお陰では……と」

そう言う一文を日記に残す辺り、祖母は歴女だったのかしら。

兎も角、札は揃ったようだ。

# 確認作業は綿密に

武闘会はトーナメント形式の三人対三人の対戦で、組み合わせはくじ引きで決められる。

本選第一試合、エストレージャは帝国の東に位置する国・桜蘭《おうらん》教皇国の衛士団から派遣されて来た人たちと当たる。

衛士団とは、騎士団のこと。

桜蘭の政治形態は王政に似てるけど、頂点に立つのは教皇、宗教国だ。崇めている神様は太陽の神様・艶陽公主様。

宗教国ゆえに永世中立を掲げてはいるけど、何代か前に麒凰帝国の第二皇子が臣籍《しんせき》降下して帰依《きえ》した後、教皇に就任した辺りから帝国の属国みたいな雰囲気。

いや、雰囲気じゃなく、そうするために第二皇子を行かせたんだろうけど。

この辺はねー、後ろ楯が欲しかった宗教国と、信仰の保護者としての名望が欲しかった帝国の思惑が合致したんだろうねー。

大人の事情ってやつだ。

で、ヴィクトルさんの報告によると衛士団はエストレージャにとって「負ける相手ではない」そうで。

順当に行けば二回戦で奴等と当たるらしい。

奴等の相手は冒険者の位階としては格下だそうだから、こちらも恐らく負けないだろう。

奴等との試合にはレグルスくんや奏くんと応援に行くことになっている。

さて、エストレージャのことはそれくらいで、今度はラ・ピュセルの方だ。

音楽コンクールは本選出場の八組に絞られると、競い方が少々変わってくる。

帝国劇場で午前と午後の二回、毎日八組のコンサートが開かれ、聴衆が気に入った出演者に投票する人気投票形式なのだ。

これもね、リピーターとか組織票の問題とかあって。

どうにも怪しい時は皇帝ご一家の票で決まる。皇族方のお決めになったことなんだから仕方ないってのは、最強の落とし所だよね。

ラ・ピュセルの滑り出しはとりあえず上々。

音楽コンクールに合わせて遠征してくれると言っていた冒険者さん達も、本当に来てくれたそうで彼女たちも「心強い援軍が来てくれた」と喜んでいるそうだ。

勿論、彼女たちの応援にも行くことにしてる。

んで、私は何をしてるかと言うと、お出かけ用の服作り。

奏くんもレグルスくんも私も、一応応援団的な立ち位置なんだから、三人ともお揃いにした方が良いんじゃないかと。

季節は春から初夏に移ろうとする頃合い、だからセーラー服とソックスガーターとソックスを作ろうと思ってる。

だって絶対セーラー服着たレグルスくんと奏くん、可愛いもん。

奏くんもレグルスくんも採寸して、自分のもやってもらって、型紙から布の裁断・仮縫いまでは終わって後はきちんと縫うだけ。

……なんだけど、数字の違和感が半端ない。何がって私の胴回りとか足回りとか腕回りとかのサイズと、私が思う私のふとましさが全く合わないんだよ。

おかしい。

確かに痩せたはずだけど、鏡で見てると痩せてるようにはみえない。

なのに採寸した数字は間違ってなくて、仮縫いで出来た袖に手を通すと間違いなく入るの。

「認知が歪んでいるからではないのかえ？」

『それだろうな』

「ええ……？」

ちくちくセーラー服を縫ってたら、服の話になったんだけど、姫君と氷輪様の二人してなんか酷い。私、視力は悪くないよ、多分。

珍しく姫君と氷輪様が二人しておいでになったのは、私が宇気比について姫君にお聞きしたかららしい。

「地上では廃《すた》れて久しいのでないかえ」

『この国の初代皇帝が使ったそうだが……知っているか？』

「知らぬな。艶陽はこの国の皇帝一族を贔屓《ひいき》にしておる。おおかたその時に艶陽に縁付いたのだろうよ」

なるほど、神様は興味がないことにはいっそ清々しいくらい無頓着なんだな。

だけど大事なことを聞いた。

この国の皇帝一族は艶陽公主の加護を受けている。贔屓にしているってそういうことだろう。

なら、艶陽公主はこの国を守ってくれてると思っていいのだろうか。

「そう言う訳ではないのがのう……」

『ああ。神というものはお前が思うほど優しくはない。好きなものは好きだが、それ以外はどうなろうと基本的には興味がないからな。艶陽も縁付いた初代皇帝の家族や血脈は愛しても、それ以外は歯牙《しが》にもかけておらんぞ』

「そうなんですか」

うーん、なるほど。

でもそうすると、植物以外にも人間に目をかけてくれるって仰った姫君は凄くお優しいってことじゃん。

一人で頷いていると、姫君が「ふふん」と笑う。

「そうじゃ。妾は寛容なのじゃ。どの神より妾を崇め奉るがよいぞ」

『騙されるなよ、鳳蝶。これはお前とお前の弟以外は、本心では有象無象だと思っているからな』

「有象無象でも目はかけてやるのじゃ。少なくとも何もしないお主よりは優しいわ」

『我は誰に対しても公正公平なだけだ……例外はあるが……』

会話のテンポがあってる辺り、お二人は仲が良いんだな。

イゴール様も何だかんだ姫君とお話なさるんだし、神様同士は皆仲良しなのかしら。

そう思っていると、姫君と氷輪様がジト目をされる。

「別に特別親しい訳ではないわ。ただそなたの話をすると盛り上がるだけじゃ。今宵とて、そなたが『宇気比』の術式を知りたいなぞと言うから……！」

『そうだぞ。この喧《やかま》しいのが宇気比の正式な術式を教えろというから、なんのためにか尋ねたらお前が知りたがっているという。それなら我が直々に教えると言ったのに勝手に付いてきたんだ』

「鳳蝶から教えを請われたのは妾じゃ！　なれば妾が教えるのが筋ではないか！」

『お前に任せたら正しく伝わらぬかも知れぬだろうが。だからきちんと知っている我が教えると言っている！』

おぉう、つまりお二方とも心配して来て下さったのか。

何をしているか逐次報告はさせていただいてるけど、やっぱり危なっかしいとか思われてるんだろうな。

だけどちょっと照れちゃう。

ロッテンマイヤーさんやロマノフ先生を始め、沢山の大人のひとが私に目や手をかけてくれるって、見守られてる感が凄い。

皆して危なくなるまでは好きにやらせてくれるけど、それでもそれとなく軌道修正したり、私の不利にならないよう陰で動いてくれてたりする。

それがくすぐったくて、モジモジしちゃうんだけど、ここはお礼を言わなきゃだ。

「あの……姫君様も氷輪様もありがとうございます。私、頑張ります」

「う、うむ。励むがよいぞ」

『お前は何も言わずとも手を抜いたりせぬのは知っている。だからといって無理はせぬことだ』

「はい！」

頷くと、咳払いをして氷輪様がお渡しした祖母の日記を指差した。

そのページには祖母が調べたのだろう宇気比の術式が、詳細に書かれていて。

『お前の祖母は研究者としても優秀だったのだろうな。お前の祖母が生きていた頃でさえ、遥か太古に失われたものであろうに、よくもここまで調べあげたものよ』

「では、この通りにすれば宇気比は成立するんですね」

『ああ。だが、別にこのような仰々しい儀式をせぬでもよい。正式な術式はもっと簡素だ』

「うむ、妾もそのように記憶している。しかし、そこに書いてある儀式は些か仰々しい故な。妾の思う『宇気比』とそなたのいう『宇気比』が違うものやもしれぬと、氷輪に尋ねてみたのだ」

なんだってー!?

実は宇気比に関して、その術式の確認をロマノフ先生のお母様に裏取りしてたり。

ロマノフ先生のお母様は宇気比の儀式を見たことがあるらしく、祖母の日記の記述に「人正解」と太鼓判をおしてくれた。

だからこの日記をもとに儀式の準備をしてもらってたんだけど。

神様方にお聞きしたのは、何となく確認した方がいいかなっていう予感みたいなものが働いたから。

驚きすぎて、目が飛び出そう。

「えー……、じゃあ、これは正式なやつじゃなくて……？」

『ああ、正式と言えば正式なのだろうよ。ただし、人間界では』

「宇気比というものは、儀式は簡単じゃが効力は高い。故に簡単には行えぬように、その時の力あるものが変えたのかもしれぬぞ。容易に使えぬものと認識させておけば、使おうとするものは減るであろう？」

「ああ、それはあるのかも……」

そういえば祖母の日記にもそんな考察があったな。

権力を握るってそう言うこと――真実をねじ曲げたり、変えてしまうような――が簡単に出来ちゃうってことなんだよね。

わぁ、怖い。

鏡の中に若干青い顔をした自分が映る。

でも、今の私にはその怖い力が必要なんだもん。

ぺちぺちと気合いをいれるために、両頬を軽く叩くと、その手をひんやりさらさらした氷輪様のおててに掴まれる。

『簡素な方のやりかたも教えてやろう。しかし、なぜまたこのようなものを引っ張り出してきた？』

「それは……私の思い込みを潰すためというか……」

言葉を濁《にご》すと、姫君がゆらりと薄絹の団扇を揺らす。

「そなたが拾った連中を騙した輩が、真実騙したことを後悔し、改心していた場合の救済措置であろう」

「その……悪者だって思い込んで突っ走ってる部分はありますし、違ったら向こうの更生の可能性を潰しちゃう訳ですから。まあ、ギルドから来た奴等の報告書見る限りには真っ黒ですけど……保険はかけておいてもいいかと。負けない条件は揃えてます。万が一負けた時のことを考えて、ロマノフ先生が公爵家と繋ぎを付けてくれてますし」

『甘いのか辛いのか解らんな、お前は』

氷輪様の言葉に姫君が頷く。

意見が合うんだからやっぱり仲良しなんじゃん。

宇気比の原初の作法は、全く簡単なものだった。

姫君と氷輪様からもたらされたこの情報は、私はもとよりロマノフ先生、更に遥か昔に宇気比を見たことがあるロマノフ先生のお母様にも衝撃をもたらし、近い未来歴史学者たちにもショックを与えることになるそうだ。

いやね、鳶《とんび》から生物学的に鷹《たか》が生まれるはずないように、普通のエルフからロマノフ先生みたいな「人間って可愛いですよね」なエルフが生まれる筈もなく、お母様も「人間って面白いことやるわよね」系エルフなわけで。

お母様は長年人間が作った儀式や魔術の形式を記録してコレクションするのを趣味としていて、それを人間の歴史学者たちに資料として見せてあげてるそうだ。

で、正式とされている作法に後世後付けされた可能性が出てきちゃったことで、もう何かてんやわんやになりそう。

それは大変だけど、今の私にはそれより大変なことがある。

奴等とエストレージャの試合前に行われる宇気比のやり方は変えない。

正式なやり方だと思ってた方法を、先方にもう伝えてあるからと言うのもあるけれど、十重二十重にチェックポイントを用意しておけば、本気で奴等が改心していた時にセーフティが働くことになるからだ。

「この期に及んで甘いですかね……」

「甘いかそうでないかの二択なら、甘いですね」

すっぱりとロマノフ先生が言う。

そもそも奴等が改心しているなら、手配をかけられて一日で居場所が割れてるんだから、出頭したら良かった訳で、それをしなかった時点で黒なのだ。

男爵に止められたにしても、それなら男爵が公式文書等をこちらに寄越すのが筋だし。

それも無かったのだから、大概菊乃井は舐められているのだろう。

だろう……じゃないな。確実に舐められている。

それはロマノフ先生から教えられた現実だ。

なんと菊乃井さん宅の家庭の事情は、近隣どころか帝都住まいの大貴族には筒抜けなんだそうな。

つまり私が死にかけても放ったらかしな文字通り放置子で、異母弟を引き取った事を男爵は知っている。それこそ、この件でルイさんが交渉に行くより前から。

当主代理と勝手に名乗ってるだけで、親との仲が芳しくないからどうとでも転がせると思われてるのだ。

それも男爵から身代巻き上げる気になった要因なんだよね。

この貴族社会、舐められっぱなしでは渡って行けない。

それでこの男爵の件が私の試金石になるそうで。

勝てば公爵家に貸しを作る形で縁付けるけど、負けたら反対に借りを作ることになる。

この一件が私という人間に投資すべきか否かの指標となるのだ。

「勝ちますとも」

「正義は我にあり、ですか？」

「いいえ、やられたら倍返しの精神です」

そんなドラマが生前あった……気がする。

両親を向こうに回して権力をぶん捕りに行くには、後ろ楯があった方がいい。

この件の最初から、そう考えてロマノフ先生やヴィクトルさんは公爵閣下と連絡を取っていたそうだ。

何故私にそれを言わなかったのかと言うと、公爵閣下との連携の必要性を私が気付くかどうか計っていたそうで。

「気づかなかったらどうなっていたんですか？」

「どうにもなっていません……と言いたいところですが。そうですね、公爵と縁付くのが数年先送りになったくらいかな」

「つまり権力奪取が数年単位で遅れるってことですね」

「まあ、そうともいいますが……でもね、私はそれでも良いと思っています。君はまだ幼年学校にも入れない歳なんですよ。貴族の大人なんて政治力と面子の化け物の中に好き好んで入らずとも生きていける歳でもある。いずれ嫌でも闘わなければいけないのに、それを先延ばしにしたがるなら兎も角、生き急ぐ必要はないと思うのです」

「それは……」

そうなのかもしれない。

でもそれじゃダメなんだ。

だって私には時間がどこまで残っているか分からないんだもの。

私が死ぬより前に、絶対にやっておかなければいけないことがある。

だから急いで親から権力を奪って、その上で速やかにレグルスくんが跡継ぎになれるように、色々と整えなければ。

首を横に振った私に、ロマノフ先生が眉を八の字に下げた。そしてそっと溜め息を吐く。

「教師は教え子をわざと苦労させるものですが、本当にしたいと願うことは出来るように準備しますし、危ないときは身を挺するものです。君が本心から中央に進出したいなら、それを手助けすることに否はありませんが、そういうことではないのでしょう?」

「……はい。中央に出る気はありません。ありませんが、菊乃井の中枢を握る気は満々です」

そうでなければ本格的に領地を変えていけない。

けれど、私が両親から権力をもぎ取りたい理由はそれだけじゃなくて。

覚悟を決めて、ロマノフ先生の手を握る。

「私は両親を追い落とした上で、レグルスくんを正式に私の跡継ぎに据えたいのです。今のままでは私に何かあっても、レグルスくんに菊乃井は継げない」

「それは……」

麒凰帝国の国法では、貴族の家の跡継ぎに娘が指名された場合、爵位は娘とその娘が産んだ子供にのみ継承が許される。

その場合、本来は娘は分家から婿をとり、その婿を養子にするものなんだけど、母はそうしなかった。

父が伯爵と呼ばれるのは便宜上で、爵位自体はない。

つまり、菊乃井の爵位継承は母から私には可能でも、母からレグルスくんには絶対にいかない。

現状ではレグルスくんは、何がどうあっても菊乃井の跡継ぎにはなれないのだ。

かつて母の従僕セバスチャンがレグルスくんに家を乗っ取られる心配が……なんて私に言ったけど、あれは私がこの話を知らないと思ってたんだろう。

主の疎んじてる子供とはいえ、よくも跡継ぎを侮《あなど》ってくれたもんだ。いつかこの落し前はつけてもらう。

……じゃなくて。

蛇の道は蛇というか、そこは抜け道が用意されている。

その方法にロマノフ先生は思い至ったのか、わずかに眉を上げた。

「……一般論では酷なことを、ですね」

「一般論ならそうでしょう。しかし、うちには当てはまらない。母は伯爵夫人……領主です。彼女が身につけているドレスもアクセサリーも、元は全て領民の血税だ。富を吸い上げて、それを均等とは言わないまでも、民に再配分するのが領主の役目。能力的にそれが出来ないなら、出来る人物を登用するのも領主の使命でしょう。そういったことをせず、利益だけを得るのは許されない。だから領主として最低限の義務を果たしてもらうだけです。それが酷なことでしょうか？」

「いえ、あくまでも一般論です。ただ……何も実情を知らない人間はそのように思う、とだけは知っていてください」

「はい、それは重々。ご協力くださいますよね？」

余人に後ろ指を指されても、やらなくてはいけないことがある。

手を握ったまま、ロマノフ先生を見上げると、直ぐ様膝を折って目線をあわせてくれて。

「勿論です。降りかかる火の粉は私達大人が払いましょう」

「ありがとうございます」

「しかし先ずは賭けに勝たなくてはね」

わしゃわしゃと頭を撫でられる。

そうこうしている間に、私たちのいる屋敷のエントランスに、レグルスくんと奏くんがやってきた。

「にぃに、れー、ひとりでふくきれたー！」

「この服、みんなおそろいなんだな！」

同じ色でスカーフ留めの刺繍だけが違うセーラー服に身を包み、奏くんとレグルスくんがきゃっきゃと歓声をあげる。

私も同じセーラー服で、菊乃井応援団の完成だ。

「では、行くとしますか」

「はい！」

今日はラ・ピュセルとエストレージャの応援に行く日。

空は快晴だった。

ロマノフ先生の転移魔術でバビュンッと飛んだ先で迎えてくれたのは、ヴィクトルさんの明るい声だった。

「いらっしゃーい！」

宮廷音楽家の筆頭、ヴィクトル・ショスタコーヴィッチ卿におかせられては、帝国劇場に専用の楽屋をお持ちだそうで、今回ロマノフ先生が転移先に選んだのはそこ。

宮廷音楽家、恐るべし。

事前にロマノフ先生が飛ぶ場所と時間を連絡してくれていたので、出迎えに来てくれたのだ。

ラ・ピュセルの楽屋は大部屋で、他のパフォーマー達と仲良く……したいのに、マリアさん以外仲良くしてくれなくて、彼女の楽屋に避難しているとか。

「んん？　マリアさんの楽屋って……マリアさん個室なんですか？」

「そりゃそうだよ。彼女は第二皇子お抱えの歌手だもん。扱いも存在も別格さ」

「そうなんですか」

マリアさん——第二皇子お抱えの歌手も音楽コンクールには出場している。

他にも大貴族お抱えの歌手や演奏家が出場しているそうで、そういうのがちょっと弱いラ・ピュセルは結構嫌味を言われたりしているとか。

「僕も警戒してずっと一緒にいたんだけど、ちょっとお手洗いとかいった隙に色々言われてるのをマリア嬢が助けてくれたんだって」

「そんなことが……」

「うん。『平民風情が粋《いき》がってる』とか『身の程知らず』とか色々それはもう」

「うちが名ばかりの伯爵家なせいで、お嬢さん方にはしなくていい苦労をさせてしまいましたね」

ちくせう。

家名に伴う力がないと、こういうことになる。

ぎりっと握った手に力をいれると、拳に私より小さな手が触れた。

ふわふわの金髪が今日もひよこの羽毛のような私の弟。

この子も奏くんも屋敷の皆もラ・ピュセルもエストレージャも、懐に入れたもの全てを守るためにも、早急に力を手にしなければ。

強いというのは力を持つことだけではないのは分かっているけれど、それでも振るえる力がなければお話にならない。

「だいじょうぶだよ、若さま。おれらそんなに弱くないから」

「へ？」

自分の内側に沈みこんでいたようで、目の前にはちょっと屈んだ奏くんの顔。

「へへっ」と笑って鼻の下をこする。

「悪口なんて言いたいやつには言わせとけばいい。どうせ悪口いうやつは、お姉ちゃんたちが良いとこのお姉ちゃんたちでも、かげでこそこそ悪口言うんだから」

「ああ、うん。あの娘《こ》達もそういってマリア嬢をポカンとさせてたっけ」

「おれらお姉ちゃんたちのおうえんに来たんだ。イヤなことというやつより大きい声でお姉ちゃんたちをおうえんして、元気になってもらわなきゃ！　悪口言うやつのこと考えておこるより、そのぶん腹に力いれてがんばれって叫ぶほうが、なんぼかお姉ちゃんたちのためになるぜ」

「にぃ……あにうえ、れー、じゃない、わたしもがんばりましゅっ！」

最近レグルスくんは「す」を噛んじゃうことが多いんだけど、これはこれで可愛くて和むわー。

いや、もう、解ってたけどさ。

「奏くんってさぁ、男前だよねー」

「そっか？」

「うん。世界一カッコいい。そういうとこ好き」

しみじみ言うと、ロマノフ先生とヴィクトルさんが「え？」みたいな顔したけど、何でさ。

レグルスくんもウゴウゴしながら「れーは？」って聞いてきたけど、レグルスくんは世界一可愛いひよこちゃんです。異論は認めない。

てくてくと長い回廊と階段を歩くと、マリアさんの楽屋のいつかの屋根裏《キューポラ》に着く。

かつてマリアさんはここでその歌手生命を奪われそうになった。

そんな場所を専用の楽屋として用意するとか、どういうことなの？

訝《いぶか》しく思ったのは私だけじゃないようで、ロマノフ先生がヴィクトルさんにどういうことか訊ねる。

すると、ヴィクトルさんは「それがね」と肩をすくめて話し出した。

「色々忘れないために、だそうだよ」

あの日、喉が治ったのは奇跡だったこと。

自分が誰に守られ、誰を守らねばならないか。

あの事件はマリアさんの中に、そういう大事なことを深く刻み込んだのだそうで。

それをより意識できるからと、「ニヤリ」と笑ってこの部屋を使っているそうだ。

「強い娘だよ。あの時レッスンを断らなくて良かった。あのご縁がなかったら、魅力的な歌手が一人、世の中から消えちゃってたかもだしね」

「それだけじゃない。ヴィーチャがマリアさんのレッスンを断ってあの悲劇が起こってたら、ララとの縁も切れていたかも知れないんです。鳳蝶君は私達に報酬を払ってないと言いますが、充分前払いしてくれているんですよ」

「そんな大袈裟《おおげさ》な……」

人と人の縁は不思議なもの、どこでどう繋がっているか解らない。

私はその時にマリアさんが必要としたものを渡しただけに過ぎないのに、そこまで言われたらお尻の座りが悪くなっちゃう。

何とも言えなくて、困っていると、ヴィクトルさんが苦く笑いつつ楽屋の扉をノックした。中からの応《いら》えに、扉を開けると何とも華やかな光景が。

「お邪魔します」

「ようこそ、私の楽屋へ。お久しぶりですこと、ご機嫌よろしくて？」

「はい、マリアさんもあれからご活躍の様子で……」

「ええ、色々と。でもそれはお互い様でしょう？」

薔薇《ばら》色の唇に笑みを乗せたマリアさんの後ろには、私の作った白のステージ衣装を着たラ・ピュセルのメンバーがきゃっきゃうふふしてるとか、凄く目の保養。

そう思っていると、するりとマリアさんの視線が、私から外れて左右の奏くんとレグルスくんに注がれる。

二人を紹介しなくっちゃ。

そう思って奏くんを見ると、目と口を大きく開いてポカンとしてて。

つつくと、はっとした様子で「おひめさまがいる……」と呟いた。

「こちらは私の友人の奏くん、金髪の小さい子は私の弟のレグルスです」

「あ、あ、の、か、奏です。初めまして……」

「菊乃井レグルスです！　よろしくおねがいします！」

「まあ、ご丁寧に。私はマリア・クロウと申します」

ぺこんと頭を下げた二人に、マリアさんは実に美しいカーテシーで返してくれた。

貴婦人というに相応しいその所作に、マリアさんに侍るようにしていたラ・ピュセルのメンバーがうっとりと溜め息を漏らす。

そう言えば私もレグルスくんも奏くんも、ラ・ピュセルのメンバーたちも、皆礼儀作法はラーラさんから教わっているんだから、姉弟弟子になるのかしら。

豪奢な青のドレスに身を包み、柔らかに微笑む姿は、確かにお姫様のようだ。髪には私が以前差し上げたつまみ細工の髪飾り。

ラ・ピュセルのお嬢さん方には刺繍で作ったお揃いだけど色違いの小花のイヤリングと髪飾りを渡してある。

見た目は決して負けていない。

後は歌でどこまでマリアさんに迫れるかだけど、彼女達には楽しく歌ってもらえればそれでいいかな。

そんな事を考えていると、マリアさんがじっと私を見て、それから含みのある笑顔を浮かべた。

「やはり私の眼に狂いはありませんでした。ラーラ先生をご紹介してよう御座いましたね」

「あ、そうだ。その件のお礼がまだでした！　良い方をご紹介頂きありがとうございました。ラーラさんには大変お世話になっております」

「たった数ヵ月でそんなにお痩せになったのだもの、ラーラ先生の手腕はお分かり頂けましたでしょう？　とてもお可愛らしくなられて、私も鼻が高う御座います。その見たことのない服も素敵でしてよ」

「ありがとうございます。マリアさんは今日も凄くお綺麗で。その青のドレスもさることながら、花と小鳥の刺繍の緻密さも、マリアさんの華やかさを引き立てていらっしゃる」

いやはや、私は馬子《まご》にも衣装ってやつだけど、マリアさんのは本当に着てるものと着てる人が見事に調和している。

口許に扇をあてて笑う仕草も本当に優美だ。

「マ、マリアさま、すごくきれいだなぁ」

「しゅごいねぇ……かーいー」

二人でこっそり話してるつもりのレグルスくんと奏くんの言葉に、おさげがトレードマークの美空さんがくすっと笑う。

リュンヌさんやシュネーさんも。

「私達の応援に来てくれたんでしょ？　もっと励ましてよね！」

「そうそう、若様もひよ様も奏くんもマリア御姉様だけじゃなくて、私達にも言うことがあるでしょ！」

ステラさんがポニーテールを揺らしながら、凛花さんもちょっと唇を尖らせているけれど、目は二人とも悪戯に笑っている。

「ええ、皆さんとても可愛くて美人ですよ！」

「うん、すげぇかわいい！　おれ、おうえんしてるから！」

「おねーしゃんたち、がんばって！　れーも、おうえんするー！　あと、かーいーよ？」

かーいーってのは可愛いってことだよね。可愛いのは両手を振って、ちたぱた応援する君です。

「さて、いい具合に緊張が解れたね」

「「「「はい！」」」」

「出番はもうすぐだよ、皆！」

「「「「はい！」」」」

パンパンとヴィクトルさんが手を打ち鳴らす。

「えいえいおー！」と入れた気合いにマリアさんも私達も交ざる。

開演のベルが鳴るまで後もう少し。

# 袖すり合うもアリーナの縁

帝国劇場の座席は、音楽コンクール期間中だけは指定席ではなくて早い者勝ちになる。

それでもコネとかなんとかの力ってのは大きくて、ヴィクトルさんのお陰でラ・ピュセルとマリアさんの出番の時だけ最前列を譲ってもらえることになっていた。

ロマノフ先生に連れられて座席にいくと、本当に最前列、それもど真ん中の席が四つ空いていていロマノフ先生、私、レグルスくん、奏くんの順で座ると、レグルスくんがしょぼんと困り顔に。

「にぃに、れー、みえない……」

「あらら……一人で座ると椅子に沈んじゃうか……」

「おやおや。私の膝に座りますか？」

「どうぞ」とロマノフ先生が両手を広げて膝に招いてくれるけど、どうしたことかレグルスくんの顔がしょっぱい。

じゃあ私が抱っこしようと思ったけど、レグルスくんを抱っこすると今度は私が見えないんだよ。

それは背丈的に奏くんも同じこと。

どうしようかと思っていると、ひょこっと座席の後ろから丸め三角の獣耳が生えて。

それを四人で見ていると徐々に人の顔が現れた。

「アンタら何かお困りかい？」

「え、や、困っていると言うか……？」

「いすにすわると、まえがみえないの！」

「坊は座ると前が見えなくなっちまうのか。そりゃ困ったな」

虎と同じく黒字に白の丸が染め抜かれた虎耳状斑のついた耳、黄色に近い金に所々黒の混じった髪、猫の瞳孔の金瞳、シャツの上からでも逞しさが分かる広い胸、全体的にワイルドな魅力を漂わせた青年が、私達を背後から見下ろす。

こういうときに物怖じしないレグルスくんは、やっぱり大物だと思うわ。

思案して暫し、やっぱり膝に乗せようと両腕を広げて招くと、椅子からレグルスくんが立ち上がる。

それを何を思ったか虎耳青年が抱き上げた。

慌てふためくと「よっこらせ」と青年が座席の背を跨いで、椅子に乗り上げる。

「アンタら物は相談なんだけどよ。オレは今から出てくる『ラ・ピュセル』って合唱団のお嬢ちゃんたちを贔屓にしてるんだわ。んで、出来れば前で見たい！　凄く前で見たい！　で、坊は椅子に一人で座れないから困ってるんだよな？　じゃあ、オレの膝に乗せてやるから、代わりにオレをこの席に座らせてくんねぇ？」

ニカッと笑った顔は爽やかで、悪いひととは思えない。

思えないんだけど、初対面のひとの膝に座らせるってどうなんだろう。

悩んでいると、成り行きを見ていたロマノフ先生が頷いた。

「いいんじゃないですか、ご親切に甘えたら」

「や、でも……見ず知らずの方にご迷惑をお掛けするのは……」

「うん？　見ず知らずか、そうだな。えーっと、オレはジャヤンタ。コーサラから来た」

「あ、ご丁寧にどうも。私は……鳳蝶と言います。抱っこして頂いているのが弟のレグルスで……」

「おれ、奏！」

「おお、よろしくな！」

家名はなんとなく名乗らない方が良い気がして、名前だけを名乗ると気にした様子もなく、ジャヤンタさんはレグルスくんを膝に乗せて席につく。

レグルスくんは視線が高くなって「ありがと！」と、きちんとお礼を言った後きゃっきゃして。

奏くんも隣に座ったジャヤンタさんの、主に耳に興味津々だ。それは私もなんだけど。

その視線に気付いたのか、ニヤリとジャヤンタさんが唇を引き上げた。

「虎耳だけで驚くのは早いぜ。何せ尻尾も牙もあるんだからな」

「そうなんですか！」

「すげぇ！」

「はは、見せてやるよ」

そう言うと、口に指をかけて鋭い牙を見せてくれて、座席の隙間からしゅるっと虎柄の尻尾も見せてくれた。

ジャヤンタさんが教えてくれたけど、コーサラは帝国の遥か南にある獣人の王国だそうな。

彼は冒険者を生業としていて、偶々お祭り期間中に帝都に来て、暇潰しに音楽コンクールのコンサートを聴いて、ラ・ピュセルのファンになったとか。

私達を見つけたのは、何とか前の席を確保しようとうろうろしていたら、レグルスくんが小さくて見えなくて——。

「席が空いてると思ったんだよ。でも坊がいて諦めたんだけどな、この耳だろ？　会話を拾っちまってさ」

「そうですか、そう言うことなら遠慮なく。弟をお願いします」

「こちらこそありがとよ。一緒に応援しような、坊」

「うん、ありがとー！」

落ち着いた所で、私も椅子に座り直すと、レグルスくんにお膝の貸し出しを申し出てくれた事をロマノフ先生にお礼申し上げる。

「ふられてしまいましたけど」と先生は笑ってたけど、レグルスくんはなんであんなにしょっぱい顔をしたのかな。

後で聞いてみようか。

そうこうしているうちに、開幕のベルと着席のアナウンスが。

ゆっくりと劇場の照明が落とされ、完全に暗くなる寸前にステージが輝くように明かりが灯った。

ラ・ピュセルのコンサートが始まるとアナウンスがあって、舞台に五人が駆けてくる。

軽やかな足音とフワフワと揺れる裾とマントが、少女たちの可憐さを表しているようで、観客から拍手や「可愛い！」とか、それぞれの名前を呼ぶ声に「頑張れー！」や「応援してるぞー！」という野太い声が交じっていて。

奏くんやレグルスくんと目を見合わして、私たちも「がんばって！」と叫ぶ。

「「「「私たち、菊乃井少女合唱団『ラ・ピュセル』です！」」」」

ラ・ピュセルの五人が私たちに気付いたのだろう、何時《いつ》もは自己紹介と、腕を広げるポージングだけのところをウインクまで飛ばすファンサを追加してくれた。

マイクというものが発明されていないこの世界、魔術で声を拡散できたりしないと、歌手の声は劇場の奥や二階座席までは届かない。

それを補うために歌手は魔術が使える人間がほとんど。でもラ・ピュセルは平民の出だから魔術を学ぶ機会が無かった。

でも彼女たちに使えなくても私には使える。

小花のイヤリングにも髪飾りにも、マイクのような効果が出るような魔術をかけておいたのだ。

曲の前奏が始まると、客席が静まり返る。

彼女たちがコンクールのための演目に選んだのは、前世の「俺」がよく聞いていた男性五人組のアイドルグループの歌で、花屋の花に人間を例えながら「一番」じゃなくたって、皆それぞれが誰かの「唯一」だという歌詞。

振り付けは前世で見たのを一生懸命思い出して、ダンスの時間に踊ってたやつだ。

直接ラ・ピュセルに教えた事はないから、ヴィクトルさんとラーラさんが協力して彼女たちに教えたのだろう。

一人一人確り個性を出しながら歌って踊る背中には、妖精の羽のようなマントが翻る。歌にあわせて手拍子も聴こえて、概ね聴衆には受け入れられているようだ。

ピアノの伴奏が曲の終りを知らせるように止まると、五人は一列に並んで元気に「ありがとうございました！」と頭を下げて舞台から降りる。

ていうか、今気付いたけど演奏は生オーケストラなんだけど、指揮はヴィクトルさんがやってたみたい。

オーケストラピットから出てきて一礼すると、また戻っていく。

もそっとレグルスくんが動いて、ジャヤンタさんを振り返った。

「おねーさんたち、おわっちゃったねー」

「だな。今日も可愛かったし、歌もオレは好きだな。でもオレの相方は次に出てくるマリア・クロウの方が好きだってよ」

「マリアおねーさん、かわいいよ」

「そうだな、両方可愛いな」

ニコニコとレグルスくんをあやしてくれているけれど、お目当てのラ・ピュセルが終わってしまったから、お膝から退かせた方が良いだろう。

「ジャヤンタさん、ありがとうございました。もしこの後ご用がおありでしたら……」

「いや、用はねぇよ。この後のマリア・クロウも見るんなら、最後まで付き合うぜ？」

「ありがと！」

「ありがとうございます」

お礼をいうと、人の良さげな笑顔が返ってくる。

暫くの休憩の後、今度は大きな拍手に迎えられてマリアさんが舞台に立った。

美しいお辞儀の後、綺麗なピアノの旋律に乗って、華麗な歌声が劇場に響く。

この劇場からかつて羽ばたいた不死鳥が、再びこの舞台から飛び立って。

隣のレグルスくんや奏くんの表情がキラキラしている。

経済を回して、誰もが劇場に来れるようになったなら、皆こんな表情をするようになるんだろうか。

## 剣に誇りを掲げて

今のところの話だけど、音楽コンクールはマリアさんとラ・ピュセルで競っている状況だとか。

市民と言うか——私、あんまりこの言い方好きじゃないんだけど——平民にはラ・ピュセルが、貴族にはマリアさんが人気なんだって。

マリアさんの歌が終わった後、短い休憩の間に客席から帝国劇場の玄関まで出てきて、そこでジャヤンタさんとはお別れした。

凄く良い人だったし、菊乃井領に寄ることがあったら、何かしらお礼をしたい。

だから、もし菊乃井領に来ることがあって、何かしら困り事があったらギルドマスターに私の名前を告げて欲しいと伝えると、にこやかに笑って承知してくれた。

で、次はエストレージャたちの試合。

過去、ロマノフ先生とヴィクトルさん、ラーラさんはコロッセオの試合に出たことがあるそうで、今度はコロッセオの選手控え室の近くに転移した。

勝手知ったる何とかで、ずんずん廊下を進むロマノフ先生にくっついて、私たちも進む。

すると石造りの廊下の突き当たりに、小さな木の扉が。

ノックすると、中からラーラさんが出てきた。

「やぁ、いらっしゃい」

「お邪魔します」

代表して挨拶してから室内に入ると、ロミオさん・ティボルトさん・マキューシオさんがそれぞれ得物の手入れをしていた。

「これは……よくおいで下さいました！」

さっとかけていた粗末な木のベンチから降りて、石の床に膝をつく。

臣下の礼と言うやつなんだけど、石に膝頭をつくと痛いんだよね。

「そういう儀礼的なことは必要ありません。これから試合ですから、気を楽にしていてください」

「はっ！　ありがとうございます！」

うーむ、出会った時はもうちょっと砕けたはすっぱな言葉遣いだった筈なんだけど、そういうところも直した……のかな。

まあ、乱暴な口調より丁寧な方が聞く分には良いし、受ける印象だって悪くはないもんね。

ベンチに座り直すと、三人は武器の手入れを再開する。

ロミオさんはスタンダードに剣と盾、ティボルトさんは槍、マキューシオさんは鞭と投げナイフで、三人とも初級の魔術なら使えるそうだけど、マキューシオさんは水系統なら中級の攻撃魔術も使えるとか。

魔術を使える人にはそれぞれ特化して得意な属性と言うのがあるそうで、だいたいが四大元素のどれかに当てはまるらしい。

「だいたいが」だから、当てはまらない人も勿論いるし、多重属性持ちだって少なからずいる。

私が丁度頂いてる加護の関係で、土・風の多重属性だったりするけど、本来なら私の得意分野が付与魔術だから多分無属性。

付与魔術は多重属性の極みで、その道を極めようとすると、結局どの属性も特化して得意と言うことはなくなるから、結局無属性に帰結する……らしい。

無属性は言わば魔術のオールラウンダー、得意もないけど不得意もないのだ。

だから今の私の状態は付与魔術師としては歪《いびつ》なんだよねー……。

この辺りはちょっと神様方にご相談かな。

それはさておき、私がここに来たのは確かに応援の意味もあるんだけど、付与魔術が切れてないかのチェックのためだったりする。

私は鑑定眼持ちじゃないし、鑑定用の道具もない。けど、魔術が切れたか否かは服の破損状況によって解るのだ。

入念に三人の服を確かめる。

僅かな綻びすらも見逃さないように、彼らの服に私の魔力を通して漏れ出ている部分がないか確認して。

少し弱ってる部分は持ってきた裁縫道具で、ちょちょいと補強しておく。

「勝つための準備はしてあります。後は全力でぶつかってください」

「勿論です。見ていて下さい、若様」

勝敗は戦場に着く前の準備段階でほぼ決まる。

この武闘会だって実力がモノを言うように見えて、その準備段階でほぼ決まっているのだ。

それは何も今回みたいな政治的な裏話のことでなく、身につける防具や武器の選定・手入れ、或いは自身のコンディションの調整でもある。

勝つための準備をするのと、負ける要素を徹底して排除するのが裏方の役目。

繕うところがそんなになかった辺り、彼らの力も上がっているのだろう。

修行を始めた最初の方なんか、毎日繕い物してたっけ。

私の技術の向上にも、大分貢献してくれたよね。

そして準備が終わると、観客席に向かう。

すると関係者席に、私の代理としてルイさんがいた。

朝、先にヴィクトルさんが菊乃井に迎えに行って連れてきてくれたそうで、私の方をちらりと見て感じ悪く笑う。

私と彼は反目しあっている……と男爵に思わせている以上、愛想良くは出来ないから睨み付けておく。

もうここから勝負は始まっているのだ。

試合開始に先立ち、戦士たちが闘技場に入場してくる。

私たちが座っている側の入り口からはエストレージャの三人が、相対する側からはスキンヘッドとモヒカン、それから角刈りの屈強と言う言葉が良く似合う男たちが入ってきた。

向こうの関係者席には、バラス男爵であろうでっぷりと肥えた男が、ふんぞり返っている。

と、エストレージャと共に入場してきたラーラさんが、関係者席に腰を下ろす。

すると、コロッセオの中央に設置された石造りのリングに、身形《みなり》の良い長身痩躯《そうく》の初老の男性が、白の混じったカイゼル髭を撫でながら立った。

「お集まりの紳士・淑女の皆さん、私は冒険者ギルド帝国本部の本部長・マキャベリ。お見知りおきを！」

芝居がかった仕草で胸に手を当てて一礼する。

そしてわざとらしく咳払いを一つ。

「試合開始に先立ち、お集まりの皆さんには立会人をお願いしたい！」

大声がコロッセオに響く。

すると闘技場のエストレージャの出てきた方から、炎が燃え盛る巨大な壺のようなものが、反対側の入り口からは月桂樹の枝葉を持った女性が闘技場中央に出てきた。

それに対して、ルイさんが僅かに動揺したのが見てとれる。

本部長が着ているフロックコートの内側から、仰々しく巻物を取り出すと、それを観客に向かって広げた。

書かれていたのは、冬に菊乃井領で起こったモンスター大発生未遂事件の顚末《てんまつ》、エストレージャや奴等の置かれた現状、それから私と男爵の賭けの内容で、とうとうとマキャベリ本部長が読み上げると、コロッセオはえもいわれぬ雰囲気に包まれて。

「尚、これより更に厳密な賭けを行うための儀式を行う。その前に、双方の賭けるものを示して頂きたい」

その言葉に、ルイさんがラーラさんを一瞥する。すると、ラーラさんが懐から一枚の証文を取り出した。

「菊乃井家の嫡男・鳳蝶殿より、私、イラリヤ・ルビンスカヤ、我が盟友たるロマノフ卿・ショスタコーヴィッチ卿が委託する Effet・Papillon の帝国販売利権と我ら三英雄の身代を、この一戦に賭ける旨の証文をここに提示する」

「わ、私はバラス男爵家の収税権と伝来の土地や屋敷を賭ける旨の証文をここに提示する！」

ちょっと待て、私は先生たちの身代を賭けるなんて言ってないよ⁉

ルイさんが目を見開き、私も隣に座っているロマノフ先生とラーラさんを三度見する。

しかし先生は「勝つんだから良いじゃないですか」とのほほんとしていて。

帝国三英雄の身代に男爵家の身代で、コロッセオは凄まじい熱気を帯びる。

それに呑まれて異議を唱えられないまま証文がマキャベリ氏の手に渡り、奴等とエストレージャがリングに並ぶのを見ていると、火がごうごうと燃える壺で月桂樹の枝葉を女性が焙《あぶ》った。

「これより宇気比を執り行う！」

コロッセオが大きくざわめく。

帝国臣民なら宇気比と言う言葉は一度は必ず聞く。

何故なら帝国の建国話で、初代皇帝がその神憑《かみがか》り的な力を得るためにやった儀式として伝わっているからだ。

しかし、それも大昔の話で正しい儀式の遣り方など残っていないのが定説だったのが、エルフと沢山の歴史学者の協力を元に再現できたとの発表に、更に会場が沸き立つ。

「宇気比とは誓約とも書く。つまり誓いを立てること。君たちは罪を犯したことを心から悔いている、償いたいと思っていると、この地を守る六柱の神々に千を超える人々の前で誓えるな？」

鋭いマキャベリ氏の眼光に萎縮することなく、双方が頷く。

私に先入観があるからか、奴等がにやついているように見えるんだけど。

「あいつら、なにニヤニヤしてんだよ」って奏くんがむすっとしてるから、気のせいじゃないんだろう。

儀式は進む。

焙った月桂樹の葉を人数分千切ると、マキャベリ氏は更に言葉を続ける。

「この者たちが真に己の所業を悔いているならば、何も起こらない。しかしそれが偽りだった場合、試合開始に伴いその身は呪いに蝕まれる。双方、神掛けて悔いていると誓うか？」

「「はい！」」

「「おう！」」

「では、この聖なる炎に焙られた月桂樹の葉を食すがいい」

そう言って渡された月桂樹の葉をエストレージャはムグムグとよく噛んで飲み込む。しかし、奴等はと言うと葉を口に含んだ後、口元を手で覆って飲み込んだか否かを隠すようにしていた。

さあ、仕掛けは整った。

「両者とも、正々堂々と戦うように」

マキャベリ氏に代わって現れた審判がリングに立つ。

「これよりエストレージャ対サイクロプスの試合を開始する！」

審判が手を振り下ろすのと同時に、試合開始の銅鑼《どら》がコロッセオに轟《とどろ》いた。

# 石橋も叩きすぎたら壊れる

「……なんか、ごめんね？」

「いやー……そのー……大丈夫です……はい」

茜さす、西日も眩しい闘技場の玄関で、私はロミオさん・ティボルトさん・マキューシオさんに頭を下げた。

結論を言うとエストレージャは勝った。

勝ったんだけど、その……勝ち方がちょっと。

「若さまやっちゃったな……」

「う、うん。反省はしてます、本当にごめんなさい」

「れーもごめんするから、にぃにをおこらないで？」

「や、本当に大丈夫です……はい……えっと次もありますし！」

ロミオさんたちは恐縮しきりだけど、レグルスくんも私の真似をしてぺこりと頭を下げる。

奏くんも何だかんだで一緒に謝ってくれたんだけど、本当に何か申し訳ない。

ロマノフ先生なんか、笑いが噛み殺せてないし。

「いやぁ、まさかあんな結末になるとはねぇ！」

「試合開始後数秒で決着とか、あれは歴史に残るよ」

歴史に残る。

ラーラさんのその言葉に私も三人も思わず遠い目になるんだけど。

試合開始を報せる銅鑼の音が、コロッセオの空気を震わせ、奴等が一歩脚をエストレージャに向かって踏み出したその刹那《せつな》――――。

「いきなり足元に黒いもやが出てきて、それに巻かれてふらついて、勝手にマキューシオ兄ちゃんの鞭に足引っかけて、避けようとしたロミオ兄ちゃんの盾で頭打って、ティボルト兄ちゃんの槍にズボンが引っ掛かってやぶれるし、転んだひょうしに当たりどころが悪くって、おしりまる出しで気ぜつとか、呪いってえげつないな！」

「……うん、呪われるように仕込んだのはこっちだったけど、あれはえげつなかったね」

いや、本当に。

戦うどころか、勝手に自滅した奴等に男爵も悲鳴をあげていたけど、「月桂樹の葉は飲み込むなと伝えておいたのに！」とか叫ぶから、観客からはブーイングの嵐を食らってた。

もうきっと明日には帝都はおろか、貴族社会に男爵の醜態《しゅうたい》が拡がるだろう。

身代は兎も角、面子も丸潰れだ。

社交界ってのは恐ろしいもので、これでバラス男爵はもう当分は浮かび上がっては来られない。

反対に菊乃井の株が上がる……といいな。上がらなくても「菊乃井に喧嘩を売るな」的なナニかが広まってくれたら御の字だ。

ともあれ、エストレージャと奴等の戦いは終わって、次は私の戦い。

そっと目配せすると、ラーラさんがレグルスくんを抱き上げて、奏くんと手をつないだ。

「にぃに？」

「若さま？」

「先に帰っていてください。私にはやることがありますから」

そう告げると、レグルスくんも奏くんも、静かに頷く。

するとラーラさんが何事か呟き、その姿が光に包まれて消えた。

ここでエストレージャとも暫しのお別れ。

泊まっている宿屋に帰る背中を見送ると、私はロマノフ先生と共に再びコロッセオのエストレージャの控え室だった部屋に入る。

そこにはルイさんが待っていた。

「お待ちしておりました、我が君」

「お疲れ様でした、ルイさん。あの後、男爵には何か言われましたか？」

「宇気比の件を知っていたか聞かれましたが……」

「こうなることを予期して、貴方にはあえて教えませんでしたからね。貴方には同情的だったのでは？」

「はい。伯爵から私に叱責があるのでは……と言っていましたが、私に同情することで伯爵に取りなしてもらいたかったようです。しかしこれでは敵意の行き先が私から我が君に向かってしまいます」「それで良いのです。私が蒔いた憎悪の種ですから、私が刈り取ります」

僅かにルイさんの眉間にシワが寄る。少しばかり不穏な気配が空気を澱ませた。

それに首を振る。

「貴方を信用しないのではないのです。私は屋敷の奥にいれば安全ですが、貴方まで守れるほどの力がまだ私にはない。貴方にはもっと働いてもらわねばなりません。その貴方をこんなくだらない事で恨みを買わせて、危険に晒したくはない」

「承知致しました。ですが、私がいても我が君が居られねば策はならぬのです、お忘れなきよう」

「ありがとう、肝《きも》に銘《めい》じておきます」

頷くと、ルイさんが仄《ほの》かに微笑む。

短い付き合いではあるけど、この人が冷たい人でないのは知っている。表情も変わらないように見えて、実は結構豊かだ。

その人がふっと表情を改めると、私に向かって箱を差し出す。

首を傾げると「ロッテンマイヤー女史からです」と言われた。

受け取って中を確かめると、青が美しい蝶の羽を模した様な形のケープと、黒地に鮮やかな青の刺繍が入った先生たちの肋骨服に似たコートとウエストコート、それから半ズボンが。

驚いていると、控え室の中が光ってラーラさんが現れた。

「間に合ったね、まんまるちゃん。さて、やるよ」

「あ、はい」

とりあえず服を着替えてしまうと、ラーラさんに去年から切らずに放置して長くなった髪を弄《いじ》くられる。

右側だけを長いまま下ろし、左は全て編み込んでしまうと、目元に僅かに化粧を施された。

「まんまるちゃんは眼に力があるからね、思いっきり睨み付けてあげるといいよ」

「鳳蝶君は痩せてから目が力強くなりましたもんね」

「はぁ、そうですか……」

その辺はよく解らないけど、武器として使えるならそれでいい。

私はこれから、ロマノフ先生を護衛にして、バラス男爵の縁戚である公爵・ロートリンゲン家の帝都屋敷へ乗り込む。

そこで今回の賭けのけりを着けるのだ。

あらかじめヴィクトルさんが手配をしておいてくれたそうで、菊乃井の家紋の入った馬車が私とロマノフ先生の前に停まる。

この服にしろ馬車にしろ、勝負の先行きを予想したロッテンマイヤーさんが密かに先生方に頼んでおいてくれたのだ。

「これから先は、こういうことを自分で予期して準備しておかなくてはいけないんですよね」

「その責任は発生するでしょうが、適したところに適した人材を当てはめて働かせるのも君の役目になります。人を頼り、上手く使うこと・使われることを考えていきましょう。なに、君は独りじゃありません」

「はい」

石畳を走る馬車の振動が止まったのは、それから漸《よう》くしてからだった。

## 後顧《こうこ》の戦《いくさ》

帝都って広い訳じゃないから、貴族の屋敷だって所有する面積が爵位ごとに定められてて、確かに公爵家だから広いには広いんだけど、それでも領地の本邸よりはだいぶ小さいらしい。

それでもロートリンゲン家は白亜の大豪邸だった。

広い家なんて自分の家で見慣れてたはずなんだけど、やっぱりうちみたいな田舎と違って洗練された雰囲気で、本物のセレブってやっぱり凄い。

いや、ロートリンゲンの最初は皇族だから、ロイヤルなのか。

まあ、それはいいとして。

「鳳蝶君、足元に気をつけてくださいね」

「はい、ありがとうございます」

先に降りたロマノフ先生が手を差し伸べてくれるので、それを遠慮なく掴ませてもらう。すると、なんだかエスコートされるみたいな形になるんだけど、私が子供だからか。

兎に角ベルサイユだかサンスーシだかな、真っ白な門をドアマンが開けて中に通される。

出迎えたのはロートリンゲン家の執事だそうで、この屋敷の主と男爵が応接室で待っていると告げられた。

そこまで案内され、扉を開けてくれた彼に礼を告げると、僅かに驚かれたようで。

しかし公爵家の執事たるもの、あからさまに表情を変えたりしない。

部屋に入ると、飴色のソファから壮年の、ダンディって言葉がよく似合う白髪混じり黒髪男性と、同じくらいの歳のこれまた端正なお顔をした榛色《はしばみ》の髪の男性が立ち上がる。

「招きに応じていただき感謝する。私はフランツ・ヨーゼフ・フォン・ロートリンゲン公爵、こちらは私の友人で鷹司佳仁《たかつかさよしひと》、公証人の資格を持つので来てもらった」

「左様ですか。初めまして、菊乃井伯爵家嫡男・鳳蝶です」

「ロマノフ卿から君のことは聞き及んでいるが……六つになったばかりとは思えないな」

「お褒めの言葉として受け取らせて頂きます」

「ああ、勿論だとも。さあ、かけてくれたまえ」

ロートリンゲン公爵と鷹司さんと握手してソファに座る。

どうやらロマノフ先生と鷹司さんは知り合いなようで「久しぶりだな」「この間お会いしましたよ」って感じの会話をにこやかに交わしていた。

ってことは、鷹司さんも貴族かそれに類する出自なのかしら。

それとなく室内を観察すると、びっしり細かく透かし彫りとか入ったチェストとか、棚とか、凄くお高そう。

デスクなんて磨かれて、机の面が鏡みたいだもん。

危うく出そうになる溜め息を呑み込んでソファに体重をかけすぎないように座ると、執事さんが音もなく閉めた筈の扉が、かなり大きな音を立てて開いた。

「兄上！　ギルド本部長から証文を預かったのでしょう⁉　早く返して下さい！」

飛び込んできたのは牛蛙《うしがえる》ではなくて、でっぷりとしたバラス男爵で。

それまで穏やかだったロートリンゲン公爵の眼が、鋭く据《す》わる。

「来客中に騒々しい」

「ら、来客中ですと⁉　バラス男爵家の一大事は、ロートリンゲン公爵家の一大事！　高々伯爵家の小僧に公爵家がしてやられたのですぞ⁉」

「愚かなことを。そもそも菊乃井伯爵家と冒険者ギルドからの犯罪人引き渡し要求を、高々男爵家の当主が難癖をつけて断ったのが此度の始まりではないか。菊乃井家の嫡男・鳳蝶殿はことの起こりよりロマノフ卿やルビンスカヤ……いや、ルビンスキー卿、ショスタコーヴィッチ卿を通じて、ロートリンゲン家に含むところはないと、事の次第とともに何度も説明してくれたがな」

いや、先生方が私の頭への血の昇り具合を察してやってくれてた事です。

つまり、私も瞬間湯沸かし器だったわけだ。

大分経つまで「あ、公爵家に連絡しなきゃ」ってならなかったもん。

それでも「歳から考えたらかなり早い段階で気付いたと思いますが」って及第点は貰えたけど。

あんまり、その辺はつつかないで欲しい。

でも交渉の場で表情をあからさまに変えてはいけない。唇を引き締めていると、鷹司さんがじっとこちらを見ているのに気付く。

「なにか?」という意味を込めて小首を傾げると榛色の目を逸らされた。

「佳仁様、人の顔をじっと見ていた癖に、眼があったら逸らすなんて不躾ですよ」

「ああ、そうだな。申し訳ない」

「いいぇ……私の顔に何か付いていましたか?」

「いや、そうではなくて……嫡男ということは男子なのだな、と。こどもは見分けが難しくて」

まあ、私、まるいからなぁ。

ぷくぷくしてると確かに性別は解りにくいと思う。

だけど服装は蝶の羽に似たケープ、先生たちの肋骨服に似たコートと半ズボンだから膝が出てるし、そういえばソックスとソックスガーターはしたままだったっけ。

貴族の女の子は改まった席では、この国では前世での着物と同じような扱いの漢服か、ヒラヒラドレス——ローブ・ア・ラ・フランセーズを着用する。

脚を見せてはいけない決まりはないけど、フワッとしたドレスにどれだけレースを付けられるか、刺繍が入れられているかは、その家の格やらを解りやすく見せつけられるからねー。

ちなみに、公爵と鷹司さんは前世で言うアビ・ア・ラ・フランセーズって正装セット——アビ或いはジュストコールって言われてる袖の大きな立襟コートと、ウェストコート、キュロット……なんだけど、こっちはスラックス派みたい……の、ようはおフランスの貴族って言われて思い付く感じの服装。しかも思い切り刺繍びっしり。

いや、服飾談義はいいとして。

ギャンギャン吠えかかるのを鬱陶《うっとう》しそうにあしらう兄に、弟の声が益々大きくなっていく。

お客さんの前でこれだけの騒ぐって、公爵の顔に泥を塗りつけてるの解っててやってるんだろうか。

私は別に男爵が泥沼に沈もうが、墓穴を掘ろうがどうだっていいんだけど、レグルスくんが待ってるから早く帰りたい。

そう思ったのは私だけではないようで、鷹司さんが立ち上がった。

「すまないが、私も暇ではない。話を始めてもらえないだろうか」

不機嫌そうな声に、男爵のわめき声が止まる。だけどそれも一瞬、ぎっと血走った目を鷹司さんへと向けた。

しかし、それを胸倉を掴んで公爵が制止する。

「この方は私の客人だ、無礼は許さん」

「ぐ、げぇ……く、びが絞まるっ⁉」

怒りに染まった表情は、美形だと迫力あって怖い。

いや、それより私、男の人の蔑むような目線は父で慣れてるんだけど、幸いっていうか何て言うか怒声を浴びせられたり怒りをぶつけられたりは無かったから、ちょっと苦手なんだよね。

ロマノフ先生もヴィクトルさんも、強面だけど料理長やローランさんも怒鳴るタイプじゃないし。

気道が塞がれているせいか、段々と顔色が悪くなっている男を、私の正面に胸倉を掴んだまま座らせると、公爵は溜め息を吐いた。

「見苦しいものを見せた、申し訳ない」

「いえ……」

バラス男爵の醜態なんて、コロッセオでもう見てる。

首を振ると、男爵が私を見て指を指した。

「何故子供がこんなところに⁉　こんな子供が客人だとでも⁉」

それに答えたのは、物凄く不機嫌そうな顔をしたロマノフ先生で。

「客人を指差すとは無礼にも程がありますよ、公爵家はどんな躾をお身内になさってるんです。私の生徒の爪の垢を煎じて飲みますか？　まあ、彼には垢なんかありませんけど」

毎日ラーラさんに磨かれてるもんね、垢なんかでないよ。多分……でないよね？

ロマノフ先生の氷の視線を受けた男爵の顔色が、益々悪くなる。

今のロマノフ先生の言葉で、私が誰か解ったのだろう。

「私は菊乃井家の嫡男・鳳蝶です」

そう、今から貴方のお尻の毛まで毟《むし》り取る相手だ。

忌々しげな視線に、私が返すものは無関心。

まるで道端の石ころに対するような態度は、私だけではないのだけれど、そんなことは関係ないようで、バラス男爵は私に敵愾《てきがい》心を剥《む》き出しにしていた。

だけどおあいにく様、こっちは剥き出しの敵意に怯えるほどか弱くはない。

メンタルは豆腐だけど、世の中には荒縄で縛っても壊れない豆腐もあるんだ。

マホガニーのローテーブルに置かれた証文は二組計四枚。二組計四枚なのは、決着がついたあとで一枚を相手、もう一枚を自分が保有するため。

公爵はそのうち二枚を、私に渡してくれた。

「ギルド本部長のマキャベリから預かった証文のうち、鳳蝶殿の物を先ずはお返しする」

「はい」

これはうちの今回の顚末書に添付して資料行きだ。

預かりを申し出てくれたロマノフ先生に証文を渡すと、残ったバラス男爵の証文の一枚を差し出された。

最後の一枚は公爵の手の内に。

ギリッとバラス男爵が歯噛みして、その肉厚な唇を開いた。

「兄上!?　何故証文をお渡しになるんです!?　あの賭けは無効だ!　この小僧が宇気比に何か仕込んだに決まっている!」

自分で墓穴を掘るひとってのは何処にでもいるもんで、公爵と鷹司さんが呆れた視線をバラス男爵に投げ掛けた。

そして、何度目かの溜め息とともに公爵が言葉を吐き出す。

「……何故宇気比に何か仕込まれていたと断言できる。儀式が成立して、お前のお抱え連中が改心したと偽りを述べたから、呪いが発動したのだろうが。それとも、宇気比が成立していなかったから呪いが発動する筈がないとでも言いたいのかね？」

「そう言えば試合終了後に『月桂樹の葉は飲み込むなと伝えておいたのに！』と叫んだとの噂があるが……それは本当だった、とか？」

「そ、それは……」

公爵に続いた鷹司さんの言葉に、男爵が言い淀む。

宇気比の人界での正式なやり方は、儀式をすると決まった時点で男爵家には手順として伝えていた。

その際「儀式は月桂樹の葉を飲み込んで完了」と言っておいたのだが、奴等はやっぱり飲み込まないよう指示されていた様子。

しかし、それも罠だったなんて気がつかなかったのだろう。

「……月桂樹の葉を飲み込まなくても、宇気比はあの時点で成立していたんですよ」

種明かしをすると、かつて正式と定められた方法は人間が意図的に面倒くさくしただけで、本来は炎の前で証人を立て「なになにだったらこうなる、なになにじゃなかったらこうならない」っていう宣誓をし、嘘偽りを述べないことを誓うだけのことなのだ。立会人も一人いればいい。

あの宇気比で言うなら「改心が偽りだった場合呪われる、改心が真ならば呪われない」と宣誓し、それに対して本心から悔いていることを神に懸けて誓えるかと問われて、「はい」「おう」とマキャベリ氏の前で返事をしたことで成立している。

千を超える立会人の必要も月桂樹の葉を飲み込むのも、後付けにすぎない。つまり儀式の成立不成立に、何ら関与しないのだ。

「サイクロプスの三人が月桂樹を食《は》んだなら、三人にバラス男爵が騙されている可能性も考えられましたが……男爵ご自身が月桂樹の葉を飲み込まないよう指示していたとなると……ことはより重大になります。この件は単なる犯罪人引き渡しに纏わるいざこざではすまない」

「菊乃井伯爵家への、バラス男爵家からの明確な敵対的攻撃行動ですね」

男爵家が伯爵家に敵対的行動を取るなんて、貴族の序列を考えると先ずあり得ない。

私含め四人の眼がバラス男爵を厳しく見詰める。

それに対してバラス男爵は顔を赤から青に変えたりしながら、助けを求めるように公爵に顔を向けた。

だらだらと滝のように流れる汗が、彼の焦りを物語る。

が、公爵の視線は冷たく、とりつく島も無さげに言葉を紡ぐ。

「どうするつもりなのだ？」

「どう、とは……？」

「お前は奴等に男爵家の持つ領地・屋敷・収税権を賭けて負けた。それがどういうことか解らんのか？」

牛蛙、沈黙。

そして公爵の眉間にシワが刻まれ、疲れたような顔が私の方を向いた。

「私としては速やかに犯罪人を引き渡して頂いて、後は証文にもありますし、屋敷・領地を速やかに渡して頂くか、屋敷・領地が持つ資産価値と同等の金銭をお払いいただければ、それで構いませんが？」

「そ、それなら奴等は好きにすればいいし、金は払う！　それで良いだろう⁉」

ええ、別に構いませんよ。しかし、だ。

「お金はどうやって用立てなさるので？」

「そんなもの、税金を増やして平民どもから取り立てれば……！」

「私、収税権をお返しするとは言ってませんが」

静かに告げると、バラス男爵が目を見開く。

私が金銭と対価に返すと言ったのは屋敷と領地だけで、収税権のことには触れていない。

その意図に気付いたのか、ロマノフ先生が頷く。

「賭けなんて個人的な借金が理由で増税されては、領民も立つ瀬がありませんからね」

「はい。これは男爵が個人的な理由で、それも儲かったとしても領民に還元される類《たぐ》いの資産ではない。そんな物のために、何故領民が重税を課されねばならんのです」

「何を寝惚けたことを⁉　領民は男爵家のために存在するのだ！　奴等は我ら尊い血を持つものたちに飼われているだけの存在なのだ！　我ら尊い血の持ち主に奉仕するのが使命ではないか！」

「……恐れながら閣下、このバラス男爵の発言は公爵家の総意でもあるのですか？」

「……愚弟の言葉は聞かなかったことにしていただきたいが……」

ちらりと公爵が鷹司さんを窺う。

公爵の隣に座っていた鷹司さんの眼が、物凄く怖い。

公証人がいてこんなこと言っちゃったら、もう男爵家ダメかも。

それどころか公爵家も巻き込みかねない。

これは計算外だ。

緩く首を振ると、私は交渉相手を公爵に切り替えた。

「閣下、男爵家の収税権は公爵家へと返上致したいと思います。私が収税権を証文に盛り込んでもらったのは、男爵の負債のために領民に重税が課されるのを阻止するためでしたから」

「鳳蝶殿の目は確かだな。申し出、ありがたくお受けしよう。その他については、愚弟が支払うのと同等の金銭を私が支払わせて頂こう」

「いいえ、借財はした本人が返すものです。閣下には男爵の監督と取り立てをお願い出来れば……」

「それでは何年かかるか……一生かけても払えないかもしれん……」

「私は閣下には金銭以外のものを頂きたいのです」

バラス男爵に関しては、公爵家の監督下に下るということで首輪を着けた。

これで彼が何かする前に、公爵家が責任取って潰してくれるだろう。

後は、私が権力を両親から奪い取る時の後ろ楯になってもらうこと、それからEffet・Papillonの販売ルートの拡張を取り付けないと。

気合いをいれなきゃいけないのは、ここからだ。

「もうお前は隣の間で控えていろ」と言う、公爵の鶴《つる》の一声で、バラス男爵が執事たちに抱えられて退出していった。

これ以上何か言ったら、本当に男爵はおろか公爵家も無事ではすまない。

公証人として呼ばれた鷹司さんは、単なる貴族の出にしては公爵の態度が恭しいし、鷹司さん本人の雰囲気も眼も鋭すぎる。

かなり身分があるか、法律関係に厳しいひとなのだろう。

法律ではある程度、領主が領民に課す税の高低を決めて良いことにはなってるけど、個人的な欲を満たすために増税、或いは重税を課すことはモラルに反する行いだ。

とは言え罰則がないから、やってる貴族もいるんだけど。

それでも皇后を出そうかという公爵家のお身内がやっていいことではない。

間違いなくスキャンダルだし、負けて赤っ恥かいた時点で公爵家にそれを擦り付けようとする他家も出てきているだろう。

それを解っていないのは、とうの牛蛙だけだ。

頭痛がしてきたのだろう、公爵の眉間のシワが深くなり、こめかみを揉《も》む。

「……母は出家させて神殿にこもらせます。こうなる前に決断しておくべきだった。私の甘さがこの事態を招いたと痛感しています。歳経て出来た子供だからとアレを甘やかすのを黙認してきましたが、それがこの結果です」

「そうだな、それが良かろう。男爵家は代替りが妥当……でもないか……困ったものだな」

鷹司さんの言葉に、益々公爵の顔に苦渋が滲んで渋い。

代替りが妥当だけどそれが出来ないっていうと、領地は公爵家か国に返されるか……。

そこまで私の関知するとこじゃない。

お金が入ってこないのは残念だけど、そもそも無いお金だし、エストレージャには次男坊さんが私の分まで賭けてくれてるから、儲かってる……筈。

文通で賭けといて損はしないって書いといたし、大丈夫……だよね。

そんなことをつらつら考えていると、大人のお話は進んでて。

結局、サイクロプスの連中は大罪人として、恩赦も特赦も与えられない犯罪奴隷へと落とされ、死ぬまで使い潰されることになり、男爵は領地で処遇が決まるまで蟄居。屋敷も領地も賭けで取られているから、家族共々別の家にお引っ越しだそうな。貴族籍の剥奪《はくだつ》もやむ無し、らしい。

「それで鳳蝶殿への支払いだが……収税権は申し出をありがたくお受けして、返上頂く。その他はやはり公爵家が……」

さて、勝負時だ。

私の出せるカードを差し出そう。

失礼ながら、公爵の言葉を遮らせていただく。

「その件ですが、先ほども申し上げた通り、私は公爵家からは金銭以外の物を頂きたいのです。それが頂けるなら、金銭の支払いは放棄いたします」

鷹司さんと公爵が揃って眉をあげる。

鋭い眼が、私が今まで相手取ってきた父や母とは違って、手強さを思わせた。

でも、ここで怯んじゃだめだ。

「私は後ろ楯が欲しいのです」

「後ろ楯……とは」

「当家の内情はご存じですよね？」

菊乃井のお家事情は、周辺貴族には公然の秘密ってヤツで、私と両親が余りにも不仲だし両親が領地を大事にしない件も知られている。

僅かに公爵と鷹司さんが頷く。

「此度の件は男爵家程度に侮られるほど、伯爵家という家格に相応しい力が菊乃井に無かったのも原因だと感じています。だからこそ、私は力が欲しい。今のままでは守りたいものも守れない」

そして、今のところその「力」は、菊乃井を守るつもりは無いくせに、富だけを甘受しようとしている大人二人に握られている。

だから、私はそれを取り上げたい。

暗にそう匂わせたのだが、公爵が顎《あご》の下を擦《こす》る。

「時期が来れば自然にそれは君の手に入るものだと思うが……」

「そこまで待てるほど、菊乃井に猶予はありません。此度のことで解ったのは、私の両親は領地にダンジョンを抱えているという意味が解っていないということです」

「なんと……」

「領地に年に一度も戻らない、冒険者が居着かないことを問題視しない。これはダンジョンを抱える領主としては、余りに無責任です」

なーんて偉そうにいってるけど、私だって祖母の日記を読むまではそんな重大事だとは思ってなかった。

だけどエストレージャのことがあって、実際に大発生が起きた時に対処した曾祖父を間近で見ていた祖母の詳細な文章に触れて、危機感が俄然《がぜん》湧《わ》いてきたんだよね。

皆には言ってないけど、初心者冒険者を育ててるのは、この大発生対策でもあったり。

祖母の日記によれば大発生の周期はランダムで、大昔には毎年続けて……なんてこともあったらしい。

ただ曾祖父と祖母の時代には前百年くらい起こってなかったから、かなり油断してたそうだ。

でもこの時の大発生は、大発生と言いつつも小規模な被害で済んだとか。

なんか凄く強い冒険者がたまたま菊乃井に来てたそうだ。

とはいえ、それは結果オーライ。備えが無かったからかなり焦ったのは確かだから、これからはちゃんと備えておかなくちゃいけないって大きな文字で書いてあったのよ。

「私がエストレージャの三人と知り合ったのはたまたまですが、初心者冒険者に対して戦闘訓練や魔術指南、更に装備一式の手配をして戦力として育てているのは、初心者冒険者の安全確保の側面もありますが、真に企図しているのは大発生対策なのです」

初心者冒険者にはメンテナンスも含めた装備と教育の対価として、菊乃井の治安維持に協力してもらうことになっているが、そこには勿論大発生対策も含まれるのだ。

「菊乃井で大発生が起こり、それが食い止められねば次に被害を受けるのは、こちらの公爵家と天領。今のままの菊乃井では、大発生を食い止めることは出来ません」

「君に力があればそれを防げる、と？」

「防ぐ手立てを十重二十重に張り巡らせることも出来ましょう」

「此度の賭けに勝つべくして勝ったように……か」

真剣な二人の大人の視線に、力強く頷く。

それでもまだ渋られるのは想定の範囲内。だからEffet・Papillonのイチオシヒット商品であるカレー粉や新作アクセサリーの最優先流通やらを、どのタイミングで切り出すか……。

そう思っていると、鷹司さんが口を開く。

「確かに君ならばやれるだろう。しかし、役人たちはそれに従うのかね」

「それは問題なく」

「何故だ？　現在の代官は父君が任命したと聞く……もしや……」

「現在の代官であるルイ・アントワーヌ・ド・サン＝ジュストは私の手の者です。伝を使ってそうとは解らぬように父に接触させせました。役所の人事は既に掌握済みで、祖母の代に見いだされた人材で上層部を固めています」

ぐっと鷹司さんと公爵が息を詰めた。

しかし、そこまで終わっていると思っていなかったのか、それとも余りにも徹底していて悪辣《あくらつ》だと思われたのか、真意が読めるほどには表情を変えてくれない。

「軍権の掌握も、我ら三英雄とエストレージャがいればほぼ成っているも同じです」

「……それならば尚のこと。後ろ楯を欲せずとも、時期がくれば君の手に、自然な形で必要なものが落ちてくるだろうに」

ロマノフ先生の言葉に、公爵が訝しげに首を振る。

そんな状態でどうして後ろ楯がいるかってことなんだろうけど、それは実に簡単な話で。

「……私には、ロマノフ卿やショスタコーヴィッチ卿、ルビンスキー卿以外に両親に対抗できて、かつ私を心配してくれる大人がいないのです」

「……っ⁉」

「私が怪我をしたり事故にあったりしたら、それを不審に思い、声を上げて両親を糾弾してくれるひとを増やしたいのです。その存在が多ければ多いほど、両親が私に、或いは私に近しい人間に危害を加えるのを躊躇《ためら》うでしょう」

頼れる大人の味方が、先生方や領地・屋敷の人達以外にも欲しいのだ。

これは権力を奪うより、奪った後のことだけど、母は報復に私だけでなくあの子にも何か仕掛けてくるかも知れないし、父は私を何とかしてあの子に家を継がせようとするかもしれない。

そうなった時に、公爵くらい地位がある大人が私やレグルスくんに目を配っていてくれると知れれば、あの二人はそれだけで戸惑うだろう。

私は非力だ。

独りでは弟一人も守れない。

それだけじゃない、侮られるのをよしとしているから、ラ・ピュセルも、ひいては領民も侮られて蔑ろにされて大発生の種なんか蒔かれるんだ。

それもこれも、私に力がないから。

ギリッと唇を噛み締める。

そうでもしなけりゃ、自分の不甲斐なさに涙が出そうだ。

沈黙して一呼吸、公爵が静かに訊ねる。

「それで……何故その味方として、私を選んだのだね？　こう言っては何だが、私と君に面識はなかった筈だが」

「それは……ロマノフ卿が……いえ、ロマノフ先生が、公爵と積極的に接触するよう、さりげなく促してくれていたからです。ロマノフ先生は私のためにならないことはなさらない」

ロマノフ先生は私に害を与えると思うものは遠ざけるか、近寄らせせない。

そうやって私を守ってくれている人が、積極的に接触させようとするなら、それは公爵が善良な大人だからだ。

善良な大人が側にいる、だから助けを求めなさい、と。

だからだと言葉にすれば、鷹司さんと公爵が微妙な顔でロマノフ先生を見た。

「可愛い教え子でしょう？」

「あー……ロマノフ卿、やに下がるという言葉を知っているかね？」

「なんという締まりのない顔だ……」

どんな顔だろう。

見たくなって先生の方に顔を向けると、ぽふんと頭を撫でられた。

「うつ向いて唇を噛み締めるより、胸を張って泣いてしまいなさい。涙は君の歳ならまだ充分武器になる」

「はい……今度はそうします」

「待て、子どもに悪知恵をつけるな」

はあっと鷹司さんが深く息を吐いて天を仰ぐと、公爵も同じく天を仰ぐ。

「まあ、確かに。私にも君より少し大きな娘がいるが、私に何かあった時に味方してくれる大人が大勢いれば安心できるな」

「ああ、俺にも二人息子がいるが、その子らに頼れる大人がいるというのは本当に有難いと思うよ」

「それにしてもたった六歳の子どもが、更に小さな弟を抱えて、大人に助けを求めてやることがアレ……」

「ああ……なんと言うか……良くも悪くも貴族社会だな」

げっそり疲れたような声の二人は、まだ天を仰いでいる。

こんな事をする子どもはやっぱり気持ちが悪いだろうか。

駄目なら潔く退こう。

「……その、今回の件ですが、後ろ楯のことは別として、ロートリンゲン公爵家から私に持ちかけた事にしていただきたいのです。バラス男爵を掣肘《せいちゅう》したかった公爵家が、菊乃井と事を構えていることを知り、侮られた菊乃井家に公の場で復讐する機会を与えるために協力してくださったということで」

「……そんな事をして、君に何のメリットがある？」

「両親への目眩ましと牽制《けんせい》に」

「勝手に公爵家に借りを作ったと、君に何かしてくるのでは？」

「折檻《せっかん》くらいはされるかもしれませんが、私と両親の不仲を申し立ててくれる大人がいれば、仮令《たとえ》それで私が死んでも、この国の法律が両親を裁きます。弟は守られる」

この国の法律は、親があからさまに子どもを害し殺せば貴族も平民も関係なく裁いてくれる。その逆もしかり。

ただネグレクト等々には適応されないから、両親は私を放置する。

母は身勝手な人ではあるけれど貴婦人、暴力を振るおうとする発想がそもそもないのだろうし、父も貴族として弱い人間に力を振るわないような教育はされているからだろうが。

最悪でも死にさえしなければ、何かされても逆に好機に変えられる。

「ロマノフ卿、卿は随分と意地の悪いことをしてくれるな……」

「先もってこういう子だと話しておきましたよ。それなのにお二人がグズグズと出ている結論を先送りしようとするからこんなことを言わせるんです。怒りたいのも嘆きたいのも、お二人でなく私です」

「……そうだな、申し訳ない」

「だいたいね、野心なんかそもそも無いんですよ。彼が両親を追い落としてまでやりたいのは、弟を守ることと、経済を回して領地を豊かにして、音楽学校を作って身分の貴賤《きせん》なく誰もが歌やお芝居や音楽を楽しめるようにしたいだけなんですから。それも話しておいたと思いますが？」

ロマノフ先生が捲《まく》し立てるのに、二人は気まずそうにローテーブルに視線を落とす。

そう、やりたいのはそれだけ。

「中央に進出したいですか？」と言うロマノフ先生の問いに、私は首を横に振る。

というか、今それ関係あるの？

「中央に進出もなにも、菊乃井だけで手一杯です。合唱団はあるけど、まだ歌劇団も出来てないし。あと、帝都に何日も泊まるようなお金があるなら、レグルスくんにお馬さん買ってあげたいです」

答えが解っていたのか、ロマノフ先生は「ですよねー」と軽い口調。

二人は目線を微妙に逸らしたままだ。

「余り苛めてくれるな、ロマノフ卿。我々が悪かった……」

「申し訳ない。長く腹の探りあいをしていると、どうしても裏があるのではと勘ぐってしまうものなのだ」

「単に家が大きすぎて、助けてくれる隣家までの距離が馬車で半日かかる……それだけのことなのに、我らも度しがたいほど貴族の毒に染まっているようだ」

深く大きな息を吐くと、二人が顔を見合わせて、その端正な顔に優しげな笑みを浮かべる。

「何かあったら頼ってきなさい。何もなくても遊びにくるといい。私と君は隣人だ。隣家のお子さんに世話を焼くなど、よくある話じゃないか」

そう言って公爵が私の手を握る。ついでにポフポフと頭も撫でられたし、鷹司さんにも撫でられた。

「周りの大人の手を借りたとはいえ、よくここまで頑張ったな」

低いけれど深みのある声が、じわりと耳に響いて、不覚にも涙腺が緩んだ。

## 復讐の炎は地獄の様に燃え盛る

ちょっと泣きそうになるというアクシデントはあったものの、ロートリンゲン公爵は本当に近所のおじさんになってくれるようで。

「これからは近所のおじさんとして話すがね、やっぱりお金はちゃんと受け取っておきなさい。何をするにもお金は便利な道具だし、あるとないならある方がいい。なに、支払いはうちの馬鹿な弟に間違いなくさせるから、うちのことは気にしなくていい」

「そうだぞ、貰えるものは貰っておきなさい。弟に良いお馬さんを買ってやってもお釣りはくるだろう」

「はぁ……いや、それならEffet・Papillonに投資して頂く方が……」

「そっちはそっちで別口で考えるから、貰っておきなさい」

「はい……えっと、ありがとう御座います」

さっきの交渉の時の雰囲気と全然違う。

と言うか、さっきまでの私がガチガチに身構えてたように、公爵も鷹司さんもやっぱり構えていたのかしら。

そういう戸惑いが顔に出ていたのか、公爵が咳払いをして眼を細める。

「うん、まあ、我ながら手のひら返しが酷いと思うが……余りに見事に足を掬われたのでね。やはり私としては公爵家を守る立場として、ああいう対応にならざるを得なかった」

「それは君もだろう？　君が対応を間違えたら、さっきも言っていたが守りたいものを守れなくなる。相手の真意が解るほど、我らは親しくはないし」

敵は不理解と無知から現れる。

まさしく私がいつかローランさんと晴さんに言ったことだ。

ロマノフ先生を信用していても、目の前の大人が善良だと先生が判断していても、私自身が公爵を知らない以上どうしても怖さが勝る。

相手の懐になんの準備もなく飛び込めるほど、私は豪胆にはなれなかった。

勝つ、或いは相手より優位に立つことを目的にすると、どうしたって相手の隙とか瑕《きず》になる部分を突くことになる。それは相手の弱みにつけ込むのと何が違うのだろう。

交渉相手に意地悪してるだけなんじゃないか、とか。

例えそうでも必要ならやるけど。

そう思ってる時点で、自分の性格の悪さへの自己嫌悪なんて、自己憐憫《れんびん》に過ぎない。

こくりと頷くと、公爵は顎を再び擦る。

「正直な話をすると、君が賭けでせしめたバラス男爵家の身代を盾に、我が公爵家と何らかの縁を結びたいのかと思ったんだよ。うちは当代で第一王子の婚約者候補を立てることになっているからね。それを利用して中央に打って出る気なのだとばかり」

「私やヴィーチャ、ラーラは否定したんですが、イマイチ信用して頂けなくて」

「それは致し方ないだろう。四月朔日《ついたち》に施行された職人保護法の後ろにいて、Effet・Papillon 商会をたった一人で興したと聞けば余程の野心家なのかと思うさ」

「ましてその昔、『皇帝の命には従っても、皇太子の命には絶対従わない。悔しかったら皇帝になって出直せ』なんて啖呵《たんか》を切るようなアレクセイ・ロマノフとかいう怖いエルフの秘蔵っ子だぞ？そりゃなんだかんだ警戒するだろう」

「え、待ってください。今の話を詳しく！」

なんなの、そんな話聞いてない⁉

思わずロマノフ先生の方を見ると、先生の視線が明後日を向いていた。

これ、私がガクブルしながら交渉しなきゃいけなかったのって——。

「まあ、その、半分くらいは私のせい……ですかね？」

「半分……？」

そんなにか⁉

「ふぇぇぇ」と驚きの声が漏れて、先生と公爵と鷹司さんを三度見しちゃったよ。

でも驚いてるのは私だけじゃなくて、大人二人もそうで。

「なんだ、知らなかったのかね？」

「教えてくれなかったのか、この怖い家庭教師様は」

「怖くはないですけど、そういうことは教えてくれなかったです。いや、怖いって……先生なにしたんですか？」

「特になにも。家庭教師として精一杯勤めさせて頂きましたがね、その啖呵を切らせた皇太子殿下にも」

「まあ、そうですよね。じゃなかったら、その皇太子殿下が皇帝陛下におなりあそばした時に、ロマノフ先生無事じゃ済まないですもんね。ロマノフ先生の諫言《かんげん》を聞き入れられたんだから、その皇帝陛下は度量の大きな方だったんでしょう。師弟で凄く仲良しだったんですねぇ」

「ああ、そういう評価になりますか。まあ、対外的に名君という評価ですしね。仲良しかどうかは想像にお任せしましょうか」

ごふっと鷹司さんが噎《む》せて、公爵がなんだか笑いを噛み殺している。

なんでだろう。

見てるとわざとらしく咳払いして、鷹司さんが話題を変えようと言い出した。

「さて、とりあえず男爵の件を片付けよう。アレの処遇は先程の取り決めで行くとして、公爵家は男爵領と屋敷を菊乃井家から買い取る。しかし、菊乃井家からの申し出もあり、適正価格からかなり低い値で買い取りを行う。収税権も申し出があり、公爵家へと返還。で、最後の公爵家の面子の話だが……」

「それに関しては鳳蝶殿の話を採用させてもらおう。我が家の面子も立つし、君のご両親に対しても牽制になる……が、その証拠になる手紙を後日作って君に渡そう。ご両親に何か言われたらそれを見せなさい」

「ありがとう御座います。でも手紙……？」

「噂と君の話を聞く限り、君のご両親には公爵家に隔意《かくい》があっても何か出来る人間ではあるまいよ。それこそ貴婦人なら、公爵家の圧力に伯爵家では対せぬことは知っている。だから君に折檻なりすれば、私が黙っていない、或いは告げ口されると解った時点で何もすまい。君にこういうのは良くないのかも知れんが、私には君が刺し違える覚悟で対さなければならないような、そんな価値がご両親にあるとは思えない。時が至るまで、私の名前でやり過ごしておくといい。それに……その……なんだ、陛下の御一族と同じく神様にご加護頂いているなら、耳目を集めぬ方が平穏に暮らせるだろう。ご近所のおじさんとしても、今まで難渋《なんじゅう》していたのを無視していたんだからこれくらいはやらせてくれ。でないと大人というか、一人の父親として罪悪感が凄まじい」

「そうだな、俺としてもそこは忸怩《じくじ》たるものがなきにしもあらずだ。だからこれを……」

そう言って差し出されたのは黄金の懐中時計で、時計の蓋には透かし彫りで鳳凰《ほうおう》があしらわれている。

鎖まで金だから、どんだけ金が好きなんだろうか。

受けとる謂れがないと断ろうとすると、ロマノフ先生がすっと受け取ってしまった。

「これはね、私の賭けの対価ですから受け取ってください」

「賭けの対価？」

「そう、私も賭けをしていましてね。鳳蝶君が公爵家に対して、本当なら何も望む所はない。あるとすれば自分や弟や屋敷の人間、領民たち守るための力を欲するだけで、それも自分でぶんどれるから単に見守って欲しい。後はEffet・Papillonの商品を流通させる許可くらいだって、自分で証明して見せられるか否か……とね。私たちも宇気比をしていたんです。君の言葉に嘘偽りがあった時は私に呪いが降りかかるが、そうでなかった時は何も起こらない、と」

「なんだってそんな危ないことするんですか……」

「君と君の可能性を信じていて、私が君の先生だから、ですよ」

「教師というものは必要なら教え子に命もかけるものです」と、微笑まれてしまって、頬っぺたが熱くなる。

信用されてるってのは、気恥ずかしいけど嬉しい。

でもこの時計って何か意味があるのかな。

というか、鷹司さんは一体何者なんだろう。

窺うように鷹司さんを見ると、ロマノフ先生が彼に目配せして。

「それは公証人としての私の身分証明のようなもの。正当性を疑われたら提示するといい。それによって誰が公的文書を作成したか、直ぐに照会出来る」

「ああ。うちの両親が賭けの結果に疑いを抱いた時の対策として、ですね。解りました、ありがたく頂戴します」

なるほど、公証人からもそんな言質を取るためにロマノフ先生が掛け合ってくれたのか。

私よりも石橋叩いてくれてるなんて、流石先生。

なるほど、鷹司さんはこの時計を見せただけで鷹司さんだと解るくらいに、貴族の間で有名な公証人なのだろう。

兎も角、これで賭けの件は一件落着だ。

それぞれ取り決めた事をさっくりと鷹司さんが文書にまとめると、そこにそれぞれがサインをすることに。

私や公爵が終わったあと、執事に連れられて再びバラス男爵が部屋に招き入れられた。

そして喚こうとするのを、ロマノフ先生が魔術で口を閉ざさせて制する。

それから私の肩に手をおく。

「ところで、鳳蝶君は歌も上手なんですよ」

「ああ、そうらしいな」

「彼《か》のマリア・クロウが唯一自分と同等と評しているとか……」

「ええ、一曲お聞かせいたしましょう。ね、鳳蝶君？」

「は、え？」

なんでいきなり。

口を魔術で塞がれても、耳はそうじゃないバラス男爵も、執事に押さえられながらもバタバタと暴れているし、公爵も鷹司さんもきょとんとしている。

そんな状況に、ロマノフ先生が私にだけ聞こえるように「ちょっと怖い曲はありますか、それを」なんて囁いてきて。

あるにはあるけど、こんなところで——？

ちょっと考えて、私は息を深く吸い込む。

歌い出したのはオペラ「魔笛《まてき》」で、有名なアリアのうちの一つ「Der Hölle Rache kocht in meinem Herzen《復讐の炎は地獄のように我が心に燃え》」だ。

華やかな曲調とは裏腹に、怨念めいてて結構歌詞が怖いの。

私は前世の原文で歌ってるつもりなんだけど、こっちの人にはこっちの言語に聴こえるそうで、鷹司さんと公爵はジト目でロマノフ先生を見てる。

バラス男爵はと言えば、段々大人しくなって、曲の終わりには顔色が土気色になってた。

まあ、あれだ。

母親が自分の娘に「私の敵を殺せ。殺さなければ勘当するぞ！」と迫る歌なんて怖いよね。

私は別に両親を殺したいとか思わないし、邪魔さえしなきゃ別に幸せでいてくれても良いんだよ。

私に見えなけりゃいないも同然なんだから。

なんて、私が思ってることとなんて知るよしもないのだろう。

すっと最後の音を納めると、私は胸に手を当ててお辞儀する。

「お耳汚しを」と言った瞬間、ばったりとバラス男爵が泡を噴いて倒れた。

股間とその下の絨毯がなんだか濡れてる。

「……ロマノフ卿から愚弟《ぐてい》にそれとなくタリスマンを持たせてくれと言われた時は何事かと思ったが……なるほどな」

「呪いと祝福は紙一重か……。なんにせよ」

「「えげつないな」」

重なった言葉に絶句してロマノフ先生をみると、笑顔がいつもより晴れやかな気がした。

「タリスマン」と言うのは古代の神事に使われる祭具の一種で、それを身につけて物語や歌を聞くと、聞いた人間が描いたイメージを幻として見せるのだとか。

古来神様の声を聞いたとか、姿を見たとかいうのは、この祭具を用いて司祭たちがトランス状態になって見聞きした幻がほとんどだとか。

「それにしてもロマノフ先生は、よくそんな物をお持ちでしたね……」

「先生は冒険者歴が長くて、各地のダンジョンやラビリンスを巡っては、そんな珍しいものを入手したそうで、入手するまでの過程が楽しいのであって、その後はマジックバッグに入れたら忘れるそうですよ」

「まさしく宝の持ち腐れですな」

祖母の使っていたサンルームで、ルイさんを招いて後始末の報告をしてたんだけど、まあ、相変わらず斬り捨て御免だ。

くすりとロッテンマイヤーさんが、苦く笑う。

「しかし、それが今回若様のお役に立った訳ですし……。若様が、ひいては菊乃井が侮られることがなくなるのでしたら幸いかと」

「そう思います。お陰でバラス男爵は、私の名前を聞くだけで青ざめて震えだすらしいですよ」

知らんけどな。

この辺りの話は、私を一度家に送ってから証文を取りに行ったロマノフ先生が聞いた話だ。

何でも先生が公爵邸にとって返した時にはもう、バラス男爵も気が付いていたらしいけれど、私の名前を聞いたら卒倒したそうで、執事達が粛々とお片付けしてたそうな。

ルイさんも口ではバッサリやるけど、口角が僅かに上がっているところをみると、ちょっと面白がってるみたい。

私としては侮られるのも御免だけど、余り警戒されるのもちょっと都合が良くないんだよね。

親しみをもてるけど、でも怒らせると怖いから、敬意を持ってお互い接しましょうねってくらいが丁度良い。

賭けのリザルトと、今後の方針を伝えるためにルイさんには来て貰った訳だけど、ロッテンマイヤーさんがいるのは彼女にも同じく方針を聞いていて欲しかったから。

エストレージャたちには優勝決定戦が残っていて、ラ・ピュセルの結果もでていない。

私たちには領地を富ませて識字率を上げるという目標があるのだから、立ち止まってはいられない。

「エストレージャたちには兎に角、対バーバリアン戦に全力を尽くしてもらいましょう。彼らが得た賞金に関しては、彼らに全額支払ってください。故郷に錦を飾れるようにしてもいいし」

「承知致しました。ラ・ピュセルの方は、ショスタコーヴィッチ卿からは『故郷に帰るより、私たちの晴れ姿を見てもらいたい』と言っていたと聞いております」

「でしたら、そのように。ご家族を菊乃井に呼ぶ手配を」

「以前、ヴィクトル様よりご家族やお里の話は聞いて、連絡は取り合って御座いますので早速」

「はい、よろしくお願いします」

ロッテンマイヤーさんは本当にこう言うところによく気が付いてくれる。

そうだよね、年頃のお嬢さん、それも騙されて人買に売ってしまった娘さんなんだから、本当なら返して欲しいし、それが出来ないならせめて消息やら近況やらは知りたいよね。

「本来なら私が気付かなくてはいけないことなのに。ありがとう、ロッテンマイヤーさん」

「いいえ、そんな……。私の家族に大奥様がしてくださったことをしているだけで御座います。こういうことは一度気がつけば、次に似た様なことがあった時に活かせるもの。今回は大奥様が手本を示して下さっていたことを、私が若様にお伝えしたということになりましょうか」

「ロッテンマイヤーさんを通じて、私は祖母から跡継ぎ教育を受けている。そう考えると、人の繋がりは面白いですね」

「まさしく」と頷くルイさんの目線がロッテンマイヤーさんに注がれる。

ルイさんは美形だけど、目がキツくつり上がってるからか冷たい印象が先に立つ。しかし、ロッテンマイヤーさんを見る目は、なんというか、こう、敬意を持って接してるからか、ちょっとこう……熱っぽい。

加えて、見られてるロッテンマイヤーさんも、珍しく照れてる感じが私に伝わるくらい、ちょっと頬っぺたがピンク。

そりゃ、面と向かって美形に誉められたりしたら照れるよね。私なんかロマノフ先生やヴィクトルさん、ラーラさんに誉められたら、照れで死ねるもの。

さて、話の続きだ。

私は今まで明確に領地をどうするって方針を、ルイさんには伝えて来なかった気がする。っていうか、私もザックリと経済回して識字率を上げるしか考えてなかったし。

経済を回して識字率を上げる以外にも、必要だと思う政策はあるんだよね。

そう告げると、二人はソファで紅茶を飲みつつ頷いてくれた。

「だけど申し訳ない、私はやっぱりこどもで、何をどうすればその政策の施行に繋がるのか、ちっとも解ってないんです」

「どのように予算を割り振るか、法律を整えるかを考えるのは、我ら役人の役割です。我が君におかれましては、どのような事を考えているかをまずお聞かせください」

「それなんですけどね」

経済を回せば景気が上を向く。景気が上を向けば、出稼ぎやらなんやらで人が増える。

「ひとが増えれば当然食べるものとか消費が大きくなる。でも生産体制が整ってなければ詰むし、農業やら畜産を奨励していかなきゃなって。食物自給率は下げたくないんです」

農地改革というか、農法改革は奏くんのお陰で少し見えてきたから、魔術の使える食い詰めた冒険者さんの仕事としてギルドに依頼を出せば当面はしのげるかも知れない。

でもそれだけじゃなくて、日照りや冷害に強かったり、より美味しく沢山収穫出来るような品種改良を重ねてもらう研究も必要だろう。なら研究者の育成が急務か。

更に人の流入で起こる問題と言えば。

「疫病の流行なんかも予想されるかな、と」

「他所から来た冒険者や商人が、こちらにはない病気を運んでくる、と？」

「うん。だから医者の質と量を上げないとだし、それをすると生存率と出生率もあがると思うんですね」

腕の良い医者がいれば、それだけ助かる命が増えるし、出産に伴うリスクもかなり減らせるだろう。

前世で「俺」が住んでた国だって、出生率が上がったのは医学が発展してからだ。

ただ、医者の質と量を高めても、やっぱり薬が高価だったりするのは変わらない。

それは薬草栽培とかまで事業を拡げられればなんとかなるかもだけど、それよりも医者の敷居をまず低くした方が早いだろう。

「取り急ぎ出来るのは、医者代の補填をするから大事になる前に医者にかかりなさいってことだと思うんです。これは経済を回して領民が豊かになれば、吸い上げた税を元手にやれるかなって。えーっと、領民全てが税を納めることによって、皆が安心して医者にかかれるような相互扶助的な制度……?」

確か、皆保険制度っていうんだっけ。

完全無料にしてしまうと財源が心許ないから、一割か二割は自費を払うことにしてもらって。それでも一定金額までにその自己負担を定めておけば、余り大きな負担にはならないかと。

それをボソボソ話すと、ルイさんが顎を撫でて、ロッテンマイヤーさんに視線を送る。

「若様、医者を増やすと言うのは難しいかも知れません」

「医者も少ないんですよね」

「はい……。貴族の三男以下は医者を志す方が多く御座いますが、実を結ぶのは僅か。まして平民の出となると、余程優秀な者が運良くその地の権力者に見いだされるかくらいです。産婆などは弟子に知識を引き継がせることはあっても、専門的な医学の知識が必ずしもある訳では……」

「おのれ、識字率！　ここでも私の邪魔をするなんて！」

なんて酷い奴なんだ、識字率！

まあ、ヒスってても仕方ない。

これはやっぱり皆保険制度の前に、教育の義務化をやらなきゃダメか。

あと、医者への門が狭いのは、医者になるための教育にお金がかかるから、でもあるよね。

「あーん、私が作りたいのは歌劇団と音楽学校と専用劇場なのに！　そこまで辿り着くのに、どんだけ遠いの－!?」

まあ、天を仰いで嘆いても、仕方ないことではあるよね。

姫君様にも私が生きてる間に進められるのはちょっとだけだと思うって言ってあるし、予想の範囲内ではある。

とりあえず、やれることから始めよう。

私は天井からロッテンマイヤーさんとルイさんに視線を向けた。

「兎に角ね、教育の義務と無償化。それから皆保険制度。この二つは菊乃井が儲かったら確実にやりたいんです」

「なるほど、確かにその二つを同時にやるには菊乃井には色々と足りていませんな」

「そう思います。差し当たり一番足りないのはお金だと思うんですよね。Effet・Papillon が軌道に乗ったとしても、その利益だけでは二つを叶えられる程の儲けにならない。菊乃井に投資を呼び込めたらまた違うんでしょうけど……」

それもなぁ。

呼び込み過ぎると出資者の意向を聞かざるを得なくなっちゃうから、匙加減が凄く難しいんだけど。

眉間にシワを寄せていると、「はい」と淑やかにロッテンマイヤーさんが手をあげた。

「どうしました？」

「その辺りのことは、お隣のロートリンゲン公爵にご相談なさるのは如何でしょうか」

「閣下に？」

「はい。お隣は領地も豊かだとお聞きしております。つまり、領地経営の何たるかを一番ご理解なさっているものだと。それならば先達として、若様に何かご教授くださるのでは？」

「ああ……そうですね、それは良いかもしれない」

頷くと、ルイさんがハッとしたような顔をして、それからまた元の無表情のような微笑に戻る。

そういうの気になるんですけど。

なので、聞いてみる。

「ルイさんは、何か思い付いたんですか？」

「……いえ、我が君にお話するほどのことでは」

「意図して表情変えないようにしている貴方がそれをしたんだから、大事なことですよ。多分」

言いたくなきゃ良いけど。

匂わせながら首を傾げると、今度ははっきりと驚く。

「見られていましたか……。いえ、ロマノフ卿が熱心にロートリンゲン公爵と縁付くように画策なさっていたのは、このためかと」

このため……とは、なんだ？

グルグルと思考を巡らせれば、ハッとする。

そうだ。先生方は帝国の認めた三英雄。

彼らの後ろ楯があれば、両親は私に手は出しにくい。それでも尚、ロマノフ先生はロートリンゲン公爵を味方に付けろと、今回の話を付けてくれた。

それはロマノフ先生が私にはロートリンゲン公爵の存在が必要だと判断したから。

ロートリンゲン公爵は、帝国では力ある貴族で領地経営も上手く行っている。

つまり、ロートリンゲン公爵を貴族としての見本にせよ、と言うことか。

「なるほど、領地経営の師匠を探して来てくれた訳ですね……！」

「左様かと」

ぐぬぬ、ロマノフ先生ったら！

好き！

## 三人三色

三英雄が後見についていると言うのは、そりゃあもう頼もしいことには違いないけれど、彼らの知る社会と貴族社会は趣を異にするから、それを知る人を味方にした方が良い。

これは宮廷音楽家の筆頭として、少しは人間の貴族社会を見聞きして知っているヴィクトルさんの発案だそうで。

「私もね、モンスターなら何とでもできますけど、人間の貴族相手となるとちょっと難しい。何せ人間とエルフでは価値観が違いますし」

「僕らはそれを埋めるために人間と交流を持ったりするのが楽しいんだけど、大半のエルフはそれをしない。面倒だし……なんだろうな、エルフは全体的に人間をよく知りもしないのに見下してるって言うか？」

「それを言うなら人間もだよ。エルフを森に住まう世捨て人で、偏屈老人の集まりだと思ってる。だから老人には適当に敬意を払うけど、偏屈さには辟易って感じが透けて見える」

異文化交流の難しさだよね。

だからいまだに自分達が理解できない人間の、それも貴族社会とやらを知るために、それに詳しくこちらの足下を見てこない隣人の存在が、私には必要だ……と。

いつだかの皇帝陛下の家庭教師を勤めたロマノフ先生をして、人間の貴族社会ってのは難しいというのだから、どれだけ闇が深いんだ。

本当に権力って怖い。

眉間にシワが寄ってるのが、玄関ホールに置かれた鏡に映る。

と、二階の廊下の欄干の隙間から、レグルスくんがこちらを覗いているのが見えた。

「にぃに！」

「はい、今日も一人で着替えられた？」

「できたよー！」

「えらいねぇ」

本当は一人で着替えられなくたって、身分的には構わないんだけど、我が家の教育方針は「自分で出来ることは自分でしましょう」だ。

とは言ってもまだ四歳になったばかりのレグルスくんだから、完璧に着替えられる筈もなく、ちゃんと宇都宮さんが仕上げをしてくれてるんだけど。

その証拠に、レグルスくんの後ろから宇都宮さんがひょっこり顔を出した。

「レグルス様、ひよこちゃんポシェットをお忘れですよー？」

「あ！　うちゅのみや、ありがとう」

「はい、どういたしまして」

ポシェットを受けとると、宇都宮さんと手をつないで階段を降りる。

それを見ながらラーラさんが腕を組んだ。

「まんまるちゃんは、使用人にお礼を言わせるんだね」

「何かしてもらったらお礼を言うのは人間関係の基本ですから」

「雇い主なんだから言わなくて当然のお家、結構多いけどね」

「そこはそこ、うちはうち。ロッテンマイヤーさんにお願いして、お礼を言われたら『どういたしまして』って言うようにしてもらってるんです」

仕事だからお礼を言わなくて良いと言うのは一つの考え方で人の有り様、それを否定する気はないけど、何かしてもらって「ありがたい」と思えばその心のままにお礼を伝えるのだってまた違う人の有り様だ。

人間は沢山いるんだから、考え方は沢山で良い。

ロッテンマイヤーさんも最初は「お礼を言われるのは素敵なことですが、『どういたしまして』

は違うような」って渋ってたけど、それと「ありがとう」はセットだと説明したら、そういう教育方針なんだって納得してくれたし。

「まあ、多数派ではないよって覚えておいてもらえばいいかな。お礼を言うのも素敵なことだし、返礼も素敵なことだもんね」

「はい」

そう多数派ではない。

つまり、貴族社会とやらにおいては異端視される可能性もあって、血筋至上主義的な連中にはそれだけで槍玉《やりだま》に挙げられることも考えられるってことだ。

そういう根本的に合わない人たちとはお付き合いしないに越したことないんだけど、それがどこに潜んでるかなんてそれこそ伝がないと解んない話なんだよ。

そう言う意味でも公爵の存在はとても大事な訳で。

冬の大事件が、初夏には好機の先触れに変わるなんて、誰が予想出来ただろう。

まさしくバタフライ・エフェクトだ。

「まさかねぇ、あの三人を助けた時にはこうなるなんて全く思わなかったものですが」

「まあ、ね」

私と同じ感慨を抱いたのか、先生たちの会話が聞こえる。

あの三人にとっても、この流れは幸運だったのだろうか。

それは三人にしか分からないけど、少なくとも初めて会った時よりは顔つきが穏やかになってるように思うのが、私の欲目じゃなきゃいいな。

で、その三人組の冒険者・エストレージャですが、本日優勝決定戦ですよ。

そりゃ本戦に八組しか出なくて、二回勝ったら後は優勝決定戦だわ。

なので菊乃井応援団再び！

「今日はあーたんとれーたんとかなたん連れてコロッセオに行ったら、ラ・ピュセルちゃんたちとマリア嬢と合流……だったよね」

「ああ、もうお嬢さん方はエストレージャの控え室に護衛込みで入ってもらってるよ」

「では転移はコロッセオの控え室にしましょうか」

「いや、コロッセオの控え室に続く廊下で。勝ち残ったから控え室がかなり大きな場所に変わったんだ」

「ふぅん、了解」

ヴィクトルさんはあんまりコロッセオの内部を知らないらしい。

何か性に合わないって理由で、コロッセオで行われる武闘会にはロマノフ先生とラーラさんと組んで二回くらい出ただけで、後は断ってるそうだ。

逆にラーラさんはギルドマスターをやってた関係で、デモンストレーションの一種で何度も出ているとか。

このエルフの三人の関係もまた独特で、ロマノフ先生は芸術にとんと疎く、ヴィクトルさんは魔術師だしそれなりに戦えるけど個人的な戦闘能力に価値を見いださない。その中間ラインがラーラさんだけど、ラーラさんはそもそも独自の美学に従って生きてる。

合うとこは合わせるけど、合わないものには不干渉だし押し付けないのが、長く付き合いを続けるコツなんだそうだ。

ぼんやりとそんなことを考えていると、レグルスくんが宇都宮さんの手を離し、こちらに歩いてくる。幼児って頭が重いから割りと歩き方が不安定なんだけど、レグルスくんは剣術を習ってるせいかかなり確りとした足取り。

同時に開いた玄関から、明るい光と爽やかな風と一緒に奏くんが「おじゃまします！」と元気よく入って来た。

「これで全員揃いましたね」

「はい！」

「じゃ、菊乃井応援団出発！」

ロマノフ先生の差し出した手に私が掴まって、反対側にレグルスくん、レグルスくんはヴィクトルさんと手をつないで、奏くんをラーラさんと挟んで。

ぶぉんっと足元から光が湧いて、一瞬の浮遊感。

次に足が地面に着いた時には、もうコロッセオの石畳の上にいた。

# 星を掴む時

帝国の北、馬を駆けさせ十日余りの辺境に、現れたるは三人の、不遇をかこつ若き戦士。

罠にかけられ疲れはて、病みたる心を癒せしは、その地に住まう人々の優しさ。

深き情けに触れた三人は、英邁《えいまい》なる師を得て再び顔を上げて歩み出す。


「と言うのが、今帝都で流行っている『エストレージャ』という吟遊詩人の詩ですわ」

「へぇ……」

マリアさんの口から出れば安っぽい英雄譚《たん》も、それなりに聞こえるから不思議だ。

対サイクロプス戦の直後から、帝都ではこんな詩が流行りだしたらしい。

居たたまれないのか、エストレージャの三人は自分の控え室だというのに隅っこで恐縮しきりで。

「そんなに縮まなくても。貴方たちがちゃんと罪を悔いてるのは証明された訳ですし」

「いや、でも……俺たち菊乃井で助けられた時は、もう世の中怨みまくってましたし」

「そうですよ。騙されたのだって一攫千金《いっかくせんきん》狙ったからだし」

「だから吟遊詩人の詩を聞くと『誰だそれ？』って気分で」

「なあ？」と見合わせた顔は、三人とも眉が見事に垂れ下がって困惑を隠せないでいる。

そうだよね、何もなしで今の自分があるわけでもなし、悔やむ過去……黒歴史には余り触れられたくないのも確かだろう。

更にその黒歴史が良いように改竄《かいざん》されて、人々の耳に触れるって、凄く居たたまれなさげ。

「それ、私にも覚えがありましてよ」

「マリア御姉様にも？」

あら、意外な助け船。

マリアさんから発せられた言葉に、美空さんが目を見開く。

てか、ラ・ピュセルにマリアさんにエストレージャに、エルフ三人衆と奏くんにレグルスくんって、顔面偏差値高すぎて目が痛い。

私が心で白目を剥いてるのに構わず、話は続く。

「私も去年のコンサートの時に、喉が焼ける事故がありましたでしょう？　そのことが色々脚色されてでまわりましたの」

「そうだったんですか……」

「ええ、でも見事にどれもこれも鳳蝶さんの存在は出てきませんでしたわ。私の師事していたショスタコーヴィッチ卿か、帝都に用事があって偶々ショスタコーヴィッチ卿を訪ねてこられたロマノフ卿が、これまた偶然持っていたエルフの秘薬をお分け下さったとか。何故かお二人だけですのよ。ねぇ、ショスタコーヴィッチ卿。何故かご存じでいらっしゃる？」

それはもう意味ありげな視線を向けたマリアさんに、ヴィクトルさんもロマノフ先生もそっぽを向く。

　それにラーラさんが肩をすくめた。

「下手くそな情報操作だなぁ。エルフの秘薬なんて言わないで、たまたまアリョーシャが万能薬持ってた、で片付ければ良かったのに」

「なんですか、その私の何でもアリ具合は」

「この世の不思議はアリョーシャがダンジョンから持ってきた……で、大体片付くじゃないか」

「僕だってそう思ったけど、アリョーシャがそんなに何でもかんでも溜め込んでないって言うんだもん」

　むすっとヴィクトルさんが答えた辺りで、誰が情報を流したかお察しだ。

　つまり、私の存在を知られないようにヴィクトルさんがわざとそんな噂を流したのだろう。

　私の平穏を守るために。

　それにマリアさんも乗っかってくれたのだ。

「先生方もマリアさんも、ありがとうございます」

「いえ、お気になさいませんように。私は貴方とのご縁を切りたくなかっただけですもの」

「僕もだよ。下心はあるんだから気にしなくていい」

　ニカッと笑うヴィクトルさんと、扇で口許《くちもと》を隠すようにしつつ笑むマリアさん。この二人もよく考えたら師弟なんだよね。

　人の縁は本当に不思議。

と、エストレージャの三人とラ・ピュセルの五人が円陣を組むのが見えた。

「ロミオさん、ティボルトさん、マキューシオさん、これはチャンスですよ！」

「そうそう、ロミオさんたちが大活躍したら菊乃井のダンジョンにくる冒険者さんが増えますよね」

「え？　どうかな」

「自分たちも英雄になれるかもってひと、増えると思うわ」

「そのひとたちを私たちの歌で元気付けたりできたら、お客様が増えると思うんです」

「そしたら、若様が言ってたみたいに宿屋さんや道具屋さんが儲かるでしょ？」

「ああ、そうだな。いや、それだけじゃなくて農家やらも儲かる筈だ。皆飯は食うんだから」

「つまり、菊乃井全体が儲かるのか……！　俺たちも菊乃井に恩返しができるんだな⁉」

「はい！　そしたら皆、家族を菊乃井に呼べるかもだし……兎に角、未来は明るいですよ！　頑張りましょうね！」

「えい、えい、おー！」と、八人の声が部屋に響く。

上手く行くかどうかは別として、やる気になってくれているのが結構嬉しい。

するとそれを目を細めて見守っていたマリアさんが、屈んで私の耳に唇を寄せる。

「ショスタコーヴィッチ卿からお聞きしましたけど、鳳蝶さんは菊乃井の経済基盤を固くして、栄えさせて音楽学校をお作りになりたいとか」

「え、あ、まあ、そうですね。それだけじゃないんですけど」

「それ、私にも手伝わせて頂けて？」

「それは願ってもないことですが……」

ド田舎の菊乃井と、華やかな帝都は距離が離れているし、どうするのかしら。資金提供してくれるんだろうか。

疑問が顔に出ていたのか、コロコロとマリアさんが笑う。

「そうですわね、さしあたり今日はエストレージャを真剣に応援しますわ。それからは追い追いご相談いたしましょうね」

そうだ、今日はエストレージャの晴れの日。

円陣を解いたエストレージャの三人に向き直る。するとすかさず三人が私に跪いた。

「ロミオさん、ティボルトさん、マキューシオさん」

「「「はい！」」」

「対サイクロプス戦は是が非でも勝たなければいけない戦いでしたので、色々策を講じた結果、かえって貴方がたに全力で戦わせてあげられなくなってしまいました。実力で奴等を打ち取りたかったことでしょう、無念な想いをさせました」

「いえ、そんな……！」

「でもこの戦いは貴方がたの花道の第一歩です。全力を傾けてください」

「はい！　それは勿論！」

顔をあげた三人の、その色の違う眼には今までにない覇気が宿っている。

やる気に満ち溢れているのは瞳だけでなく、全身からもそれを感じるような、そんな雰囲気にレグルスくんと奏くんが目を輝かせた。

二人の憧れにも似た視線を感じたのか、ロミオさんもティボルトさんもマキューシオさんも力強く頷く。

「実はあの試合の直ぐ後、この試合の対戦相手のバーバリアンに声をかけられたんです」

「バーバリアンに会ったんですか?」

「はい、実は」

そう前置いてロミオさんの言うには、バーバリアンが今回の武闘会に参加したのは、サイクロプスを倒すためだったとか。

奴等とバラス男爵の悪行に、バーバリアンの懇意にしていた冒険者が引っ掛かり、大ケガを負って廃業を余儀無くされたそうで。

『アンタらが仇討ちしてくれたようなもんだ』と、豪快に笑いつつ。

「『あんな奴等の脂で、折角の得物やそのカッコいい防具を汚さずに済んで良かったな』って言われて。『俺たちと戦うんだから、手入れは確りしてもらえよ』とも言われたかな。あと、『自分達が勝ったら、この防具どこで買ったか教えろ』って言われました」

顔を見合わせる三人に頷くと、ふと彼らが真顔になる。それから自らの手を何度も確認するように動かすと、唇を真一文字に引き締めた。

「どうしました?」

「いや、菊乃井にくる前はサイクロプスの雰囲気に気圧されましたけど、そんなのバーバリアンのにじみ出る闘志に比べたらなんてことなかったんだな……って」

「バーバリアンの三人は飄々《ひょうひょう》として爽やかな風みたいなのに、はっきりと強いのが解りました。でも今思えばサイクロプスの雰囲気はハリボテだったんだな」

「そう言うことがわかると言うのは君らが強くなった証拠だ。誇ると良いよ」

ラーラさんが軽く口の端を上げると、ほぅっとマリアさんやラ・ピュセルのお嬢さんたちから溜め息が漏れた。

解るわー、ラーラさんカッコいいもんね。

エストレージャの三人も力強く頷くと、ロマノフ先生がパンパンと注意を引くために手を打った。

「さて、そろそろ私たちは観客席に移動しましょう。マリア嬢も第二皇子と観戦のご予定なんでしょう?」

「はい、そうですわ」

「マリア嬢は皇子の席まで僕がエスコートしていくから安心しなよ」

ヴィクトルさんがラーラさんに請け負うと、マリアさんが美しいカーテシーと「頑張ってくださいましね」と言う激励の言葉を置いて去る。

「応援していますよ」

「兄ちゃんたち、頑張ってくれよな!」

「れーも、おうえんするからね!」

「「「「頑張ってね!」」」」

口々に激励の言葉を置いて、私たちもまた観客席に。

ひやりとした石畳の通路を抜けると、初夏の青空がそこには広がる。

ざわりと客席がどよめいて、闘技場の中央に人々が視線を寄せていた。

そこにいたのは、虎耳と尻尾を惜しげもなく見せてくれた――。

「あー、やじゃんただー!?」

「惜しいな、坊！　ジャヤンタだよ！」

闘技場の壁を挟んで、けらけら笑うジャヤンタさんと私たちは向かい合った。


ニカッと笑うと白い牙が見える。

のしのしと大きな斧を担いだその姿は、鬼瓦のような肩当ても相まって歴戦の覇者という風格だ。

その横、人間なら耳に当たる場所に魚のヒレのようなものを付けた、銀髪の美人のお姉さんがそっとこちらを窺う。

よく見るとお姉さんの首には鱗のような模様があって、瞳孔は爬虫類と言うか蛇のそれで。

「ジャヤンタが言ってた親切な子どもたち？」

「おう、ラ・ピュセルちゃんたちの応援してたんだよな」

語りかけられて頷くと、お姉さんがはっとした顔に変わる。そして私の後ろに視線をやると、そっと胸に手を当てて会釈した。

「これは……ロマノフ卿、お久しぶりです」

「お久しぶりですね、カマラさん」

大概顔広いよね、ロマノフ先生。

膝を少し曲げて挨拶したカマラさんに、ジャヤンタさんが首を傾げる。

「カマラの知り合いか？」

「この戯《たわ》け！　エルフの英雄、ロマノフ卿ではないか！　十年前にお前も会ってるぞ、忘れたのか⁉」

「ああ、そう言えば……見覚えないわ」

言い切ったジャヤンタさんに、がくっとカマラさんの肩が落ちる。

すると、二人の後ろからクスクスと笑い声が。

ゆったりと近付いて来た人は、カマラさんと同じく人の耳に当たる部分がヒレになっていて、肌には細かい鱗の模様があって、何よりカマラさんと顔が良く似てる。

違う点はカマラさんは髪の毛が銀色で、腰辺りにある毛先が赤、新しく来た人はやっぱり腰まである毛先が蒼だ。それに何より胸が無い。

「カマラ、ジャヤンタに人の顔なんて覚えられるわけないじゃない」

「ウパトラ……そうだな、私が間違っていた」

「えらい言われようだな」

ウパトラと呼ばれたひともカマラさんも、薄絹で織られた立襟の、前側より後ろ側の長い上衣に幅広のズボンを穿いている。

じっとその服をみていると、ジャヤンタさんがニッと笑った。

「ああいう服は珍しいか？」

「こっちでは見たことがない……ような？」

「それはそうよ。これはコーサラの民族衣装みたいなものだもの」

吐息で笑うとウパトラさんの視線がそっとこちらに流される。

ひやりとした視線はこちらを値踏みするような感じで、不快というほどではないけれど、余り気持ちいいものでもなくて。

カーテンでもあればな、と。

タラちゃんがいつも夜に作ってくれる、薄くて涼しいのに中を見透かせないようなのをイメージしていると、ウパトラさんが眼を軽く見開いた。

「おや、驚いた。ワタシの『魔眼』を遮るなんて」

「まがん……？」

なるほど、私が感じた余り良くない感じは、何かされてたからか。

ところで魔眼ってなによ？

尋ねようとする前に、カマラさんがウパトラさんの頭を掴んで下げさせた。

「片割れが不躾な事をした、すまない。大方、人の名前も顔も覚えないジャヤンタが、名前も顔も覚えた子どもたちが珍しかったんだろう」

「そうなんですか？」

「そうよ。だってジャヤンタが名前を覚えるって興味を持った証拠でしょ？　カマラは気にならないの？」

「気にはなる。気にはなるが、自己紹介もしないうちに魔眼で透かし視るなんて失礼だろうが」

「じゃあ、自己紹介すればいいのね？　ワタシはウパトラ、こっちはカマラ。龍族の双子なの」

「ええっと、ご紹介ありがとうございます……？」

二人の自己紹介を受けて名乗ろうとすると、ウパトラさんからの視線が強まる。なのでイメージのカーテンを厚くすると、ウパトラさんの唇が尖った。

「なんでよ、自己紹介したじゃない。見せてよ」

「自己紹介されても見せるとは一言も言ってませんから」

拗ねたような口振りのウパトラさんに返すと、私が駄目ならと思ったのか視線がレグルスくんに逸れる。けれど、私もイメージのカーテンを更に厚くして、私の両隣のレグルスくんや奏くん、それだけでなく後ろにいたロマノフ先生やラ・ピュセルのお嬢さん方まで包む。

するとウパトラさんが舌打ちをして。

それまで笑って見ていたジャヤンタさんが、斧を肩から降ろすと、ウパトラさんの肩を叩いた。

「解ったろ？」

「そうね。いくら本気じゃなかったって言っても、ワタシの魔眼を殺せるなんて。そりゃ興味を持つわよね」

「まあ、俺はレグルス坊と奏坊が相手だけど、レグルス坊の兄ちゃんはカマラとウパトラ担当だもんな」

なんのこっちゃ。

目の前で繰り広げられる会話に目を白黒させていると、カマラさんが肩をすくめた。

「すまないな、この阿呆どもは言葉が足りないんだ。坊やたちは見かけより強いんだな。十年後を楽しみにしているぞ」

「そういうカマラさんも言葉が足りてませんね。まあ、私やヴィーチャ、ラーラの教え子です。十年後にはあなた方を遥かに凌駕《りょうが》してるかもしれませんよ」

「それはなおのこと楽しみだ。最近骨のある奴と戦えていない。今日の対戦相手は中々楽しめそうだけど」

そう言うとカマラさんは観客席の下にある闘技場への通路から出てきた、エストレージャの三人とセコンドのラーラさんへと意味ありげな視線を送る。

つまり彼らこそがエストレージャの最後の対戦相手・バーバリアンなのだ。

で、十年後を楽しみにしているってどういうことよ。

深まった謎に首を傾げていると、「あ！」っとジャヤンタさんが叫ぶ。

ふるふると震えを抑えつけて指差すのは、私の後ろのラ・ピュセルの五人。

「ラ・ピュセルちゃんたちだ！」

「はい！」

「私たち」

「「「「菊乃井少女合唱団、ラ・ピュセルです！」」」」

五人の軽やかな声がぴたりと揃ったのに、レグルスくんとジャヤンタさん、カマラさんとウパトラさんが拍手する。

「え？　なんでエストレージャ側の応援席にいるんだ⁉」

「同郷なんです！」

「お兄さんは、コンサートに初日からずっと来てくれてましたよね？」

「お、おう！　よく覚えていてくれてるな！」

「初日にはそっちの銀髪の双子さんもいらっしゃいましたよね」

「ああ、そうだが……」

「よく覚えてるわね、アナタたち」

リュンヌさんとシュネーさんが声をかけると、龍族の双子が驚く。

ステラさんがポニーテールを揺らして、胸を張った。

「来てくれてるお客様は、皆でできるだけ覚えるようにしてるんです！」

「次に来てくれた時に、お礼をいうために！」

「私たち合唱団は応援してもらえるからこそ、ステージで歌えるのです！」

「へぇ、中々の根性じゃないか」

「そんな風に言ってもらえると応援する側も力が入るわねぇ」

「だからラ・ピュセルちゃんたちは『いい』っていったろ？」

続く美空さんと凛花さんの言葉に、龍族の双子は頷き、ジャヤンタさんが何故か「ふんす！」と鼻息を強くする。

しかし、その自信に溢れた顔が、暫くすると弱り顔になった。

「同郷か……でも手加減は出来んしなぁ」

「それは大丈夫です！　仮令エストレージャさんたちが負けても、お兄さんが私たちを応援してくれてるのは知ってるから！」

「そうそう、それとこれとは別だもん」

「でもエストレージャさんたち強いですから、お兄さんたちも気をつけて頑張ってくださいね！」

「怪我、しないようにお祈りしてます！」

「菊乃井にも遊びに来て、私たちのコンサートも見てくださいー！」

「おう、ありがとな！　俺メチャクチャ頑張るわ！」

「ありがとう、アナタたちも頑張ってね」

「私はマリア・クロウの贔屓なんだが……君たちも好きだよ」

ラ・ピュセルさんたちはファンサも中々なようで、バーバリアンの三人は喜んでいるようだ。

そうこうしている間に、試合開始のアナウンスがコロッセオに響き渡る。

「じゃあな」とこちらに背を向けて歩きだしたジャヤンタさんに続いて、カマラさんとウパトラさんもリングに向かって行く。

闘技場の中央に置かれたリングにはもう、審判とエストレージャの三人が佇んでいた。

唐突にざわりと大きく人波が動く。

すると銅鑼が鳴って「皇帝陛下御来臨！」と言う叫び声とともに、観客が一斉に立ち上がって貴賓席を見上げた。

「皇帝陛下万歳！」と誰かが叫べば、波は伝播《でんぱ》して口々に「万歳！」と叫ぶ。

「ば、ばんじゃい！」

「ひよさま、ばんざいだよ」

「ばんざい！」

「そうそう、上手に言えたね」

ふわふわの金髪を揺らして万歳するレグルスくんと、つられた奏くんが万歳するのに合わせて、私も万歳。

ロマノフ先生も一応万歳はしてるけど、あんまり乗り気じゃないみたい。

陛下が席に座ったのを見計らって、着席のアナウンスが。

客席からどよめきが消えた頃、再び銅鑼が鳴った。

「これより、優勝決定戦を執り行う！　青、エストレージャ！　赤、バーバリアン！」

「「「はい！」」」

「「「おう！」」」

リングの上で二組の冒険者が睨み合う。

皆が固唾を呑んで見守るなか、審判の手が振り下ろされ銅鑼が三度大きく打ち鳴らされた。

「始め！」

叫ぶやいなや、審判はリングの端に避難する。

構えた二組の睨み合いは続き、ジリジリとお互い距離を測っていて。

強いもの同士は中々簡単には動けないと言う。

ロミオさんとジャヤンタさんが、カマラさんとウパトラさんにはティボルトさんとマキューシオさんが対峙して、お互いの出方を探り合う。

と、一番最初に動いたのはジャヤンタさんで、一気に間合いを詰めて戦斧を上段に振り下ろす。

そのスピードの早いこと！

一瞬反応が遅れたロミオさんが、腕に着けていた盾で斬撃を受け止めるが、これは悪手でミシリと盾が軋む。

ドワーフの鍛冶見習いが作った盾に斬撃で罅《ひび》が入ると言うのは、そうあることじゃない。

しかも軋むだけでなく、割れ始めて。

このままでは次の瞬間ロミオさんの腕が落ちてしまう。

咄嗟にレグルスくんの眼を塞ぐと、ロマノフ先生が奏くんの眼を塞いでいるのが見えた。

その一瞬後、盾が派手に割れて、ジャケットに覆われた腕に刃が触れて——。

大きな衝撃音と共に落ちたのはロミオさんの腕ではなくて、ジャヤンタさんの斧だった。

「……っそ、だろ⁉」

ジャヤンタさんは確かにそう呟いたように見えた。けど、リングからここまで距離がある。

確かめる術もないまま、呆然とした彼をロミオさんが剣で斬りつけた。が、それは紙一重でジャヤンタさんが避けるも、体勢を崩したところにロミオさんの蹴りが鳩尾《みぞおち》に入る。

その反動を利用して後ろに身体を飛ばしたジャヤンタさんをカバーするように、カマラさんが弓を射り、ウパトラさんが魔術で追撃を阻む。

マキューシオさんの鞭が飛んできた矢を払うと、ティボルトさんの槍がウパトラさんに迫るも、ひらりと間合いの外へ。

一瞬の攻防に静まり返っていた観客が、大きく歓声を上げてコロッセオが揺れる。

それに紛れることなく、ジャヤンタさんがロミオさんを指差して、咆哮《ほうこう》をあげた。

「お前、何してくれてんの⁉　この斧、あのドワーフの名工ムリマが俺のためにオリハルコンで作ってくれた斧なのに！　お前に当たったとこから粉々ってなんなんだよ⁉」

へぇ、何かお高そうなことで。

後で弁償とか言われないよね。

ぼけっと攻防の続くリングを見ていると、とんと肩に触れる手の感触。見上げるとヴィクトルさんが、物凄く真面目な顔でこちらを見ていた。

不思議に思うと、ヴィクトルさんがロマノフ先生の腕を取ってゴニョっと何か呟くと、薄い膜が私とレグルスくんと奏くん、それからヴィクトルさんとロマノフ先生を包む。結界、かな。

「アリョーシャ、聞いた？」

「ええ、ドワーフの名工・ムリマと言ってましたね」

名工って言うからには凄いんだろう。

レグルスくんが大人になったらその人の剣、買えるかな？

そんなことを考えていると、ロマノフ先生が真面目な顔で私の肩を掴んだ。

「鳳蝶君、ムリマと言うのは私がドラゴンを倒す前から世界に名を轟かせて来た名工で、鍛冶神の寵児《ちょうじ》と言われているほどのドワーフです」

「へぇ……凄いひとがいたもんですね」

「うん、それにオリハルコンだけど産出出来る場所が少ない希少金属で、その強度はダイアモンドを超えるんだよ。素材の希少さで言ったらタラちゃんが作った布は、まだお高いけど貴族なら買えなくもない位だけど、オリハルコンは買えない。王族なら珍しくないかもだけど」

「わぁ……」

「神の寵児と言われた名工が希少金属で作った斧に、鳳蝶君がなんの変哲もない布で作ったジャケットが勝ったんですよ。それがどういうことか、物作りをする貴方には解りますね？」

解りたくない。

全然解りたくない。

だから往生際悪く、抵抗してみる。

「なんの変哲もなくないです、タラちゃんが織ってくれた布ですよ」

「オリハルコンで作った刃なら、奈落蜘蛛《アビスタランテラ》の糸なんて触れただけで切れるんだけどね」

「ふ、付与魔術重ねてますし！」

「バーバリアンのジャヤンタ君は冒険者としては上の上、一人でもエストレージャ全員を倒せるくらいの強さはありますよ。その彼が、斧を折られた挙げ句に苦戦している」

「見なさい」と言われて、ロマノフ先生が見ている方に顔を向ければ、なんと私が見ていない間にティボルトさんとマキューシオさんが戦闘不能になっている代わりに、バーバリアンもカマラさんとウパトラさんが戦闘不能になっていた。

ロミオさんとジャヤンタさんの一騎打ちだ。

何がどうなってるんだろう。

ずっと見てたであろう奏くんに聞くと、凄く興奮した様子で。

「ジャヤンタの兄ちゃんは斧がこわれたから、手から爪出してロミオ兄ちゃんとにらみあってて」

「おねえさんがぁ、ばびゅーんってマキューシオおにいさんにして、ぶすぶすって！」

「えぇっと、カマラさんが弓でマキューシオさんを射たのかな？」

「そうそう、それでそれをティボルト兄ちゃんがふせいでる間に、ウパトラってひとにマキューシオ兄ちゃんが突っこんでやっつけた！」

「でもぉ、ティボルトおにいさん、バチバチでばーんってされたの！」

「……ウパトラ君がやられる瞬間に雷をティボルト君に落とした、と」

「え？　じゃあカマラさんは誰がやったの？」

「ティボルト兄ちゃん。ヤリが姉ちゃんにささったのと同時くらいに、ティボルト兄ちゃんにかみなり落ちてた」

「マキュたんは何で倒れてるのさ？」

「おねえさんのゆみ、ぶすって！」

つまり、弓で射られながらもマキューシオさんはウパトラさんを打ち取った。けれど、ウパトラさんはやられる瞬間に魔術でティボルトさんを沈めたけれど、ティボルトさんはカマラさんをその時には打ち取っていたってことか。

で、ロミオさんとジャヤンタさんは一合一合体力を削りながら打ち合って、時々鍔《つば》迫り合いしてるという。

「ウパトラがマキュたんを無視してティボたんに魔術使ったのは、マキュたんの魔術耐性が強かったからか。マキュたん、本当はそんなに魔術耐性ないよ。あーたんのジャケットのお陰じゃないかな」

「ティボルトくんも、カマラさんに付いていけるほど素早くはなかったはずなんですけどね。凌駕出来たから、カマラさんの撃てない間合いに滑り込めたんでしょう」

つまり、本人の実力以上の力が付与魔術付きの装備で出ているって言いたいんだろうけども！

どれだけ付与魔術が重ねてあろうとも、本人たちに実力がなければ、それだって活かせはしないのだ。

「仮令私の付与魔術が強かろうとも、それを活かせたのはあの三人の努力の積み重ねです。彼らを侮らないでください。彼らは強くなったんです」

「その台詞は本人たちにいってあげなさい。私たちは彼らを鍛えた者として、的確に彼らに何が起こっているか、君より正しく把握しているからこそ言うんです。君の力がどれ程のものなのか、君自身が事実を認めないのは道義的に良くないことですよ」

ぐっと言葉に詰まる。

現実から目を逸らすのは決して良いことじゃない。

唇を噛んで俯くと「痛っ⁉」とロマノフ先生が足を押さえて飛び上がる。

と、レグルスくんが凄い顔をしてロマノフ先生を見ていた。

「にぃに、いじめないで！」

「心外な。これは先生から生徒への愛の鞭です」

「いじめないで！」

小さな足を振りかぶって、ロマノフ先生の脚を蹴ろうとするのを、慌てて抱き止める。

「レグルスくん、違うよ。いじめられてなんかないから」

「ほんと？」

「本当だよ。だから先生のこと、蹴っちゃだめ。庇ってくれたのは嬉しいけど、ひとのこと叩いたり蹴るのは良くないよ」

「う……たたいちゃめー……ごめんなさい、せんせー」

「私も、いじめていると思われるくらい言葉が強くなってしまったかもしれません。おあいこですね」

口の端をあげて柔らかく笑うロマノフ先生とヴィクトルさんにホッとする。

「あーたんの付与魔術はこれからもっと強くなると思うよ。使いどころを見極められるように、威力の大きさを把握して、最大限にそれを発揮できるようにしようね。要はそういうことだよ、アリヨーシャが言いたいのも」

「はい……」

ってか、名工の武器を叩き折った防具、それを作った工房Effet・Papillon……。

なんか絶対大事になる気がするんだけど。

痛みだしたこめかみを揉むと、眉間に寄ったシワにレグルスくんが指を伸ばす。

その小さなおててが隙間から、ジャヤンタさんの爪とロミオさんの剣が打ち合わされるのが見えて。

金属がぶつかり合う音に加えて、衝撃に火花が散っている。

鍔迫り合いの末、ぱっと二人が同時に後ろに飛んだ。

消耗しているのか、ジャヤンタさんもロミオさんも、上がる息を整えているのが、揺れる肩で見てとれる。

「次が最後の一撃になりますね」

ロマノフ先生の呟きが耳に入った。

リングの男たちが咆哮をあげて、激しくぶつかり合う。

ロミオさんの剣がジャヤンタさんを袈裟懸けに引き裂き、ジャヤンタさんの爪が同じくロミオさんの身体を大きく裂いて。

ゆらりと二人の膝が同時に崩れるのを、観客が固唾を呑んで見守るなか。

審判のカウントがコロッセオに響く。

テンカウントでどちらかが起き上がらなければ、勝負は引き分け。

ドキドキと誰もが倒れた二人に視線を注ぐなか、二人が同時に動き始める。

震える腕に力を入れて先ず上体を起こして、次に四つん這いの姿勢まで来た。

けれど両者とも膝に力が入らないようで、そこからはどちらも動けない。

しかし――――。

「ぅおおおおおっ！」

大地を割るような雄叫びを上げて立ち上がったのは、ジャヤンタさんだった。

「勝者、バーバリアン！」

審判の宣言に静まっていた観客が、大いに沸いた。


「こういうの、試合に勝って勝負に負けたって言うんだよ」

「ほーんとよね。ワタシたちの武器、カマラの弓以外全部壊れちゃったもの」

「正直君たちがこんなに強いとは思っていなかった。慢心していたんだな。実戦なら私とウパトラは死んでる」

戦い終わって陽が暮れるちょっと前、本来なら表彰式があるんだけど互いに大怪我を負っていたから、式は後日に延期されて、エストレージャは控え室に戻ってきていた。

ラーラさんだけじゃ治療も追い付かないだろうし、このあとエストレージャも含めてラ・ピュセルの音楽コンクール最後のコンサートの応援にいく事になっていて。

魔術を使える人間は何でも使えと、ヴィクトルさんやロマノフ先生も治療に駆り出されたし、私も服の応急処置のために彼らに付いていたのだ。

そこに包帯を巻いたバーバリアンの三人がやって来たという。

「いやー、皆さんやっぱメチャクチャ強かったっす」

「うん、武器が壊れても爪で応戦されるとか思いませんでした」

「本気で死ぬかと思ったから、逆に特攻かませたっていうか」

お互い幸いなことに内臓に届くような傷が無かったから言えることだけど。

三人のジャケットもズタズタで、本来なら何ともならないんだけど、そこはタラちゃんの織った布。魔力を注ぐと自己再生能力を発揮して、どんどん破れ目が塞がる。

それでも余りに損傷が激しい場所は、私がチクチク手縫いするしかない。

ジャヤンタさんたちの話を手を休めずに聞いていると、ウパトラさんが「なるほどね」と呟いた。

「ワタシの魔眼でも、そのジャケットの効果が透かし見られない筈よ」

「ジャケットの効果が透かし見られない……？」

「ワタシの魔眼は透かし見の魔眼。あらゆるものを透かし見ることが出来るはずなんだけど、魔術的な防御力や耐性があると防がれてしまうのよ。覚えがあるでしょ？」

「ああ……試合前のことなら」

こくりと頷くと、ウパトラさんが目を細める。

そして頭を左右に振ると、肩をすくめて「やっぱり見えない」と呟いた。

透かし見の魔眼と言うのは、鑑定眼のようにはっきり鑑定が出来る訳ではないが、目に映るものの過去も透かして見ることが出来るそうな。

例えて言えばジャケットを見れば、その作成者まで解るという。

だけどエストレージャが着ているジャケットは、いくら見ても強力な付与魔術が付加されているのは見えたけれど、それが何の効果があるのかはおろか、誰の作ったものかすら見えなかったのだとか。

「だから勝ったら、このジャケットをどこで買ったか教えろって言ったんですか？」

「そういうこと。ダンジョン産なら、少なくともドロップしたダンジョンの地名くらいは見えるもの。だけどそれが出なかったってことは、恐ろしく高価な既製品なのかしら……って思ったんだけど」

「高くはないですよ、多分」

エストレージャの三人のジャケットは確かに特注だけど、私が無理せず手に入る材料だけで作っている。

その中で高価なものと言えば、タラちゃんの布くらいなもの。

後は私がミシンでカタカタ縫って、ありったけの付与魔術をくっつけて、エルフ紋の刺繍を刺繍図案さんと相談しながら刺しただけ。

付与魔術と神様から頂いた道具は伏せて、高価なのは奈落蜘蛛《アビスタランテラ》の布とエルフ紋の刺繍くらいだと説明すると、カマラさんが挙手する。

「待って欲しい。仕立屋蜘蛛の布には魔力を注いだら発動する自己再生能力なんてないぞ。そう言うのが布に付加されるのは、魔女蜘蛛《メイガスタランテラ》か仕立屋蜘蛛の上位種ぐらいだ」

「えー……うちにいるのは、奈落蜘蛛《アビスタランテラ》ですよ。下さったひとがそう言ってましたし」

首を捻るカマラさんと私に、ポンッとジャヤンタさんが手を打った。

「なんかの切っ掛けで進化したんだろ」

「進化……蜘蛛って進化するんですか……？」

「奈落蜘蛛《アビスタランテラ》は単なる虫さんじゃないもの。あれは虫の姿をしたモンスターよ。条件を満たせば進化するわ」

なんてこった、初めて聴いたぞ。

つか、モンスターって進化するんだ。凄いなぁ。

なんて感心していると、にゅっと伸びてきたロマノフ先生の手がムニムニと頬を揉む。

「冒険話のついでにモンスターの進化の話はしたんですが、興味無さそうだなと思ってたら、本当に興味無かったんですね」

「ごめんなひゃい」

「この件は帰ったら補習ですよ」

「ひゃい」

ロマノフ先生のモチモチも最近は回数が少なくなってきた。これって痩せたからモチモチしにくくなったってことかしら。

それにしてもタラちゃんが進化。

そう言えばいつかの朝、しゅぽんって脱皮してたような気がする。

蜘蛛は幼生の頃は何度か成長のために脱皮するし、種類によっては成体になっても脱皮する。タラちゃんが幼生なのか大人になっても脱皮するタイプなのかは解らないけど、脱皮するのは確かなのだ。

「まあ、大変なのはこれからよね」

タラちゃんの生態について考えていると、ウパトラさんの言葉がそこだけ聞こえる。

何がかと思ったら、どうやらエストレージャが今日の成績やら、ここに至る前の経緯と話題性を加味して、皇帝陛下の園遊会に招かれたそうな。

皇帝陛下のお招きだから辞退は余程の事がないと不可。

その席で多分聞かれるのは、ジャヤンタさんの名工がオリハルコンで作った武器を粉々にした防具の出所だろう、と。

「Effet・Papillon の商品だというのは話して構いませんが、問題は職人の居場所……もっと言えば身元が割れるのは阻止しないといけませんね」

「そうだね。そもそも妃殿下の髪飾りで物凄く注目されてる商会なのに、それに加えてムリマが鍛えたオリハルコンの斧を触れただけで粉々にしたとあっちゃぁ、放っておく方が変だよ」

「何処かの大貴族が Effet・Papillon を買収しようとするか」

「もっと悪けりゃ、職人を掻っ攫って自分達の商会で無理矢理働かせることも考えられるわな」

ジャヤンタさんの言葉に、緊張が走る。

勿論私もだけど、それ以外にも懸念が出てきた。

「ロマノフ先生、ヴィクトルさん、ラーラさん、それからエストレージャの皆さん、園遊会が終わり次第間髪容れずに軍権を掌握します。菊乃井の軍を一度解散、後再編を行わなくては」

「……ああ、なるほど」

私の言葉に、少し考えてからラーラさんが頷く。

ロマノフ先生やヴィクトルさんも頷いてくれたけど、エストレージャの目が点になっていて。

「あ」と奏くんが小さく声をあげた。

「若さま、それって若さまの父ちゃんと母ちゃんが、へいたいを使って若さまをつかまえようとするかもしれないからか？」

「うん、そこまでしないとは思うけど……憂いは潰しておかないと」

「にぃにはれーがまもるよー!?」

真剣な表情の奏くんに、ちたぱたと地団駄踏んで、レグルスくんが私にしがみつく。

ふわふわの金髪が揺れて、さわさわと頬っぺたに触れてこそばゆい。

「えぇっと、その、どういうことでしょうか？」

三人を代表して手をあげたロミオさんに、ロマノフ先生が顎を擦りつつ目線を向けた。

「ご両親が大貴族の圧力に負けて、鳳蝶君を売り払うかもしれない。その場合兵を屋敷に差し向けて来ることが予想されるということですよ」

「は……はぁ!?　兵士を!?」

「そりゃ帝国の三英雄が守りについてるのは解ってるだろうし、仮令《たとえ》その三人の留守を狙ったってアナタたちが側にいるかも知れないって思えば、兵を差し向けるのが妥当じゃない？」

事情を察したのかウパトラさんが肩をすくめる。

カマラさんやジャヤンタさんも、同じく同意すると私の方をじっと見てきて。

「親と仲が悪いのか？」

「あのひとたちに権力を握らせておいたら、菊乃井が死にます。だから奪い取ることを画策するくらいには」

「そうか……。いや、宇気比の件から矢面に立っていたのは坊やだったのが、実に不思議だったんだよ」

「園遊会が終われば、両親は社交界で後ろ指をさされる存在になるでしょう。何せあのひとたちは領地の現状も、今度の件も何一つ関知していないのだから。恥をかかされたと私を憎むでしょう」

仮にEffet・Papillonの職人が私だと知った大貴族が、それを両親に伝えて大金を積んだら、あのひとたちのことだ。

目先の利益にとらわれて、私を売り払う算段をしてもおかしくない。

私を捕まえて病気か何かで死んだことにしてしまえば、母は離縁が出来るし、まだ若いから再婚して子どもを作るのも可能だ。

父は父でレグルスくんを菊乃井の跡目にする約束を結んで、私をどうこうって考えても不思議じゃない。

「兎も角、あのひとたちの武器になりそうなモノは潰しておくに限るので。それにどのみち兵は再編しようと思ってましたから」

「ダンジョンでの魔物の大量発生対策の一環として、一から鍛え直さなければいけませんしね」

そういうこと。

だって菊乃井の兵士達って存在感が無さすぎてあるのかないのか、見過ごすくらいなんだもの。

そりゃ田舎って言ったって領地は狭くない。防衛のために騎士団くらいあるのが筋だけど、ルイさんの予算書見るまで、ないと思うくらい活動してなかったのだ。

「なあ、それ、俺らも付いてって良い？」

「面白そうだもんね」

「うん、鍛え直すなら私たちもその必要があるしな」

ニカッと笑ったバーバリアンからは、どこか獰猛《どうもう》な匂いがした。

## 星の価値は誰が決めるのか

敵の戦力の六倍を用意できれば、どんな戦いでも負けはあり得ないそうで。

「願ってもないことですけど、報酬はいかほどになります？」

「んー？　そうだなぁ、俺はラ・ピュセルちゃんたちを間近で見たいかな」

「私もそれで良いよ」

「ワタシは服が欲しいわ。エストレージャたちに負けないくらいの。足が出そうなら素材はワタシが用意してもいいし」

ラ・ピュセルのコンサートチケットは、こどもでも見にこれるように安価に抑えている。

これに料理や飲み物を追加で頼むことによって握手出来たり、お話できたりって権利を買うことになるんだけど、それでもそんなに高くはない。

エストレージャのジャケットだって、初心者冒険者が買えるくらいのやつに毛が生えたくらいのもんなんだけど。

了承しようとすると、ヴィクトルさんにそっと口を塞がれた。

「ラ・ピュセルのコンサートは何とかしてあげるけど、服の素材はそっち持ち。代金も適正価格を払ってもらうよ」

言い切られたことに驚いていると、ロマノフ先生もラーラさんも頷く。

するとウパトラさんがチッと舌打ちをした。

「上手くいくと思ったのに」

「冗談じゃない！　あーたんは半分趣味で服を作ったりしてるから、そういうことに頓着が薄いけど、本当なら安値で出せるはずのないものを作ってるんだからね。自分の出来ることを安く見積もっちゃ駄目だ。それは同じ技能を持つ人全体を買い叩かせることになるんだから」

「う、そ、そうですね……」

「だいたい僕たちやエストレージャで事足りるんだから、お断りしてもいい案件なんだからね。来たいなら止めないし、ラ・ピュセルのコンサートも上位冒険者が応援してくれるってのは彼女たちに箔《はく》が付くから歓迎するけど、今のは頂けない。同じ魔術師なのに、付与魔術師の業を安く見積もるって、キミ、どういう了見してんのさ！」

滅多にないほど強い口調のヴィクトルさんに、レグルスくんも奏くんも驚いている。

今にもウパトラさんの胸ぐらを掴みそうな雰囲気に、カマラさんとジャヤンタさんが割って入った。

「悪い、今のはこっちが悪かった」

「すまん。ウパトラは俺の壊れた武器のモトを取り返そうとしたんだと思う。失礼なことを言った」

真剣な面持ちに、ばつが悪くなったのかウパトラさんも小さな声だけど「悪かったわ」と呟く。

ヴィクトルさんも鼻息が荒くはあったけど、そこは大人だからぐっと飲み込んだようで、ガシガシと頭を掻いてそっぽを向いてしまった。

控え室の雰囲気がピリついて気まずい。

と、レグルスくんが壁にかかっていた時計を指差して大きな声をだした。

「おうた、はじまる⁉　にぃに、おうた！　おねーしゃんたちのおうた！」

「あ、若さま！　合唱団のお姉ちゃんたちとマリアさまのばんが来ちゃうぞ⁉」

「は⁉　急いで劇場いかなきゃ⁉」

やだー、レグルスくんたら時計が読めたの⁉

天才がいるよー⁉

なんて感動に浸る間もなく、先生方がエストレージャの三人と、私やレグルスくん、奏くんと手を繋ぐ。するとレグルスくんがジャヤンタさんに手を差し出して。

「やじゃんたもいこ？」

「ジャヤンタだってば。良いのか？」

「今日は大千秋楽《せんしゅうらく》ですからね、いつもと違ったことをしてくれるそうですよ」

「早くいかないとはじまっちゃいます」

レグルスくんにならって、ジャヤンタさんもカマラさんと手を繋ぎ、カマラさんがウパトラさんの手を取る。

そうして足元が光ると、一瞬の浮遊感。その後、地に足がつく感触がした。

そこは去年の夏、ヴィクトルさんがマリアさんの歌を聴くために用意してくれたボックス席で、皆が余裕で座れる広さがある。

「じゃやんた、だっこしてぇ？」

「おう、任せろ」

手を伸ばしたレグルスくんを、言うが早いかジャヤンタさんが抱っこしてお膝に座らせてくれる。

それにお礼を言うと、私も奏くんと一緒にシートに座って、ロマノフ先生やラーラさん、エストレージャ、カマラさんもウパトラさんも、それぞれ席に着いた。

階下の舞台では丁度、誰かの演奏が終って休憩に入った所のようで、ヴィクトルさんが「僕は指揮があるから行くよ」と去っていく。

「さっきは悪かったな」

「ああ、いえ……私も、私で出来ることだからいいかって軽く頷くところでしたから」

「俺は魔術の仕組みはからっきしだが、特殊な、例えば空間魔術とか召喚魔術を除いた中では、付与魔術が一番難しいって聞いたことがある。ほら、色んな属性の魔術を重ねてバランスよく発動するだろ？　だから全ての魔術を研鑽しないと、その専門家にはなれんそうだ。しかしその割に使い手の評価はそんなに高い訳じゃない。目に見える派手さがないからだろうな」

「まあ、地味ではありますよね」

「でもその地味な魔術が、付いてるのと付いてないのでは雲泥の差だ。上位の冒険者はそれが分かってるからより良い付与魔術の付いた防具や武器を探す。それは解るよな？」

「はい」

「修める難しさも、付与魔術のありがたさも、魔術師なら皆知ってる。それなのにウパトラや俺たちは、それを買い叩こうとした。そりゃあ、同じ魔術師としては許せんだろうよ。ましてあのエルフは鳳蝶坊の先生なんだろ？」

それは解るし、私が頷きかけたのもずいぶん軽率だったと思う。

なんと言うか、私は自分が出来ることなんて大したことじゃないって考えてることが多くて。

私なんかがすることで喜んでくれるなら、なんでもしたいような気になってしまう。

でも、それを商売にした以上は、対価を貰わなければ成り立たない。

材料費だって必要だし。

そう言うと、膝にレグルスくんを乗せたままのジャヤンタさんが天を仰いだ。

「あー……あのエルフの兄さんが怒った理由が解ったわ」

「私にも解った」

「ぅえ？」

「……悪いことしたわね。本当に申し訳ない」

後ろの客席に座っていたウパトラさんとカマラさんが、ひょいと席の間から顔を出す。

それからウパトラさんは立ち上がって、わざわざ回り込んできて私の前に屈んだ。

「ワタシが服を報酬に選んだのは、ジャヤンタの斧と同等、いえ、それ以上の価値がエストレージャの三人の防具にあると踏んだからよ。ジャヤンタの斧は唯一無二、それと等価の物なんてそうそうある筈ないもの。後は、ちょっと悔しかったのよ。ワタシ、魔術には自信があったのよ。だけどワタシは属性が片寄りすぎてて付与魔術が上手く使えない。どんなに優れた攻撃や回復、防御魔術が使えても、付与魔術が使えない魔術師なんて二流よ。それなのにこんなに小さい子が、付与魔術バリバリ使ってるんだもの。それも惜しげもなく。ならタダでそれを貰っても、痛くも痒くもないと思ったのよ」

「それは……個人的なものならタダでも良かったんですけど、エストレージャの三人の防具は売り物にする予定のモデル商品だから……」

「いいえ、そういうことじゃないの。アナタがどういう風に育ってきたかは知らないけれど、ジャヤンタと話してるのを聞いただけでも解ることはあるわ。アナタ、自己評価が低すぎる」

「自己、評価……？」

「アナタは自分を余りに安く見積もり過ぎてる。自分に価値を見いだせないから、自分のすることにも価値が見いだせない。でも他人には価値があるから、同じことをしていても他人のことは高く評価する。だけど他者から見たらアナタも、アナタが評価した他人と同じことをしているの。同等の価値がアナタにも他人にも存在する。解る？」

「…………理屈は」

やっと絞り出した声に、穏やかにウパトラさんが頷く。

「あのひとが怒ったのは、アナタの自己評価の低さに、ワタシが知っててやった訳じゃないけどつけこむような真似をしたからよ」

「知らないのを加味して、あれくらいで収めてくれたと言うべきだな」

「そうね。あのひとは、アナタを大事に思っているから、その自己評価の低さに憂いがあるのよ。それをどうにかしようとも思ってるのね。なのにあんなことを言えば、ああいう反応になって当たり前だわ。アナタにもとても酷いことをした、ごめんなさい」

「いえ、その……」

なんて返せばいいのか解らない。

正直謝られても、何故謝られているかも理屈は解るけど、実感が湧かない。

自己評価が仮に低かったとして、その何が問題なのかも。

戸惑う私の手をそっとウパトラさんが取る。

「今度はこっちからお願いするわ。ワタシたちバーバリアンにエストレージャを凌《しの》ぐ服を作って欲しい」

「代金は言い値で構わないし、必要な材料があるならこちらで獲ってくる。手間と技術と魔術を惜しみ無く使って、最高の品を誂えてもらいたい」

「ムリマの斧は壊れたけど、ムリマの斧でさえ通さない防具を手に入れられるなら高い買い物じゃないな！」

「あ、はい。そのご注文であれば価格は後の交渉として、承ります」

なんか大口の商売になる予感がする。

私の返事にジャヤンタさんがニカッと笑うと、膝の上のレグルスくんがキャラキャラと笑い出した。膝が揺れたのが楽しかったらしい。

「ワタシたちの防具に専念してもらうためには、アナタの憂いをなくさなきゃね」

くふんとウパトラさんが悪戯っぽく笑うと同時に、開幕のブザーが劇場に響く。

拍手と共に緞帳が開くと、舞台の上にはマリアさんとラ・ピュセルたちが立っていた。

「本日は大千秋楽！　私マリア・クロウと」

「「「「菊乃井少女合唱団、ラ・ピュセルの！」」」」

「「「「「合同コンサートをお楽しみ下さい!!」」」」」

軽やかに明るい声が劇場を満たす。

爽やかで、けれど情熱を感じる六人の姿に、観客席がどっと揺れた。

# 花咲ける乙女たち

ラ・ピュセルの衣装と同じ色のドレスをまとったマリアさんをセンターに、一歩下がってラ・ピュセルが並ぶと、厳かな曲が流れ始める。

マリアさんが帝国劇場のお披露目の時に歌った「帝国よ、そは永遠の楽土なり」だ。

静かな出だしに合わせてマリアさんが歌い始めると、それに付き従うようにラ・ピュセルのコーラスが入る。

女神とそれに侍る妖精の戯れのような舞台に、客席の至るところから感嘆のため息が。

サビに向けて高くなるマリアさんの声に、ラ・ピュセルのメンバーもきちんとついていってハモってる。

「凄い……」

「あの子たち、あのマリア・クロウの声を引き立ててるけど、全然負けてないわね」

うっとりしたようなロミオさんの声に、ウパトラさんが応じる。

ツンツンと袖を引かれて横を向くと、奏くんが顔を真っ赤にしていて。

「あのさ、若さま。マリアさまのコンサートって、いくらくらいで見られるのかな？」

「えぇ……っと、ちょっと判んないかな。でも菊乃井から帝都まで馬車で十日で、お宿にも泊まらなきゃだし……色々含めて凄く高いんじゃないかな」

「そっか……」

そう言って奏くんは拳を握りしめる。それからマリアさんに視線を固定すると、何かを決めたのか強い眼をする。

「おれ、菊乃井のみんながもうかるようにこれからも色々考えるから。一緒にがんばるからな」

「う、うん。どうしたの？」

「いつか、じぶんでお金をかせいで、マリアさまのコンサート見に来る。そんでいちばんキレイなお花をわたすんだ……！」

おぉう、燃えていらっしゃる。

でも、ファンってのはこうある方が健全だと思うんだよ。

コンサートに行ってお金を落とすだけでなく、お花渡すとか分かりやすい形で応援したり。

前世では沢山の芸能人がファンに追いかけ回されたりして、結構しんどいことになってたみたいだけど、そういうことするのはファンじゃないと思う。

前世の「俺」だって好きな菫の園の役者さんには、惜しみ無くつぎ込んだもんだし。

推しが元気で綺麗に輝いて舞台にいること、それ以上の喜びなんてない。

ちなみに今の私の推しは、ジャヤンタさんのお膝でマリアさんとラ・ピュセルの皆のお歌に合わせて身体を揺らしてリズムを取ってる。

ひよこちゃん尊い。

始まりと同じく厳かな終わりのフレーズに、マリアさんとラ・ピュセルの声が重なり、静かに消える。

一瞬の静寂の後には、耳が痛くなる程の喝采が。

しかしそれも長くは続かない。

マリアさんが美しくカーテシーをすると、それに倣ったラ・ピュセルたちも同じくお辞儀して、それからポジションを変える。

センターのマリアさんと横並びになると、軽快な前奏が始まった。

いつもならメンバー一人一人のソロパートを、今日はマリアさんとデュエットで。

今度はマリアさんが、ラ・ピュセルのメンバー一人一人の声に合わせて、見事に引き立てるようハモりを入れてくれている。

「ラ・ピュセルのメンバーは、皆一人一人だと個性が強いが、誰かと歌う時はお互いに引き立つように歌うんだな」

「自分だけじゃなく、一緒にいるひとのことを考えるって大変だろうに……」

「でも、それって俺たちにも必要なことだと思う」

カマラさんの呟きにティボルトさんとマキューシオさんが同意する。

ハーモニーの語源はハルモニア、調和の女神を指す。

全く出自も何もかも違う女の子たちが菊乃井で出会い、そして今また帝都で美しい不死鳥に出会って作り上げた旋律《せんりつ》は、見事に空間にもそこにいる人々とも調和している。

あちらこちらで子供も大人も、リズムに合わせて手をうち、身体を揺らして舞台を楽しんで。

立ち見席では観客同士が肩を組み、にこやかに歌に聞き入っていた。

舞台ではマリアさんもラ・ピュセルと同じ振り付けでドレスを揺らしている。

それに合わせて、レグルスくんもジャヤンタさんも奏くんも、上半身だけ同じ振り付けで踊っていた。

彼らだけでなく、観客席の子供も大人も男も女も、みんな。

観客席と舞台が一体化した、美しく華やかなお祭りみたいなハレの場は、やがて終わりを迎える。

ラ・ピュセルとマリアさんが観客席に向かって腕を差し出すようなポージングで、曲が終わった。

熱気がどっと観客たちから吹き出して、万雷の拍手が劇場を満たす。

全員が総立ちで、指笛を鳴らしたりラ・ピュセルやマリアさんの名を口々に叫び、称賛の声が大きな波のように客席を揺らした。

鳴り止まない拍手と、惜しみ無い称賛の言葉と。

しかし、これはコンクールでもある。

結果を決めなきゃいけないわけで。

「皇帝陛下の御前である、静粛に！」と、三度ほどアナウンスが入った後に、ようやく客席が静まり、マリアさんとラ・ピュセルの皆が揃って綺麗にお辞儀する。

彼女たちが舞台からはけて再び緞帳が降りると、コンクールの審議に入ることに。

結果が出るまで観客はいてもいいし、退出してもいいんだけど、誰も帰る様子が見えない。

私もなんとなくソワソワしちゃうんだけど、私が焦っても仕方ないんだよね。

そんな私のソワソワがレグルスくんにも移ったようで、ぴょこぴょこと身体を揺らしては、ジャヤンタさんの顎をふわふわ金髪でくすぐって笑わせていた。

それから暫くして、大きな銅鑼の音が劇場に響く。

「これより結果を発表する！」

舞台のど真ん中にひょろんとした貴族の女性が出てくると、持っていた巻物を広げて読み上げていく。

奨励賞とか何とかに、当然マリアさんの名前は出てこない。ラ・ピュセルも出てこなかった。

名前を呼ばれた受賞者は、それぞれに受賞の記念メダルを受けとると、舞台袖にはけていく。

そして誰もが固唾を呑み込んで見守る最優秀賞の発表。

「皇帝陛下よりお言葉を頂いております」

そうひょろんとした淑女が、書状を掲げて見せると、みな貴賓席に視線を走らせる。

今の今まで陛下がいらしてることに気づかなかったけど、そりゃ大千秋楽だもの。いらっしゃるよね。

ざわめきを収めるために皇帝陛下が手を振られたようで、貴賓席の近くから段々と静かになっていく。

こほんとわざとらしい咳払いをして、淑女が書状を読み上げ始めた。

「『最優秀賞についてはマリア・クロウと菊乃井少女合唱団ラ・ピュセルとで甲乙つけがたく、家族とも話し合った結果と本日の合同コンサートの結果を踏まえ、マリア・クロウとラ・ピュセル両名を一組とし最優秀賞を与える』との事です！」

観客が総立ちになり歓声が上がる。

私たちの席でもバーバリアンとエストレージャが抱き合って喜びを分かち合い、私とレグルスくんと奏くんも、ロマノフ先生やラーラさんと万歳を繰り返した。

## 世にも陰険な親子喧嘩のゴング

こうして音楽コンクールは盛況のうちに幕を閉じた。

さて、それから。

やっぱりバーバリアンとエストレージャ、それからマリアさんとラ・ピュセルは、成績優秀者として皇帝陛下主催の園遊会に招待された。

その席でまたマリアさんとラ・ピュセルは合唱することになって、それを皇族の皆様方にお褒め頂いたとか。

エストレージャも悔い改め、一からやり直して準優勝したことを誉められたらしい。

バーバリアンは案の定オリハルコンの斧が粉々になったことを色々聞かれたそうだけど、そこはエストレージャの引率者として付いていったラーラさんがのらりくらりとかわしたそうで。

「材料のほとんどはアリョーシャがダンジョンで取ってきたヤツだけど、いつどこでだったかは覚えてないって言ってたって説明したら、陛下には御納得頂けたよ。『あの男なら然《さ》もありなん』って」

「陛下はロマノフ先生の『収集したら忘れる癖』をご存じなんですか」

「有名だもの。ロマノフ卿のマジックバッグはどこかの神殿の宝物庫なみの品揃えだって」

「へぇ……一回虫干しした方が良い予感が……」

機会があったらやらせてもらおう。

で、だ。

園遊会の翌日、エストレージャとバーバリアン、それから帝国の三英雄が、一堂に祖母の書斎で寛いでいる。

何故かと言えば、園遊会が開かれた夜、貴族のみが参加する宮中晩餐《ばんさん》会に、私の両親も出席することになっていた。

その席でなんと皇帝陛下が私の両親に直々にお声をかけられたらしく。

『この一年の間に菊乃井領は大きく変貌したと聞くが、卿らはどこで何をしていた？』

静かな問いかけに、両親は当然答えられずにいて、結局色々菊乃井の話を皇帝陛下にお話申し上げたのはロートリンゲン公爵閣下とヴィクトルさんだったと、ヴィクトルさん本人がしれっと教えてくれた。

これで私の両親は社交界で構われはするけれど、それには名誉ではなく嘲笑がついて回ることになる。

父も母もちょっと話しただけだけど、およそ嘲りをうけることに耐性があるとは思えない。

となれば、その原因を作った私に怒りをぶつけにくるだろう。

ってな訳で、ヴィクトルさんとラーラさんが、急いでラ・ピュセルのお嬢さんがたとエストレージャにバーバリアンを連れて、転移魔術で菊乃井に帰還したという。

「そこを挫いてやろうかと」

「文句言おうとしたのに、言えないようにして追い返すってことか」

「はい。軍を掌握して二人には、味方など菊乃井には一人もいないと言う真実を噛み締めて頂きます。領地にいたところで領主としての機能が果たせない、そも果たす力もない。代わりに統治しているのは私だと、実績を積み重ねるのです」

「その実績を元に、伯爵夫妻はその地位に相応しい人間ではないとお上に訴える……と？」

「それが穏当なやり方だと思うんですよ」

「穏当ってそんな意味の言葉だったかしら……」

菊乃井の名物になりつつある、凍らせたフルーツを入れた天然炭酸水の蜂蜜割りに口を付けつつ、バーバリアンの面子が唸る。

私としては至極穏当だと思うんだよ。

「だって考えてくださいな。これ私と両親だから派手で陰険な親子喧嘩ですけど、領民を焚き付けたら一揆とか革命ですよ。そこまでにならないように、まず軍を押さえるんじゃないですか。軍って言ったって大概は領民、それも家を継げない次男・三男がほとんど。それと領民がぶつかるなんて身食いも同然だし悲劇しかない。ここはこどもをイビる大人未満を、腹に据えかねて追い出したくらいで収めるのが妥当線です。ロートリンゲン公爵にもそのようにお話しますし」

「そうだねぇ。皇帝陛下は菊乃井のお家の事情はご存じでいらっしゃるし、お言葉も直々にかけられたくらいだから、これであーたんに文句言いにくるんなら、力ずくで隠居してもらっても世間体は保てるよ」

「まんまるちゃんに頭を下げにくるなら兎も角、罵りにくるなら、それは陛下のお叱りを受け入れない不敬だもの。そんな不埒者には実力行使已《や》むなしだよね」

「こちら側の体裁は整いますね。そこまで一気にやりますか？」

それに関してはちょっと悩み所だ。

二人には隠居する前に飲まさなきゃいけない事がある。それを拒めないようにするためには、もうちょいなんか欲しい。

権力を握れば別に二人の意向とか関係なしにそれをすることは可能だけど、後で誰も文句言えないように、手続きはできるだけ公明正大透明あけすけにやりたいんだよね。

「いずれ隠居はしてもらいますし、私としてはなんなら出家して俗世と縁を切っていただいても構わない。ただちょっと父にも母にも飲んでもらわないといけない事がある。そこにいくまでに自棄を起こされても困るので、とりあえず二人の間を私憎しという共通項目があっても、手を取り合えないくらいにズタズタにしておかないといけないと思うんですよ」

父と母には現行、お互いに利用価値がある。

父は軍人、軍を動かすことには長けている。母は菊乃井の正統な継承者。

二人揃えば私の方が少し不利だ。

だから父からは武器になる軍を取り上げる。

母は……あの人はお金次第でなんとかなるような気はするんだけど、父もそれは気づいている筈だ。

あの二人が決して結び付かないような亀裂を生じさせておかなければいけない。

何があるだろう。

「あー、もう！　情報が少ない！」

そうなんだよ。

あの二人の個人データーが無さすぎるんだよ、主に私の中に。

ちょっと話だけはしたけど、それにしたって二人ともいい性格してるってだけしか解らない。性格が良いじゃなくて、いい性格ってとこが味噌だ。

「くっそ、だいたいあの二人、なんて名前なんだよ。それすら分かんないっつーの」

キィッとなって親指の爪を噛むと、ラーラさんに目だけで「め！」ってされる。

お行儀が悪いことをしてしまったと思っていると、エストレージャとバーバリアンの六対の眼が私を凝視していて。

「ま、待ってください。今、若様、ご両親の名前を知らないって仰いました？」

「言いましたよ」

「え？　そ、そんな……そんなことあるんですか？」

「あるんですよ。何せ私は去年の今頃まで自分に弟がいたことすら知らなかったんですから」

「うわぁ……」

「や、その、坊の両親って……」

「間違いなく人でなしですよ」

その子供の私だって紛うことなく人でなしだ。勝つためには決して手段を選ばないんだから。

くっと唇を嗤《わら》いに歪めると、大人しくひよこの編みぐるみで遊んでいたレグルスくんが寄ってくる。

「にぃに、いまのかっこよかった！　ちゅよそう！」

「え？　そう？　もう一回する？」

「うん、れーもするぅ！」

ぴょんぴょん跳ねるレグルスくんと、ニヤッと笑う。

すると「二人ともそれすると迫力あるからやめたげて」とヴィクトルさんに止められた。

解《げ》せぬ。

ちょっとだけ室内の温度が下がったような気はしたけど、気のせいだ。

## 黄金の自由《アウレア・リベルタス》

控えめなノックの後で書斎の扉が開き、ロッテンマイヤーさんがルイさんを伴いやって来た。

「朝からお呼びだてして申し訳ないですね」

「いえ、菊乃井の大事ですから」

「ありがとう」

空いているソファーにかけてもらうと、退出しようとしたロッテンマイヤーさんも呼び止めて座ってもらう。

彼女は私の秘書のようなものだし、領地に関しては私より知っているから話に加わってもらう方がいい。

「今、軍権を欲する理由を話していたところです」

「では、遂に動かれるのですね」

「はい。そこでかねてより考えていましたが、軍を再編します。その上で最高指揮官は領主としても、軍の指揮権はルイさんに任せたいのです」

私がルイさんに視線を移すと、ざっと室内の目がルイさんへと移動する。

見られた当の本人は、軽く目を見開いて頭を振った。

「我が君、お言葉ですが私は軍人の経験はなく……」

「だからこそです。現場は兎も角、最高権限は最終的には領主が持ちますが、平時は職業軍人でない文官に任せたい。代わりに現場には専門家の教官ないし現場指揮官を置き、軍事や救助活動の専門家を育成しつつ軍務に奨励してもらい、一切の事務的な事柄はその指揮官である文官が受け持つと言う感じで」

「今が平和だからこそ、育成に全力を注いでもらう代わりに、処々の書類仕事の煩雑さを現場に押し付けない……と言うことですか」

「今の菊乃井の軍隊は民兵に毛の生えたような感じですから、大発生が起きても恐らく対処できない。この機会に軍紀を引き締めて、有事に備えたいのです。今は幸いにして先生方とエストレージャ、それからバーバリアンもいてくれます。だからっていつまでも頼ってばかりはいられない。まずは自分の足で立つこと。軍紀の引き締めと再編はその一歩です」

「なるほど」とルイさんが頷いたのと同じく、周りも頷く。

誰かに頼るのは恥ではないけど、依存は良くない。

それは一個人であろうと、領主であろうと同じこと。

それに他にもしたいことがある。

「私は将来的に菊乃井を『君臨すれども統治せず』の政治体制に持っていきたいのです」

「君臨すれども、統治せず……？」

「そう、領主として君臨はするし最終的な決断にはその責任を負う。しかし、最終的な決断までは領民の代表を領民自身が選び、選ばれた代表は議会での協議を経て、領民のためになる政治選択をしてもらうんです。領民の、領民による、領民のための政治を」

なんか、何処かの国の政治家の演説っぽくなっちゃったな。

この「君臨すれども統治せず」と言うのは、イギリスや昔のドイツだかの政治体制を言うのによく使われるけれど、実際はポーランド・リトアニア共和国のヤン・ザモイスキと言うひとの言葉だそうで。

極めて特異な貴族による民主主義、共和国体制——黄金の自由《アウレア・リベルタス》と呼ばれる政治体制下で出てきたという。前世の俺の知識より。

まあ、正直に言うと難しすぎて理解が追い付かない。

でも、私は領民に政治に参加して、自らでより良い未来を選択してもらいたいのだ。

識字率を上げて色々学べば、自ずと政治への興味が出てくるだろう。

そうすれば領主の仕事を少し肩代わりしてもらっても構わない筈だ。

領主だって人間、肩代わりしてもらって出来た時間でちょっとくらい遊んでも構わないだろう。

前世の政治形態の話は抜きにして、そう話すとウパトラさんが小首を傾げた。

「そのために、議会制に持っていきたい……ってこと?」

「その他にも、領主が何かするときも議会の承認がいるようになれば、罷《まか》り間違って私がお隣の男爵みたいに人を人とも思わないような扱いをする法律をつくろうとしても、議会が阻んでくれます」

「……君は大丈夫だろう」

「解りませんよ、そんなの。人間だもの、間違うこともあるかもしれない」

カマラさんの言葉に、私は緩く首を否定系に動かす。

私は私を信用していない。

だからストッパーを幾重にも置く。

いや、私だけじゃなく人間は全て間違う生き物だから、ストッパーは確実に必要だ。

と、困惑した顔でルイさんが手を挙げる。

視線で問えば、震えながら唇を開いた。

「我が君、それは……それでは領主と言えど議会の決めたことには従うということでしょうか……？」

「議会というか、定めた法律に従う……ということになりますかね。私はね、仮令王と言えど従わねばならぬ普遍の法が世の中には存在すると思うのです」

「王と言えど従わねばならぬ普遍の法……ですか？」

「はい。簡単なところで言えば、無意味に命を奪ってはいけないとか、そういう。そんな当たり前に守らなければならない法を明文化して、領主もそれを守らなければならないものとする。ようは領主の権力をある程度法によって制限するんです」

君主を頂く政治形態は、頂く君主のひととなりに左右されて良くも悪くもなる。

しかし、君主でさえ法を守るならば、そのひととなりで権力の方向が左右されることはない。

君主の独断的な政治を人の支配と呼ぶならば、君主でさえ従わねばならぬ法があるのを法の支配と呼ぶ。

そして法の支配下での王の統治を、前の世の中では立憲君主制と呼んだ……筈だ。

この辺が危ういのは、前世の勉強不足と今世の理解力不足のせいだろう。

ちゃんと法律の勉強とか頑張ろ。

たどたどしくはあったろうけど、なんとか「人の支配」と「法の支配」の概念を説明すると、ルイさんが唸った。

「我が君……我が君は何故そのようなことを思い付かれるのです？」

「思い付いた訳では……」

ないんだよねぇ。

単にちょっと破片として知識があるだけで。

言い淀むと、ロッテンマイヤーさんが助け船を出すように、口を開く。

「大奥様……若様のおばあ様の日記にそのようなことが書いてあったかと……。若様も同じ志をお持ちになったのですね？」

「え、ええ、そうです。祖母が纏めたのを、私なりに解釈したと言うか」

祖母は日記のなかで、権力は怖いものだから縛らなければいけない、人間には誰でも守らなければいけない法律があるというような主旨の文章を度々残していた。

ロッテンマイヤーさんが言ってるのは多分それのことだろう。

てか、祖母は一体どんなひとだったのか。

日記の文字は綺麗で読みやすいんだけど、書いてあることほとんどが領地経営や自身の思想――これが曲者で、貴族の選ばれた血筋の人間が正しく人々を導くっていうのよりは、私の中にある前世の価値観に近く、人は生まれながらに自由に生きる権利があるとか、国はそれを保証しなきゃいけないうんたらかんたらっていうのが根付いているというか――を、びっしり細かく。

合間に帝国の歴史について、自分のことなんてほぼ書いてない。家族なんて更々。

本当に謎なひとだ。

ふと視線を感じて顔をソファに向けると、全員が私を見ている。

「どうしました？」

「いや、君が黙る時は自分の考えを整理している時だと思ったので、邪魔しないようにしていたんですが……」

「ああ……ありがとうございます」

ロマノフ先生の言葉に頷く。

私が感覚的に分かっているものを、他人に伝えるにはどうしても言葉がいる。

でもどう伝えたら正しく伝わるかを考えると、自然と黙ってしまうことになって。

考えながら口を開く。

「権力は怖いものです。この数ヵ月のバラス男爵への対応やら色々で、それがよく解りました。私は怖いものは怖くないように遠ざけてしまいたい。でもそれも出来ないなら、縛るほうがいいかなって。私個人はそれだけのことなんですけど、将来的に誰でも政治に参加して権力に触れ得る機会が来るなら、いっそ皆縛ってしまえば公平かしら……と」

「そういう領内法をお決めになって、その法に領主も従う。法の下には領主も領民も平等と？」

「領主が最終責任を取らなければならないのだから、かなりの権限を領主に残さねばならない。だから完全な平等にはならないでしょうが」

ルイさんが顎を一撫でして頷くと、エストレージャやバーバリアンは疲れたのかソファに身体を預けるように座った。

まあ、長話だし、しんどいよね。

エルフ三人衆は何か考え込んでるみたいだし、ロッテンマイヤーさんはルイさんをじっと見ている。

この二人、最近よく話してるのを見るんだけど、仕事が出来るひと同士話があうのかしら。

とりあえず話を続けよう。

「将来的に民意で選ばれた政治家が領地の政治を動かすことになります」

最初は村落の名主や街の顔役が代表として選ばれるだろうけど、時が満ちれば選挙して代表を選ぶことも出来るようになるだろう。

そうなると政治に関する専門家も生まれることに。

政治家のお仕事は内政だけでなく、他領との交渉も入ってくる。

交渉の末に紛争が起これば、そこには軍事が関与してくるわけで。

「軍事というのは政治や外交の延長線上にある事柄なのだから、開戦にせよ終戦・講和にせよ、それらを選ぶには政治の判断がいる。つまり政治は軍事に優先されるべき事柄なのです」

ロッテンマイヤーさんの手元が素早く動くのは、私の説明を書き留めてくれているからだろう。

彼女のメモが読みやすいのは、つまみ細工のマニュアル作りの時に実証済みだ。

後で読ませてもらおう。

「で、政治を司る政治家が民意で選ばれるのであれば、その政治家が選んだ開戦やその他の行動は、当然民意を反映したものだ。責任は全て民意で選ばれた政治家を介して、彼らを選んだ民衆に還ります」

　だから選挙の時に、政策じゃなくて知名度やお義理とかで選んじゃダメなんだよね。

「一方、軍人は民意で選ばれたりしない、単なる役人です。これが勝手に行動できる状態だと、民意を反映しない、政治的判断もない軍事行動を起こせてしまう」

「それは……私を最高指揮官に据えるのは、まさか……」

「役所は最終的には議会の決定を執行する部署になりますね。その下に軍事を置くのは、民意を得た政治家の下で軍事を管理するに等しい。それに民意の下に軍事を管理しておくと、領主が例えば民衆を弾圧しようと軍に命令を発しても、命令を無視させることも、反対に民衆を守る盾として使うことも可能です。まあ、将来への布石ですね」

　ルイさんは議会政治の到来を期待しているひとだったから、反対はしないだろう。

　と、ロミオさんがすっと挙手した。

「あ、あの、将来的に民意で政治が動くとしたら、それは要するにちゃんと考えて代表を選ばないと、領民自体が自分で自分の首を絞めるってこと……ですか？」

「ええ、適当なことしたらそうなりますね。でも適当なことをした責任だから、それはきっちり取ってもらいますよ」

「えぇっと、それはつまり領民も誰かにおんぶに抱っこじゃなくきちんと考えなさいってことで……？」

「はい。菊乃井ではどうあっても領民はちゃんと考えなきゃ生きていけないようにしますから。そのつもりでいてくださいね」

　より良い暮らしをしたいなら、学ばなければいけないのは、どんな生き物だってそうだ。

　それが人間であれば多岐にわたるだけ。

「代わりといってはなんですが、領主の責任でもって、領民全てに教育の機会を設けます。そこで多様な考え方や知識を身につけてもらい、将来に生かしてくれれば」

「教育の義務化をしたいと言うのは、それが狙いでしたか……」

「まぁね、なんぼ役に立つって言ったって、生活に密接に関係しなきゃ、手を抜きたくなりますよね。でも、手抜きをしたら自分に跳ね返るとなれば最低限は頑張ってくれるでしょ？」

　にかっと笑うと、ヴィクトルさんやラーラさんが肩をすくめたのが見えた。

　ロマノフ先生は何か面白がっているようでニヤニヤしてるけど。

「政治に民意が反映されるようになったら大変ですよ。だって今まで失策は領主の責任だってイライラしてたら良かったのが、これからは自分達のせいになるんだから、怒りたくても怒れなくなる。領主一人が背負っていた責任を、今度は領民ひとりひとりが負うんですもの」

「あ……」と誰かの口から、驚きの声が漏れた。

　そう、議会制というのはそんな民意を反映させるだけの優しい制度ではない。

　失策のつけは、民衆にすべからく跳ね返るのだ。

「言ったでしょ、私はそんな良い人じゃないって。これから先は、領民も自分自身の頭と心で未来を選ばねばならないような仕組みを作って行きます」

にっと唇を引き上げると、神妙な顔で座っていた今のところ領民代表みたいなエストレージャの三人が、ごくりと息を呑む。

ロマノフ先生が肩を震わせながら、私に尋ねた。

「で、その心は？」

「ちゃんと勉強しないとお芝居の台詞とか解んないでしょ？　こっちが進めてもそれくらいまで皆面倒くさがって勉強してくんないじゃないですか。『渋々勉強したらお芝居の台詞の意味がめちゃくちゃ解った、お芝居凄く面白い！』みたいな感じだとご褒美感あるし、良くない？」

ブハッとロマノフ先生が吹き出すのに合わせて、ヴィクトルさんやラーラさんが笑う。

えー、私、何か変なこと言った？

ルイさんやロッテンマイヤーさんも唖然としてるし、バーバリアンやエストレージャなんかソファから崩れてる。

そんな中、一番先に我に返ったのはロッテンマイヤーさんで。

「然様《さよう》で御座いますね。芸術を真に楽しむにはある程度の教養が必要と聞き及んでおります」

「ええ。だからそれを金にあかせて学べる貴族という特権階級が芸術を独占してきました。しかし、産業が興り、豊かになれば一市民にだって芸術に手が届き親しむことができるようになる。その時に慌てて知識を身につけるより、もう身についていて楽しめる方が話が弾むでしょ」

「話が弾んだら、自分もやってみようかってなるひともでるだろうね。それも狙い？」

「多少は。まずは劇場や美術館に足しげく運んでくれるようになれば成功じゃないですかね」

結局のところ、私にとって大事なのはミュージカルが気軽に楽しめるようになることだけ。

なんとなくそれを悟ったのか、ロッテンマイヤーさんが深く息を吐く。

それを見ながらルイさんが、難しい顔で口を開いた。

「我が君、一つだけお聞かせください。我が君は帝政を否定なさるのですか？」

「まさか。私は選択肢を増やして可能性を広げたいだけです」

「選択肢を増やして可能性を広げる……」

「一人で物事を考えると『これしかない』って思考を追い詰めることになりますけど、議会というか他人と話すと違う考え方が知れる。すると選べる選択肢が増えますね。選択肢が増えるとその先の結果も増えて、一人で考えた時より違う可能性を見いだせるようになる。私は帝王であっても独りである必要はないと思います。議会は敵ではなく、共に良い未来を拓く友です。馴れ合いは困りますが、互いに尊重は出来る筈だ」

その先に民主化があるならそれでも良いだろう。

その都度その時代に生きる人たちが、知恵や知識を総動員して、より良い未来を作る選択を選んでいけばよいのだから。

ただ、今はその選択すら出来ない。それは良いこととは言えないと思う。

「もし、もしも、その政策に関連する法律ができたとして、鳳蝶君はなんと名付けますか？」

ロマノフ先生が静かに微笑む。

長く生きるエルフなら、この政策が実った先の世界を、先生方は見ることになるかもしれない。

「そうですね……『君臨すれども統治せず』という言葉を生んだ政治体制から取ってAurea Libertas《アウレア　リベルタス》

——黄金の自由としましょうか」

「アウレア・リベルタス」と小さくエルフ三人衆がそれぞれ呟いた。

さて、難しい未来の話はこれまでにしておこう。

それよりも早急にやらなきゃいけないことがある。

そう言葉にすると、何だか微妙に張り詰めた空気が少し緩んだ。

「さしあたり押さえなきゃいけないのは、ダンジョン近くの砦にいる兵隊たちだよね」

「だね。菊乃井の街を直接守る衛兵たちは、あーたんの方にこそ好意的だもん。街が変わってくのを目の当たりにしてるからさ」

「そうですね。事情は知らないけど、ギルマスが色々話してくれるから冒険者も若様を応援してますし」

「な？」と、ロミオさんがティボルトさんやマキューシオさんに話を向けると、二人ともブンブン首を縦に振る。

街にいるのは衛兵より冒険者の方が多いから、それは凄く助かるよね。

「では、ダンジョン近くの砦を制圧するにして、どう編成します？」

「ああ、それですよね……」

ゴニョゴニョと、ああでもないこうでもないと話し合って。

とりあえず今日は準備をきちんとして、明日からの行動開始になった訳だけど。

「若様、宇都宮お願いがあります！」

「はい、なんでしょう？」

「レグルス様と宇都宮も是非お連れください！」

午後のお茶の最中、明日からの行動を聞いた宇都宮さんがガバッと頭を下げた。

サーブされた紅茶は顔が映るくらい澄んでいて、練習の成果が見事に反映されている。

「え？　なんで？　砦に行くんだから、危ないよ？」

「そうだとは思うんですが……」

レグルスくんには蜂蜜で味をつけたミルクを出すと、宇都宮さんが困ったような顔でロッテンマイヤーさんを見る。

するとロッテンマイヤーさんがクッキーを取り分けながら、咳払いした。

「その……情けない話ではありますが、若様がお出掛けになった後のレグルス様の後追いに、私たちでは太刀打ち出来ないのです」

「あー……そう言えば以前二人ともヨレヨレになっていましたね」

「はい。宇都宮も体力には自信がある方なんですが、レグルス様の素早さには追い付けなくて。それでレグルス様を見失ったりするよりは、最初からレグルス様と若様に付いて行った方が安全かと思いまして」

うーむ、どうしよう。

隣でちょこんとミルクの入ったコップを両手で持って、お行儀よくお茶してるレグルスくんを見る。

するとロッテンマイヤーさんに給仕されていたウパトラさんがふっと唇をあげた。

「いいんじゃない？」

「えー……でも、危ないですよ」

「そうかしら。そっちはエストレージャとジャヤンタとロマノフ卿がいくのよ？　滅多なことなんかないと思うわ。それにアナタも行くんだから、残るより安全かもしれない」

「そうだな。心配なら奈落蜘蛛《アビスタランテラ》もつれていけばいい。奴等は糸で盾を作ることも出来る」

「ああ、そうか……」

それなら良いかと、宇都宮さんに頷けば、がばっと最敬礼してお礼を言われる。

と、ロッテンマイヤーさんが少し考えるような仕草をして。

「宇都宮さん、エリーゼにも明日若様のお供をするように、と」

「承知いたしました！」

「エリーゼ？　どうして？」

エリーゼは特に私のお守りでもレグルスくんのお守りでもない。

不思議に思って首を傾げると、ロッテンマイヤーさんが頷く。

「昼食は料理長が作ったお弁当を持ってお行きになると聞きました。給仕にエリーゼをつけます」

「ああ。でも自分達でお弁当の準備くらいしますよ」

「いいえ、若様。人を使えると言うのは権力の証。戦場にメイドを連れていくことが出来るほどの力を持つと、あえて示すことも必要かと」

メイドさんみたいな非戦闘員を連れてても、負けないくらいの戦力がこちらには整っている。

そう砦にいる兵士たちに思わせるためにも、ということだろうか。

迷っていると、応接室の扉が開いて、ジャヤンタさんとロマノフ先生が入ってきた。

それから私の眉間に寄ったシワを見て、二人で顔を見合わせる。

「どうしました？」

「実は……」

カマラさんの過不足ない説明に、カパッとジャヤンタさんが笑う。

「鳳蝶坊は心配性なんだなぁ。俺やエストレージャにロマノフ卿がいて、危ないことなんかそうそうねぇよ」

「そうですね。心配ならタラちゃんに布を用意してもらって持っていくと良いですよ。姫君直伝の防御術を試してみる機会でもありますし」

うーん、軽い。

というか、これくらい気負わないでいられるくらい、うちの兵隊さんは弱いってことなのかしら。

それはそれで問題だよね。

## 疾《はや》きこと風の如く

話し合いの後、早急にダンジョン近くの砦へルイさんが、私たち――領主の代行者である嫡男が視察に行くと先触れを出した。

砦の責任者からは領主からの正式な通達がないから拒否すると返ってきたらしいが、これは想定内。

何故かと言うと、現在の砦の責任者である隊長は、父が帝都の騎士団から引き抜いた菊乃井出身者で、父の腹心と言われてる人だから。

馬車と馬を用意すると、この一年、暇があれば菊乃井の色んな所を観に行っていたロマノフ先生の転移魔術で、砦の近くまで転移して乗り込んでしまおうということに。

私もフットワークは軽い方だと思うんだけど、更にロマノフ先生は軽いらしい。

馬車には私とエリーゼ、レグルスくんと宇都宮さんが乗り、馬にはロマノフ先生とジャヤンタさんが乗る。

エストレージャは馬より徒歩のが動きやすいそうで、ロミオさんの背中のリュックにはタラちゃん。

タラちゃんの認識では私は主で、レグルスくんは私の大事にしてる子、エルフ三人衆とロッテンマイヤーさんには逆らってはいけないし、メイドさんや屋敷で働いてるひとたちは守ってあげないといけない存在で、バーバリアンには妙な対抗心を持ち、エストレージャは格下の後輩扱いだとか。

ジャヤンタさんには動物と大まかな意思疎通が可能なスキルがあるらしく、タラちゃんから聞いたそうだ。

エストレージャはガクッと肩を落としていたけど、その話の最中もロミオさんの頭にタラちゃんは乗ってたらしいのでお察しだと思う。

そう、タラちゃん。

昨日の夜もしゅぽんっと脱皮して、蠍《サソリ》のそれに似た形状の尻尾が生えた。

偶然私の部屋にいた時に脱皮したもんだから、一緒にいた氷輪様に見てもらったんだよね。

『これは……奈落蜘蛛《アビスタランテラ》の先祖返り《アビス・キメララクネ》だな。珍しいモノを見た』

そうタラちゃんをしげしげ眺めながら仰ってた。

氷輪様の住んでおられるところはタラちゃんの仲間の一大生息地だけど、先祖返り《アビス・キメララクネ》は中々見ないらしい。

糸の強度が上がったのは、やっぱりタラちゃんが進化したからなんだそうだ。

そしてそのタラちゃんに沢山魔力を渡して編んでもらったストールを、今は巻いてるんだけど、肌触り良すぎて！

夏になってきたからストールなんか暑いと思いきや、魔力を通せば冷え冷えになるし日除けにもなる。

これで日傘作ろうかな。

そんなことをつらつら考えているうちに、目的地にばびゅんっと飛んじゃったようで、後はガラガラと砦へ走るだけ。

パカポコと走る馬車の窓から外を覗くのが楽しいらしく、レグルスくんが脚をパタパタさせるのが可愛い。

「にぃに、おおきいいしのおうちみえたよー！」

「それが砦かな？」

「ごちゅごちゅしててぇ、かっこいいの！」

「ごつごつした石の建物か……」

クラック・デ・シュヴァリエ、或いはカラット・アル＝ホスヌと呼ばれる城塞都市が前の世にはあったけど、それに近いのかもしれない。

ぴたりと馬車が停まる。

誰何《すいか》の声が砦から降ると、それにロマノフ先生が答え、更にルイさんが出した書状を見せているようで、やり取りが続く。

番兵にもあらかじめ拒否の通達が出ていたらしく、「お断り申し上げたと聞いている」との言葉にロマノフ先生が鋭い声を上げた。

「そちらに拒否権はありません。書状にも帝国認定英雄からの要請でもあると明記しています。帝国認定英雄の要請を拒否するのは、皇帝陛下に弓引くも同じこと。力ずくの鎮圧をお望みであればそうしますが？」

番兵ではどうにもなんない事案だよね、これ。

相手が拒否しても、こちらにはそれ以上の権限と武力を持つ。

抜き打ち調査の書類もルイさんに整えてもらったし。

外がにわかに騒がしくなる。

待つことしばし、轟音を立てて何かが動く音がして。

「開門！」

番兵の声が響き、再びガラガラと馬車の車輪が動き出す。

と、ちょっと進んでまた停まった。

「この砦の守備隊長を務めるアラン・シャトレだ。ロマノフ卿にお聞きしたい。ここが菊乃井にとってどういう場所か、知ってのご来訪か？」

「勿論。だからこそ、次の菊乃井の後嗣《こうし》をお連れしたのです。後学のために」

その言葉と同時に、馬車の扉が開いて、私を馬車からロミオさんが降ろしてくれる。

ついでジャヤンタさんに抱っこされて、レグルスくんも馬車から降りてきた。

隊長と目があうと、一瞬訝しげにした後、レグルスくんへと視線を移したのを感じる。

わずかばかり目が細まったかと思うと、はっと見開く。

その先にはエリーゼがいて。

隊長の唇が小さく「エリーゼ……？」と動いた。

知り合いかしら。

窺うようにエリーゼを見ると悪戯っぽく微笑まれた。

やだ、気になる～。

「……メイドまで連れて遊山にくるのが後学と？」

「それくらいの事しか出来ていないのは、ここ数年の報告書から見れば一目瞭然なんですが。その監査だと言えばよろしいか？」

皮肉げな隊長の物言いを軽くあしらう。

人は己の鏡、礼ある対応には同じものを返す気でいたけど、そうでないならそれ相応だ。何せ、一応敵地なのだし。

私の物言いが気にくわなかったのか、隊長の視線に敵意が籠る。

しかし、隊長がぐっと呻いた。

「威圧が出来るのが自分だけなんて思わないことですよ」

冷気がストール越しに溢れだして、氷の小さな粒が私と隊長の周りを取り巻く。

昨夜氷輪様と砦の制圧に赴くってことで、魔術師の威圧の仕方を教わったんだよね。

これ、中々魔力耐性の低いひとには辛いらしくて、冷気で締め上げられている気がするらしい。

冷え冷えとした視線を送ると、ざっと彼の部下が殺気立つ。

しかし、隊長が片手を上げるとそれが収まった。

「監査、ですと？」

「はい。代官のサン＝ジュストの依頼を受けています」

私の言葉に、隊長がくっと唇を歪め、それから大きな声で笑い出す。いかにも嘲りを含んだ声に、エストレージャが殺気を露《あらわ》にするのを、こちらも片手で制して眉を上げた。

「何がおかしいので？」

「いやはや、御曹子は菊乃井の現状をお分かりでないようだ」

「意味を聞いても？」

「屋敷でぬくぬくと守られておいでの御曹子には想像も出来んでしょうが、この砦には不正に横領をしようとも、手を出せる金なんぞありはせんのです。菊乃井はそんな現状なんですよ！」

まあ、そうだろうよ。

だって兵力があるはずなのに、その影も形もないくらいの予算しかないから、ルイさんが見逃したんだもの。

本当に整った兵力があるなら、それは予算に現れる。兵隊を養うのは金を食うのだ。

だから「ふん！」と鼻を鳴らす。

「誰が不正を暴きに来たと言いました？」

「…………は？」

「だから、誰が不正を暴きに来たといいました？」

私は一言もそんなことは言ってない。

活動してるかしてないか解んない規模ってことは、それ即ち蔑ろにされてるということでもあるわけで。

「監査の目的は、あなた方兵士の労働環境の改善と社会的地位・賃金の向上、それから戦力向上と災害救助活動訓練を目的とした演習計画の策定ですよ」

ふんぞり返ると、隊長の顎が落ちた。

## 静かなること林の如く

ダンジョンを抱えると言うのは、希少金属や希少素材の採取・採掘場所を持つのと同時に、大繁殖や発生の危険と背中合わせなのだということ。

そんな危険を孕んだ場所の軍隊は、凄く規模が大きい。

規模が大きいってことは、超絶金を食うもんで。

「それなのに今までの予算書には、軍事費が余りに少なかったんですよね」

これはルイさんが情報開示してくれたから解ったことだけど、菊乃井の昨年までの予算で一番多いのは社交用の費用だ。

社交用の費用ってのは貴族同士のお付き合いで必要なお金ってことだけど、善く善く調べてもらったら父や母がパーティーに出るための被服費や宝石なんかにも使われていて。

「菊乃井は自慢じゃないけどド貧乏。そんなお金が何処にあったかというと、なんとアイツら防衛費を削ってやがったんですよ！　社交費じゃなくて、遊興費じゃねぇか！　ふざけんな！」

「若様、あんまりお口が悪いと、俺らロッテンマイヤーさんとラーラ師匠から報告しろって言われてるので……」

ぐ、ヤバい。

ロミオさんの言葉に、げふりと下手な咳払いをすると、目が点になっている隊長と兵士達を見回す。

装備はどう見ても、私が冒険者ギルドに卸す初心者用セットより悪い。

「まさか、ここまで劣悪な状況に置かれてるなんて思いもしなかった。私が甘かったですね。早急に改善しましょう」

「サン＝ジュスト氏に色々掛け合わないといけませんね」

「うん、予算の見直しとか追加とかがいりますね。頭が痛いな」

次男坊さんに武器をどれくらい融通してもらえるかも相談しないと。

それに兵士の装備がこれってことは、他にも絶対問題がある。

それを確認するために、私は隊長に声をかけた。

「さて、中の案内をお願いしますよ。建物も傷んでいるなら補修しないといけない。土木の専門家ではないけれど、崩落の危険があるところは魔術で応急処置くらいはできますしね」

「あ、いや、え……？」

「いや、『え？』じゃなくて。他にも食事の改善とか、訓練の内容の検討とか、賃上げとか色々やらなきゃなんですから。この機会に困ってること、全部吐き出してください。両親が帰ってくる前に全部終わらせて、それに掛かる経費を見積もって、奴等に突きつけて、奴等の遊興費ごっそり削ってやるんだから！」

胸を張ると、一度戻った隊長の顎がもう一度落ちる。兵士たちも同様で、かえって静まり返っていた。

「早く！」と手を打つと、隊長が口を閉じてフラフラと漸く歩き出す。

石造りの廊下は良いように言えば歴史ある趣だけど、ようは経年劣化が激しくボロい。

所々魔術で煤を払うと、ちょっとひび割れたりが見えるので、そこはタラちゃんに蜘蛛の巣を張ってもらって補修。

タラちゃんの糸はかなり強いので、ひび割れから石が落ちるのを防いでくれるのだ。

隊長が困惑しているのか、おずおずと言う。

「本気……なのですか？」

「何がです？」

「この砦の改善など、そんな……」

「当たり前じゃないですか。ここは菊乃井の絶対防衛ラインです。ここが弱いとか機能しないとか、菊乃井死にますよ？」

この砦は菊乃井の街をダンジョンから庇うような立地にある。

そこから街側にも砦っぽいものはあるけれど、それは物見か伝令の中継ぎくらいの役割しか負ってない。

つまり、この砦が抜かれたら、後は街で籠城するしかなくなる。

有事の時は兵力を集中させ、冒険者にも拠点として使ってもらうために、この砦は存在するのだ。

そこが崩れそうなほどボロいとか無いから。

それなのに予算を盛るなら兎も角、補修も儘ならないほど削るって正気の沙汰とは思えない。

「特に父は軍人ですよ？　それが金に目が眩んだのか何なのか、この体たらく。あのひと、本当に軍人として有能なんですかね」

「ああ、それですけどね。弁護する訳じゃないんですが、やったのはお母上らしいですよ。と言うか、去年罷免された代官」

「なん、だと……!?　ああ、じゃあ、一応この状況が良くない自覚はあるんですねー……あってこれかよ!?」

「わ、若様！　お口！」

「おぅふ……！」

エストレージャの中では一番字の上手なマキューシオさんがメモを取り、ティボルトさんがワタと私を諫める。

ロミオさんの頭の上にはタラちゃんがいて、糸をプシュプシュあちらこちらに飛ばしていた。シュール。

この砦は資料によれば二千人規模の兵力を置けることになってる筈なんだけど、それはこの砦を造ったときの話。ざっと曾祖父より前の時代だ。

今は大繁殖もなく、兵力もギリギリまで削られているから、二千人もいない。せいぜいが百人くらいか。菊乃井、本当に詰んでる。今、大繁殖とか起こったら一溜《ひとたま》りもない。

キリキリ痛み出したこめかみを揉みながら、兵士達の訓練所である中庭に向かう。

するとそこにあったのは――。

「は、畑⁉」

「わぁ、青々してますね！」

「野菜が旨そうだな！」

は、はたけー⁉

今度はこっちがあんぐりと口と目を大きく開く。

なんだこれ⁉

驚いて隊長を見ると、物凄く怖い顔をしていた。

これって、もしかして。

「も、もしかして、食料も滞ってたりするんですか⁉」

「で、あれば、御曹子はどうなさるので？」

「さっきから、あんた……！」

嘲りを混ぜて上がった隊長の唇に、ロミオさんが今度こそ食ってかかろうと身構える。

それを制すると、ジャヤンタさんがちらりと私に「どうすんの？」と小声でとうた。

「決まってるでしょ。先生、直ぐにサン＝ジュストに連絡を。食料を早急に運び込んでもらうように」

「解りました、ヴィーチャに使い魔を飛ばします」

「ありがとうございます。それから食料がこんなだったら医療品も足りてない筈だ。それも加えてください」

「はい、承知しました」

そう言うと、先生は懐から卵を取り出し、ゴニョゴニョと呟く。それから卵を天高く放り投げると、それは空中で鳥の姿に変わり、凄まじい早さで役所の方に消えていった。

「これで夕方には食料と医療品が届きますよ」

「はい、ありがとうございます」

「どういたしまして」

にこっと笑うロマノフ先生に、ざわりと兵士たちが色めき立つ。

「食料だって……」とか「まともな飯が食えるのか⁉」とか、あちらこちらで呟かれる声が切ない。

もう、どんだけ現場に負担かけてたんだよ。

風に野菜の緑葉が揺れる。

青々と繁る葱やキャベツに目をやると、はっとした。

「に、肉⁉　野菜はここで育ててたとして、肉はどうしてたんですか⁉」

「そ、それは……」

目を逸らす隊長をじっと見つめていると、観念したように口を開く。

「演習に託《かこ》つけて、ダンジョンで……その……」

「ダンジョン……⁉　そんな装備でダンジョンに行ってたんですか⁉　やだー、無事でよかった⁉」

初心者冒険者より粗末な装備で、なんて無茶苦茶を。

ギリッと唇を噛み締めると、ふつりと切れた感触と鉄さびの味がする。

「野郎共、許すまじ！」

あの二人、どうしてくれようか⁉

## 侵掠《しんりゃく》すること火の如く

腸《はらわた》が煮え繰り返るってこういうことだと思う。

一般の冒険者からはいくぶんマシとしても、あんまり手入れされてないだろう上半身だけのプレートメイルに肘あて、膝あて、革のブーツに申し訳程度のマントだし、隊長は革のブーツじゃなくてプレートが入ったやつっぽいけど、本当に危ない。

「くっそ、何やってんだよ、私は。初心者冒険者も危ないけど、足元の方がもっと危ういじゃないか。本当に阿呆だな。ああ、もう！」

「もっと早くにこちらに目を向けるように誘導すべきでしたね、私の調査不足です。申し訳ない」

「いいえ、ロマノフ先生のせいではありません。全ては、私を含めた菊乃井の危機管理能力の低さ故です」

ぎりっと食い縛《しば》った唇は切れて血が出たかもしれない、口に鉄さびの味がする。

その金物臭さが、血が上った頭をほんの少し冷やしてくれた。

大きく息を吸って吐き出す。

「隊長、非番の兵士も含めて全員、今使っている防具や武器を持って集合させてください」

「……何をなさるおつもりです？」

「私が使えるありったけの付与魔術を全員の防具や武器にかけます。応急措置ですが、無いより大分ましだ」

「そんなことができるので……？」

愕然という言葉が似合う表情で、隊長が私を見る。それを受けてか、兵士からヤジが飛ぶけれど、ジャヤンタさんが吼えると、途端に静まった。

「うるせぇな、いちいち。この坊っちゃんの腕は俺が保証してやるよ。俺はジャヤンタ、上級冒険者パーティ・バーバリアンのリーダーだ」

「私も保証しますよ。鳳蝶君の付与魔術の腕は、帝国で五指には入る」

「ほらよ」とジャヤンタさんが隊長に向かって、自分の冒険者タグを投げると、それを隊長と兵士たちが確かめるように眺める。

ちらりとそれを見て腕組みしながら、更にジャヤンタさんが言葉を重ねた。

「鳳蝶坊の作った付与魔術付きの防具のお陰で、俺の大事な銘付の斧が粉々だ。隊長さん、あんたも一角の剣士なら解るだろ？　銘付の武器を壊されるってのが、どんだけ怖いか」

「材料が優れていただけでは？」

「馬鹿言えよ。あの名工・ムリマの銘付だぞ。あれを壊すにゃオリハルコンの盾でも無理だ。だけど鳳蝶坊の防具は奈落蜘蛛《アビスタランテラ》の布にエルフの守りの刺繍を施して、後はありったけの付与魔術をくっつけた、それでも単なるジャケットだった。今もそこの蜘蛛を頭に乗っけたロミオって奴が着てるよ」

いきなり水を向けられて、ビクッとロミオさんが肩を揺らす。その頭の上ではタラちゃんが尻尾をフリフリしていたけど、心なしか「どやぁ！」って雰囲気が漂っていて。

「どうぞ」と低姿勢で、自分のジャケットを脱いで隊長に渡すロミオさんとは対照的だ。

渡されたジャケットを眺める隊長に、バタバタと走ってきた兵士が単眼鏡を渡していたけど、以前に菊乃井を訪れた晴さんの鑑定アイテムに似てるから、たぶんそれ。

眼鏡を通してジャケットを見る隊長の顔が、段々と色を失っていく。

「それで……」と、隊長が項垂れた。

「それで……自分や兵士をどうするおつもりです？」

「どうって……応急措置をするんです。ここは最前線なのに、なんてひどい扱いだ。本当に申し訳ないことをしました」

「そうやって油断させたところを、一度に処刑なさるおつもりか？」

「処刑？　なんですか、それ？　あ、集合はお昼ご飯終わってからでも大丈夫ですよ」

何だかいまいち会話が噛み合わない。

つか、処刑ってなんだよ。

もしかして「監査」って言葉に引っ掛かってるんだろうか。

隊長や兵士たちの妙な言動に首を捻ると、私は説明が足りなかったかと口を開く。

「私は確かにこの砦に監査にきましたけど、別にこの砦に不審があったから来たって訳じゃありません よ。監査とは不正をあぶり出すのが目的でなく、人や物や法が正しく運用されているかの点検なんですから」

「それならば尚更、自分を処罰したいのでは？」

「いや、何でですか。ここは余りにも不当に扱われ過ぎている。その不当な扱いの現状を浮き彫りにして是正するのが今回の監査の目的であって、不当な扱いをされているあなた方を処罰とか変じゃないですか」

話せば益々おかしい会話になって、首を捻る。

私には処罰する理由なんかないんだけど、この口振りだと隊長にはあるってことか。

このまますれ違いの会話を続けていても埒があかない。

どうしたもんかと思っていると、隣にいたレグルスくんのお腹がきゅるんと可愛らしく鳴いた。

丁度お昼ご飯時、さっくり片付けよう。

「さっきから会話が全く噛み合ってないので単刀直入にお尋ねしますけど、隊長が処罰されると思ってる理由はなんですか？　重ねて言いますけど、私の方にはそんなことする理由はありませんよ」

「……去年、代官が罷免される元となった件を、お父上に報告したのが自分でもですか？」

「へ……、え？」

「自分が！　この砦の窮状を、御曹子のお父上に報告したのですよ！　貴方の母上の任命した代官が不正を働いているお陰で、難儀していると！」

「な、なんですってー⁉」

隊長の叫び声と同じくらい大きな声が喉から飛び出る。

なんと、去年からバタバタした代官が交代した一件の始まりがここだったとは。

いや、確かに代官が不正をしているなんて、外部より内部のが掴めるから薄々内部告発かなんかだとは思っていたけども。

愕然とする私に、隊長が嘲るように嗤う。

しかし、解らないのはそれでなんで私が隊長を処罰すると思われてるかなんだけど。

誤解があるようだから、それを聞かなくちゃ。

「これで処罰したくなりましたか？」

「いや、全然。と言うか、内部告発ありがとう御座います。お陰で菊乃井の大掃除が出来ました」

「大掃除ですと……」

「はい。不正に関与したもの、そうでなくても賃金は得ていても労働実態のなかったもの、真面目に働いているものは兎も角、そうでない両親の息のかかったものは全て排除しました。お陰さまでちょっと予算に余裕ができたので、この砦の運用に必要な分のお金は確保できました」

ルイさんはリストラしただけでなく、損害賠償請求が出来るところには容赦なくしたらしく、結構なお金が戻ってきたそうで。

他にも無駄の見直しをかけたら、砦の運用にかかる費用くらいは何とか用意できる目処がついたそうだ。

だからタイミング的にも、軍権の掌握を急ごうかと言う話が出たんだよね。

そんな話を軍権の掌握の本当の理由を伏せて話せば、隊長の黄色みがかった眼に困惑が浮かぶ。

「では、御曹子は真実この砦の状況を改善するために監査にいらした、と」

「はい。ずっとそう言ってますよね。最初にしても言い方が悪かったかもですけど、予算が無さすぎて、非戦闘員がウロウロしていても大丈夫なくらいの事しか出来ない状況だったのは把握してますって言いましたし」

「う、そ、それは……」

「挑発されてイラッとしたから、私も神経を逆撫でするような言い方をしました。それは申し訳なく思ってます。貴方は父の腹心と聞いていたし……」

「代官のサン＝ジュスト氏の要請をはね除けたからですかな」

「はい。もう私の中では第一級戦闘配備状態でした」

これ、良くないと思うんだけど、私はどうしても両親に近しい人間には良い印象が持てない。寧《むし》ろ「喧嘩上等」くらいの気持ちでいるんだよね。

でも、それは相互理解を阻む壁だ。

壁なんだけど、解っちゃいるけど止められないって奴で。

そう言うことをちょっとずつ説明すると、隊長も頷いてくれた。

「それは自分の方も同じことです。去年伯爵は代官を罷免した後、『必ず何とかするから自分以外の命令を聞くな。あの女の息がかかっている』とここにきて我らに仰せになった」

「ああ、なるほど。それで貴方がたは私を『敵』だと思ったと」

「は、その通りです。丁重にお帰り頂こうと思っていましたが、あれほどの付与魔術を使える魔術師に、ほぼ魔力耐性のない我らが勝てる筈もない。それで観念した次第です」

そう言うことか。

まあ、私は攻撃魔術は怖くて使えないヘッポコなんだけど。

案内された隊長の部屋には、今にも潰れそうなソファがあるだけ。

そこに私とロマノフ先生が座り、後は申し訳ないけど護衛もかねて立ってもらう。レグルスくんは私の膝の上で、ウゴウゴしてる。

部屋の外では兵士たちが聞き耳を立てている様子に、ジャヤンタさんの虎耳がピクピクと動いていた。

「さてと、何から説明しましょうかね」

「去年からの君の知ることを追って話していけば良いかと」

「そうですね、質問は随時なさってください。答えられることは全て話しますから」

ロマノフ先生に促されて、去年からの菊乃井の流れを説明する。

所々挟まれる隊長からの質問には出来るだけ丁寧に答えると、困惑が浮かんだ眼に更に色んな感情が混じって。

「では、御曹子の膝に座っているのが……」

「あのひとと、あちらの方の間に生まれた弟のレグルスです。レグルスくん、ご挨拶して？」

「きくのい、レグルス、バーンシュタインです！　よんさいになりました！」

「賢いでしょ？」

「鳳蝶君、お話がそれるので……」

もうちょいレグルスくんの可愛いとこ、話したかったんだけど仕方ない。

代官が罷免された後の交渉や、その後の経済活動や今後の動向、結構長い話になったけど、どれもきちんと隊長は質問を挟みながら噛み締めるように聞いてくれた。話の解らない人ではないらしい。

本当は隊長の人となりとか調べてからくるべきだったんだろうけど、何せこの隊長、菊乃井に赴任してからの数年間、休みの日でも砦から出ないよく言えば真面目、悪く言えば真面目過ぎるひとだそうで。

解ってるのは元々菊乃井出身者ってだけで、どの集落なのかまでは突き止められなかったんだよね。

「……と、まあ、こんな感じで今に至るんですが」

「なるほど……。御曹子側のお話は承知致しました」

「私の側と仰ったと言うことは、父側の話も聞きたいと？」

「一方からの聞き取りでは、片手落ちでしょう」

「そうですね。まあ、本当のことを言うかは別として、聞ける手段があればそうなさったら良いですよ」

そして代官を罷免した後、一年近くこの状況を放置した理由を聞いてくれたら良いと思う。

だいたい、あのひと領地も砦も一年間放置とか出来る状況じゃない。

だって領地を経営してお金を稼いで、更にそれを借りて元手にして事業を興して儲けなければいけない立場だ。

でないと、レグルスくんは将来莫大な借金を吹っ掛けられることになる。

被服費やら教育費は私の趣味にかかったお金として、ある程度は誤魔化しがきくけど、それだって限度ってものがあってだな。

これから大きくなるにつれて、諸々の費用が嵩んでくるのも目に見えてるわけだし。

膝の上でお腹をきゅるきゅる鳴らしてはいても、レグルスくんは大人しくお話が終わるのを待つことが出来るくらい良い子だって言うのに。

あのくそ野郎、本当にどう処してやろうか……！

「御曹子、お怒りはごもっともと思われますが……ッ」

「鳳蝶君、ちょっと落ち着きましょうか。怒りがお口から出てますし、吹雪でシャトレ隊長と兵士たちが凍りますよ？」

はっとして辺りを見回すと、氷の結晶がキラキラと部屋の中を舞っていた。

## 知りがたきこと陰の如く

古来、君主の怒りというものは、焔《ほのお》や雷に例えられる。

それはその君主が怒ると魔術で焔や雷が起こった訳でなく、背後に焔が燃え盛ったり雷が落ちてる幻が見えるくらいのお怒りぶりを例えて言ってるだけのこと。

「……の筈なんですが、君は物理的にも暴風雪《ブリザード》が起こるんですね。以前から兆候《ちょうこう》はありましたが、私たちの予想以上の早さで魔素神経の発達や強化が起こっているようだ」

「うー、コントロールには自信があったんですけど……」

「そのコントロール精度をもってしても、抑えられない感情の振れ幅があったということでしょう」

静かにソーサーに紅茶のカップが戻る。

ロマノフ先生はサンドイッチの時は紅茶を飲むのを基本にしていて、それはお弁当でも変えたくない派だそうな。

緑の繁る中庭で、持ってきた敷物にお弁当を並べているのを見ると、ピクニックに来たみたいな気分になるけど、実はまだ砦。

「怒って物を凍らせるとか、物凄くヒステリックで恥ずかしいんですが……」

「そうでもないと思いますよ。寧《むし》ろ私はよい傾向にあるとさえ考えてます」

なんでやねん。

明らかに感情だだ漏れで良くないじゃん。

思わず眉を顰めると、出来た眉間のシワを目ざとく見つけたレグルスくんに伸ばされる。

因みに、今日のレグルスくんのお弁当は、丸く成形したバターライスに、とろとろのオムレツを重ねて、煮詰めたトマトソースでお絵かきしてひよこに見えるようにしたキャラ弁で、ほくほくしながら食べていた。

それをちょっと羨ましそうにしてたヴィクトルさんは、今頃物資調達でこき使われてる気がする。

話が逸れた。

「何故？」と込めた視線に、ロマノフ先生が頷く。

「怒るというのは非常に熱量を消費します。まあ、疲れるんですよ。そのくらい体力やら気力を使うんだから、生きるのが大変だと怒りに回す熱量なんかなくなってしまう。去年の君は怒りに回す余分どころか、生きていくのに必要な分の熱量すら危うかったから厄介な持病に罹《かか》ってしまった。でも最近は怒りに回す分も、それに伴って魔術が無意識に発動してしまうくらいの量が確保されてる訳ですから。悪いことばかりではない、かな」

「そう、ですかね……。去年に比べて短気になったとか……」

「いや、君は火が付くと凄まじいけれど、火が付くまでの猶予期間は恐ろしく長いですよ。今回のも積り積もっていたものが小爆発しているだけのようですし」

小爆発でブリザードって、やっぱりヤバいんじゃん。

気を引き締めなきゃ。

モソモソとサンドイッチを食べていると、下からひょいっとオムライスの乗ったスプーンが差し出される。

「にぃに、あーん！」

「え？　レグルスくんが食べようよ」

「おいしいよ？」

「うん、だからレグルスくんが食べ……」

「あーん！」

ぐっと押し付けられるスプーンの圧に負けて、食べるとそりゃあもう美味しくて。

ふわっと幸せな気分になったところで、ぬっと影がさす。

トパーズの眼に、燃えるような赤い髪。鍛え上げられた直刃《すぐは》の刀を思わせるような、しなやかな体躯。

改めて見れば隊長は結構男前。

なんだよ、菊乃井。

領主一族以外、顔面偏差値高めかよ。

「どうしました？」

「お邪魔しても？」

異存はないので頷くと、廊下に敷かれた敷物の上に、隊長はどかりと座る。

お茶を出すように言うと、エリーゼが背筋正しく、紅茶をカップに注いで隊長へと差し出した。

ぎこちなく礼を言って、隊長は紅茶を口に含む。それから口を開いたり閉じたり、何度か迷って話をし出す。

「御曹子は……先ほど、自分やこの砦の兵に対して、内心第一級戦闘配備くらいの警戒をしておられたと仰いましたね」

「はい。私は父の悪い面しか知らないので、その父の腹心であるならそれ相応のひとなんだろうと……。まあ、決めつけていたと言いますか。自分が悪いことをしてないんだから、あっちが悪いって極端に走ってたと言うか」

「しかし、それにしてはこの砦の現状に、随分お怒りになっていらした」

「そりゃそうですよ。貴方が父の腹心であることと、この砦が不当に冷遇されているのを見過ごすのは関係がない」

これが逆で、この砦だけが異様に金回りも良くて……とか言うなら、また話は違うんだけど。

事実は腹心であるひとすら、父は冷遇する愚か者だったと言う。

「なるほど、御曹子は君主でいらっしゃる」

冷めたトパーズの眼に、僅かに嘲りが浮かんだことに、ロマノフ先生が眉を寄せ、エストレージャがざわめく。

かちゃりとレグルスくんがスプーンを皿においた。

「にぃにはぷんぷんしないよぉ？」

「そうですね。わざと怒らせようとするのはお止めなさい。真意が知りたいと言うなら、きちんと説明しますから」

「…………っ！」

じっと睨み合う。

周囲すべてが、私と隊長のにらみ合いを、固唾を呑んで見守るなか、先に目を逸らしたのは隊長のほうで。

まあ、私だけじゃなくレグルスくんに「なんで？　どうして？」なんて顔で見られたら、折れざるを得まい。ひよこちゃんの魅力を思い知るがよいわ。

「……では、お聞かせ願えますまいか」

「簡単な話です。私のやりたいことは領民がそれなりに豊かで、学問も芸術も楽しめる状況下にないとやれないってだけのこと。そしてこの砦の兵士も私の領民だ。勿論貴方もですよ」

「領民が豊かでないとやれないこと……」

「そう。だから経済を活性化して、領地を潤し、強い兵を養い、領民に学問を奨励して、安心安全安楽な生活を送ってもらうんです。豊かさと平和と言う土壌がなければ育たないものを、私は育てたい。そして菊乃井に住まうものは全て私の領民。兵士も隊長も商人も農民も、老いも若きも男も女も、全て」

でも豊かさや平和だけでは、実際足りてないんだよね。だけど先ずは平和と豊かさ。

その二つを充足させてこそ、次のステップに進める。

そして平和には、この砦の隊長や兵士がいないと、話にならないわけで。

サンドイッチの最後の一口を口に収めると、少し温くなった紅茶を一気に呷る。

それからパンパンと手を払うと、丁度レグルスくんも食べ終わったようで、宇都宮さんに顔と手を拭かれていた。

「さて、隊長。兵士全員揃いましたか？」

「非番で街に繰り出したもの以外は」

「結構。非番でいないひとは防具だけを誰かに持って来てもらえば良いかな」

立ち上がると、同じく食事を終えた先生たちも立ち上がり、案内してくれる隊長の後に従う。

「坊ってさ、本当に六歳なのか？」

「らしい、ですよ。私、去年からの記憶しかはっきりしてないので」

「ああ……ロッテンマイヤーさんだったか、あの引っ詰め髪の姐さんから聞いたけども」

何故か声を潜めて尋ねるジャヤンタさんに頷く。

するとその声が聞こえたのか、首だけで隊長が振り向いた。

「御曹子が六歳なのは自分も保証が出来ます。御曹子は赤子の時に、先代の伯爵夫人・希世《きよ》様に連れられてここに来られていますから」

「そうなんですか⁉」

どういうことだ。

首を捻っていると、それがおかしかったのかクッと隊長が笑みを噛み殺す。

悪い笑いではないようだったけど、すぐに元の仏頂面に戻った。

「貴方は父が連れて帰ってきたと……」

「左様です。菊乃井から帝都へ行き、そこで騎士になることが出来ましたが……まあ、体のいい首切りですな」

「んん？　父の腹心だったのでしょう？」

「上っ面だけで唯々諾々と命令に従うのが腹心であるならば、そうでしょう。もっとも、伯爵は美辞麗句を並べられればあっさりと心を開かれる方のようですが」

「あなたが美辞麗句を並べたんですか？」

「まさか。自分の首を切りたかった輩ですよ。そいつから私が伯爵を慕っていると並べられて、その気になったようですな」

なんとまあ、周りの人間に恵まれないひとだ。

本当に軍人として有能なんだろうか。

私の表情から思っていたことを察したのか、仏頂面のまま隊長は言葉を紡ぐ。

「個人的な武勇は勿論、小隊を率いた戦績はかなりのものです」

「……私はまだ軍事に触れたことはありませんが、伯爵家の婿養子とはいえ一応当主が、小隊の運用しかさせてもらえない程度の能力、という解釈でよろしいか？」

「自分にはなんとも」

兵の運用には個人的な武勇よりも、必要とされる能力が多々ある。

現状を正しく把握し、人の三手先、四手先まで読めなければ、将官としては大成しないとも言う。

翻って菊乃井を一年放置する人に、そんなものを期待するのが悪いか。

しかし、それでも軍事については父の方が一日の長がある。

その経験と知識を十二分に振るわせないようにするのが私の闘いかただ。同じ土俵には上がらないし、上がってやらない。

「こちらです」と通されたのは、どうも食堂らしく、草臥れた木の長机がいくつも並んでいて、その上にどっかりと兵士の装備が並んでいた。

それにしても兵士の人数が少ない。

二千人規模の砦なのに、非番のひとがぬけてるとしても、今いるのは五十人に満たないんじゃなかろうか。

がらんとした食堂なのに、兵士の不平不満が満ち満ちていて。

赤ら顔をした、鬼瓦のような顔と巌《いわ》のような身体の兵士が叫ぶ。

「俺ァ、隊長がなんつっても、菊乃井のお貴族サマなんぞに頭ァ下げねェかんなァッ！」

「そうだ！　そうだ！」

追従した他の兵士の声と合わせ、ぶんッと風を切る音がして、此方に金属の兜が飛んでくるのが見えた。

## 動かざること山の如く

「大変、申し訳御座いませんでした！」

「「「「申し訳御座いませんでしたー!!」」」」

隊長と共に、五十名程の兵士が一斉に土下座する。

その頭やら腕、脚、顔には包帯が巻かれたり、薬草が貼り付けられてたりしていて、思わず私は遠いところに視線を飛ばしてしまった。

どうしてこうなった。

そう思うのは私だけじゃないようで、苦笑しながらジャヤンタさんが私の肩を叩く。

「まあ、掃除が出来たんだし、良いじゃねぇの」

良い……のかな⁉

つか、麒凰帝国の最上級のお詫びが土下座なんて、今知ったよ。

ヨーロピアンなのに土下座！

私の戸惑いを知ってか知らずか、ふわふわ金髪を揺らしたひよこちゃんが「ふんす！」と鼻息も荒く、腕組みしながら隊長と兵士たちの前に仁王立ちで。

「ひとに！　ものをなげるのは！　めー！　ですよ！」

「皆様ぁ、復唱して下さいませぇ」

「はーい！　ご唱和下さいませ！」

「ひとに！　ものをなげるのは！　めー！　ですよ！」

「「「「ひとにィ！　ものをなげるのはァ！　めーェ！　ですよォ！」」」」

レグルスくんの言葉に、メイドさんたちがにこやかに笑顔で付け加え、それを強面の屈強な男たちが大声で大真面目に正座で繰り返すとか、もうカオス。

本当に、どうしてこうなった。

「いやー、ひよさま凄いなぁ」

「まさかひよこちゃんポシェットから木刀出してくるのも驚いたけど、その木刀一振りの剣圧で兜真っ二つだし、その上後ろの壁が割れるってなぁ」

「や、でも、それを言うならロマノフ師匠と若様も凄いべ？　何せあの速度のひよさまの剣圧が兵隊連中に届く前に奴等に障壁張ってやってたし」

エストレージャは前から思ってたけど、内緒話してるつもりで声が大きい。

大きくため息をつくと、真っ二つになった兜が視界の端に入る。

投げられた兜に一番最初に反応したのは、やっぱりロマノフ先生で。

先生が魔術で私たち全員を包む障壁を張り終わる頃、ジャヤンタさんとタラちゃんが兜を落とすために行動しようとしていた。この間、瞬き一回分くらい。

しかしその瞬きの合間にレグルスくんが、いつも首から下げてるひよこちゃんポシェットから、源三さんに作ってもらった木刀を取り出して「ちぇすとぉー！」と気合い一閃。

木刀から発せられた剣圧で兜が割れる寸前、威力の大きさに気が付いた私とロマノフ先生で周りの兵士たちに障壁を作ったという。

ロマノフ先生は流石の一語だけど、私は正直タラちゃんの布を咄嗟に魔力を込めて伸ばしただけで、本当に間に合ってたのか怪しい。

で、剣圧で出来た風の刃は兜を真っ二つにしただけでなく、砦のおよそ頑丈そうな石壁を大きく抉ったのだった。

びっくりだよ。

うちのひよこちゃんは本物の天才だったのだ。

……じゃ、なくて。

ざわついていた食堂が、耳が痛いくらいに静まり返った。

けども、当人の言動によると鬼瓦のような兵士――鬼平兵長とか言うらしい――は、その時非番だったから朝から大分お酒を過ごしたらしく、何が何だか解んないけど、兎に角喧嘩を売られたと思ったそうな。

それで彼とその取り巻きが一斉に立ち上がって、こちらに向かって来たんだけども。

「若様ぁ、この砦ぇ、ちょっとぉ埃っぽいですよねぇ。お掃除してもぉ、よろしゅうございますかぁ？」

「え？　あ、はい」

いつもの間延びしたエリーゼの言葉に、なんで頷いたのか。

いや、砦が埃っぽいのはそうだったからなんだけど。

だから後でゆっくりお掃除してもらえばいいかなぁ、とか思っただけなんだよ。

「では、宇都宮さん」

「はい、エリーゼ先輩」

「なァにが、掃除だってん……ぐォッ!?」

エリーゼと宇都宮さんが顔を見合わせているのに、鬼瓦兵長……いや、鬼平兵長が吠えた刹那、その顔面にお盆がめり込んだ。

投げたのはエリーゼで、宇都宮さんも何処から出したのか解らないモップを持っていて。

「えぇ⁉　ちょっとぉ⁉」

「うちゅのみやー！　がんばれー！」

「はーい！　宇都宮、頑張ってお掃除しますねー！」

「エリーゼさんも、頑張ってくださいね」

「まぁ！　ロマノフ様にぃ応援されてしまいましたぁ！」

いやいや、応援してどうすんの⁉

私の焦りを他所に、いきり立った屈強な兵士たちが立ち上がる。しかし殴りかかったものは全て、か弱そうなメイドさん二人にちぎっては投げ、ちぎっては投げされて。

もう、何かエリーゼのスカートがふぁさって広がったら、その下から鋏《はさみ》を二つに割ったような双剣は出てくるし、宇都宮さんはモップを槍みたいに使って、容赦なく兵士たちの顔面を磨くし。

「宇都宮さんの『モップさばきの才能』ってこう言うことだったの……？」

「あ、若様ご存じなかったんですか？」

「なにが？」

「宇都宮ちゃん、ティボルトの稽古相手だし、エリーゼちゃんはマキューシオの投げナイフの師匠ですよ」

「はぁぁぁぁぁっ⁉　なにそれ⁉　初耳！」

どういうことなんだってばよ⁉

ロミオさんの言葉に頷くティボルトさんとマキューシオさん。

唖然としていると、ロマノフ先生が悪戯に笑う。

「日頃から二人とも『お掃除はメイドのお仕事に含まれます』って言ってたじゃないですか。屋敷に忍び込んだ溝鼠《ドブネズミ》を退治するのも、主の庭に生えた雑草を取り除くのも、メイドさんのお仕事に含まれるんですよ」

「溝鼠に雑草は解りますけど、あれ人間……」

え、じゃあ、私、前に宇都宮さんに「間諜の素養がある」とか言った気がするけど、本当にそんな感じだったりするの？

呆気にとられてる間にも、兵士たちはお掃除されて、ついでに食堂の埃っぽさも消えていく。

そして時間にして十分くらいだろうか。

食堂は綺麗になり、その場にいた乱闘に加わった数十名の兵士がお片付けされてしまって。

乱闘に加わらなかった人たちは、二人のメイドさんに渡された雑巾とバケツで、長机と椅子とを拭いてピカピカにしてたし。

倒れた兵士を隊長が片っ端から回収していくのをエストレージャと一緒に手伝って、包帯を巻いたり薬草を貼り付けたり、凄く忙しなかった。

で、ジャストナウ。

気絶から復帰した連中は事情聴取ののち、隊長と揃ってレグルスくんからお叱りを受けた、と。

それにしてもメイドさんたちつおい。

「ロッテンマイヤーさんがエリーゼを連れてくように言ったのって、もしかしてこう言うことがあるかもって思ったから……？」

「ああ、それは違うかとぉ。ロッテンマイヤーさんがぁ、私をぉ連れていくように言ったのはぁ、私がぁシャトレ隊長とぉ幼馴染みだからだと思いますぅ」

マジか。

## 動くこと雷霆《らいてい》の如し

「……つまり、御曹子は皆が芝居や絵画、音楽を楽しめる環境を作るために、領地を富ませ、領民に広く学問を敷き、その豊かな土壌を守るために強い兵を養いたい——そういう理解でよろしいでしょうか？」

「概ねは。明日のご飯の心配をしなきゃいけない状況では、娯楽なんて楽しめないでしょ。役者や歌手を養成するにも、芝居の台本を書いたり演出したりする人を育てるにも学問は絶対に必要だ」

他にも表現の自由や言論の自由、思想・信条の自由の保証なんてのも必要かな。

信教の自由はもう多神教を許容できてる段階で、受け入れられてると思うけど、他はちょっと考えないと争いの火種になるしね。

そういうことは追い追い考えるとして。

「ダンジョンがある領地はいつも大発生に気をつけていないといけない。冒険者をダンジョンに呼び込むのは、ダンジョン内の間引きを目的としていますが、それでも大発生が起こった時の要はこの砦だと思います。ここの兵士の精強さが、領民の安全の保証になる」

「命の危険がある状態では、人心は安定しないものですからな」

「その通りです」

頷く隊長に同意すると、彼の後ろに控えた兵士たちがざわめく。

さて、お片付けとレグルスくんのお叱りが終わって、私は隊長と兵士の皆さんと向かい合っていた。

あれだ、労使交渉みたいな。

この一年、色んなひとに話した私の理想をここでもお話だよ。

長テーブルには私とレグルスくんとロマノフ先生がかけて、向かいに隊長。私の背後にはメイドさん二人とエストレージャにジャヤンタさんが控えていて、隊長の後ろには砦にいる全ての兵士が控えていた。

圧巻だけど、若干兵士さんたちの視線が明後日なのは、レグルスくんがじっとつぶらなおめめで成り行きを見守っているからだろう。

ひよこちゃんの純粋なおめめに見つめられて、いつまでもツンケン出来ると思うなよ？

文字通りにらみ合いと言うには、お互い敵意を持ち合わせていない。

それはメイドさんのお掃除の効果もあるのだろうけれど、恐らくは隊長の統制が行き届いているのだろう。

鬼瓦……じゃなくて、鬼平兵長のあれは、たんに当人の酒癖で、その本人は酔いが覚めたのかレグルスくんの真向かいで小さくなってる。

しかし、酒乱の気があるなら、ちょっと考えないとな。

なんて思っていると、再び隊長が口を開いた。

「そんなことをして、御曹子にはなんの得があるのです？　こう言ってはなんですが、領民を富まさずとも、御曹子の立場であれば芸術を楽しむことはできましょう」

「確かにね。でもそれじゃあ大成しないもの」

広く音楽や文学、絵画、凡《およ》そ芸術と呼ばれるモノを嗜む人口が少ないと、切磋琢磨する機会が中々生まれない。

しかし裾野が広がれば、より高みを目指す人間の数が増えて、芸術は磨かれる。

それだけでなく、人は個々で感性が違う。

感性の違いは多様性を生み出すのだ。

多様性は喜劇一辺倒じゃなく、悲劇やロマンス、ミステリーやＳＦを育む土壌に変わる。

そうやって沢山の物語や劇が作られ演じられる世界の豊かさよ。

そうしてその豊かさを分け合うことの出来る沼友達は、やっぱりある程度安全が保証された場所と経済的な余裕がないと出来ない。

つらつらと話すと、隊長と兵士たちの眉が若干八の字になる。

「御曹子はご友人がほしいのですかな？」

「友人……まあ、欲しいですよ。好きな場面とか感動したこととか、分かち合えたら楽しみは倍増ですし。でもそれを言うなら『このひとの舞台を見るために、今日も生きるぞ！』って思えるような推し、じゃ解んないかな……ぇぇっと……贔屓の役者さんとかも欲しいです」

どこにそんな凄い役者さんがいるか解らないし、その発掘のためにも、領地を豊かにしなきゃならない。

役者さんだって人間、食べていかなきゃいけないけど、芸術にお金を払う余裕のない経済状況ではそれも難しいだろう。

何にせよ、菫の園を見たければ、最低限豊かで平和でなければ無理なのだ。

だから結論は何をどうしたところで、領民には豊かになってもらわなきゃいけないってことだし、平和のためには戦力が必要ってことで。

「ご納得頂けました？」と問うと、隊長が頷く。

「御曹子の仰ることは。しかし、それで我らが心から忠誠を誓うかはまた別物です」

きっぱりはっきり言い切った事に、私の背後がちょっと殺気だつ。

でもまあ、計算内だよ。

私だって両親が頭を下げて「これからはお前をこどもとして愛するから」って言うても、絶対信用しないもん。

手で背後を制する。

「まあ、そりゃそうですよね。私も別に忠誠を誓って欲しいとは思ってません」

「我らの忠誠は価値がない、と？」

「じゃなくて、私や両親には内心でいくらでも舌を出しててもらっても構わないんですよ。忠誠も誓わなくていい。嫌ってさえいても、それは自由です。ただ、有事の際にきちんと過不足なく与えられた役割さえこなしてくれたら。ただし、口に出してしまうと不敬罪を適用しないといけなくなるんで、罵るなら密告とかの心配がない内々でか、心の中でお願いします」

「心の中での罵倒なら許す、と？」

「ひとの内心なんか覗けませんし。だいたいこの不敬罪という罪自体センス無さすぎるでしょ」

不敬罪というのは国法で定められた立派な犯罪で、主に貴族や皇族に対して不敬な言動や態度・行動を罰する法律だ。

だけどこんな法律を作って縛り付けないと、不敬な言動や態度・行動をされるなら、それは貴族や皇族がその程度の人間だということの証明でもある。

こんな下らない法律は、是非とも撤廃したいんだけども「国法」だから、手が出せないんだよね。

うーむ。

「誰かそう言うことを上申して頂けないもんですかね」

「そうですね。ロートリンゲン公爵に相談されてみては？」

「ロマノフ先生はダメなんですか？」

「私よりは、人間の大貴族からそういう意見が出る方が画期的なのではないかと思うんですよ」

「ああ……」

そりゃそうだ。

不敬を働かれる側から「そんなに重い罪にすることなくね？」って言う方が効果はあると思う。

公人も私人も、名誉を守るためなら「名誉毀損《きそん》」で充分だ。

「王様の耳はロバの耳」と叫んだくらいで死刑になる国家なんて、ちょっとどうかと思う。

「って、話が逸れましたね。私が冒険者を優遇するのは後ろ楯がないからだし、大発生対策の一番初手は大繁殖の防止。つまり間引きです。これが上手くいけば大発生が小発生くらいで食い止められるでしょう」

でも不幸にして大発生が起こってしまったら、第一発見者は冒険者だし、そうなると初動はどうしても大発生が起こった時にダンジョンにいた冒険者が主体だ。

直後の報告やら連絡やら戦闘やらを担ってくれる彼らを、優遇するのはやっぱり当たり前。

その次にダンジョン内で鎮圧しきれずに、モンスターが外に溢れてしまうと、ここからがこの砦の兵士たちの出番となる。

結束が固い、統制の取れた集団戦闘のプロたちにとって、本能のままにただ暴れるだけの獣を狩ることはそう難しくないだろう。

これに戦いなれた冒険者がアシストに入ってくれたら、磐石なんじゃなかろうか。

もちろん私だって付与魔術をかけに前線に出ていくつもりだし。

そんなようなことをぽつっと溢せば、空気が凍った。

「ま、まってくだせぇ！　今、その、若様、前線に行くって……？」

さっきまでのベロンベロンな酔いどれ状態から、すっかり素面に戻った鬼平兵長が礼儀正しく挙手して訊ねるのに、私は首を捻る。

「はい。なんかおかしいこと言いました？　私だって将来の領主ですよ。領地が荒らされそうなら戦場に赴きます。あ、指揮権寄越せとか言いませんから。その時は隊長の指示に従いますよ。付与魔術と防御魔術なら、割と役に立つと思います」

「ね！」と同意を促せば、ロマノフ先生もエストレージャもジャヤンタさんも、大真面目に物凄く苦い顔をしながら頷いてくれた。戦場に子供を連れてくなんて正気の沙汰とは思えないけど、必要なら私はやる。

先生たちは私がそんな人間なのを知ってるから、否定はしないんだよ。苦々しくは思ってても。

そんな私たちに顔を真っ青にしたのは、隊長と兵士たちで。

「いやいやいやいやいや、そんなこどもが来るようなとこじゃねぇですよ!?」

「左様、戦場は遊び場では……」

苦い顔で言うのを首を振って止める。

「貴方たち兵士も領民なんですよ。私のしたいことは領民が豊かで健康で文化的な生活を送れなきゃ出来ないって言ってるでしょ。そこには貴方たちだって含まれる。それなら領主の私が、私の領民を守るために力を尽くして何の問題があるって言うんです。モンスターなんぞに、私の領民を一人だってくれてやるもんか」

しんっと兵士も隊長も押し黙る。

私、こういう沈黙って好きじゃないんだよね。否定されてるのか、肯定されてるのか、全く読めないから。

致し方ないから此方も黙ると、クスクスと背後から軽やかな笑い声。

振り返るとエリーゼが笑っていた。

私と目線が合うと、こほんとわざとらしく咳払いをして。

「アラン兄さん、もう良いんじゃないですかぁ？　若様はぁ、この一年言った以上のことをぉやってこられましたよぉ」

「しかしだな……」

「私のぉ、手紙のぉお返事にぃ『信じてみてもいいかもしれない』ってぇ、書いてたじゃないですかぁ」

「それは……」

おや、エリーゼは隊長と手紙のやり取りがあったのか。

てか、もしかしてロッテンマイヤーさんはそれも計算に入れてエリーゼを砦組に加えたのかしら。

それよりも何よりも、ロッテンマイヤーさんに聞いたら隊長の人となりやら、砦の内情やら直ぐに解ったんじゃ……。

そこまで考えてたら急に恥ずかしくなって来た。

議会がどうとかぶっちゃける前に、足元の確認をしろよ私！

恥ずかしさに加えて、なんだかくらくらと頭痛と目眩がしてきて、目の前のテーブルに倒れ込んだら、ごすっと勢いよく頭をぶつけた。痛い。

「にぃに⁉」

「若様ぁ⁉　どうなさいましたぁ⁉」

「若様⁉　もしやご病気が⁉」

「鳳蝶君⁉」

レグルスくんとメイドさん二人とロマノフ先生が一斉にざわめくと、背後も正面もざわめく。

凄い過剰反応に、そういや一年前は度々倒れてたことを思い出して、速やかに身体を起こす。

「だ、大丈夫です。ちょっと頭痛と目眩がしただけ」

主に自分のイキり具合にだけどね⁉

ああ、もう、本当に恥ずかしさで腹切りできるわ。

しかしそんな私の葛藤は今は置いておくとして、話を戻そう。

改めて向かいあうと、隊長が兵士たちの方を向いていた。

なんぞ？

「すまん、皆……」

「隊長、俺らこそスンマセン。隊長は最初から先代様のお言葉に従おうとしてたのに、駄々捏ねちまって」

「いや、俺自身もエリーゼの手紙からだいたいのあらましは知っていたが、この目で確かめなければと思ってやったことだ」

「隊長、俺らは隊長に従います……！」

「ありがとう、皆。皆の命、俺が貰い受ける！」

まるで死地に突入するような隊長に、兵士たちが口々に同意を叫ぶ。

そしてこちらに向き直ると、勢い良くテーブルに手をついて頭を下げた。

物凄い音がしたから、絶対おでこをぶつけて痛かったと思うんですけど。

「ご無礼の数々、平にご容赦を！　我らはこれより、御曹子に忠誠を誓う所存！」

「……お、おう、ありがとうございます。や、でも、別に私個人に忠誠を誓わなくたって、菊乃井のために働いてくれたらいいですよ。私は領地を安心安全安楽に富ませたい。その目的のために、貴方たちの力を利用する。貴方たちは家族や貴方たち自身が安心して豊かで健康で文化的な生活をするのには、両親より私の方がまだましだから利用する的な」

「御曹子、私はエリーゼからの手紙で御曹子が決して丈夫なお身体でないと存じております。それを押して尚、我らのために命を削っておられる方に報いるすべを我らはこれより持たぬのです！」

隊長が立ち上がり、その姿を見た兵士たちも全員立ち上がる。

「剣を捧げよ！」

隊長が号令と同時に、抜剣すると剣の柄を心臓の真上に当てる。すると、兵士たちもそれになって抜剣して、やっぱり柄を心臓の真上に押し当てた。

これって、もしかして、認められたってことかな？

「……りったーしゅらーくするの……？」

ぼそっと呟いたひよこちゃんの目が据わったのは、気のせいかしら。

## 兵は国の大事なり

約五十人くらいに首打ち式なんかしたら、私の腕がもげる。

そう主張して、とりあえず代表して隊長に首打ち式をすると、騎士団は私の傘下に納まった。

いやはや、お膳立てされてた感が半端ないけど。

「実は」とエリーゼと隊長の話すことには、二人とも子供の頃に祖母に才能を見出だされて、エリーゼは屋敷に、隊長は帝都の祖母の知り合いのところに、それぞれ引き取られたのだとか。

その時に祖母は「将来菊乃井はきっと荒れてしまうけれど、それを正す者が必ずでてくるから、その者に力を貸して欲しい」と二人に言ったそうで。

「若様がぁ、色々おやりになり始めてぇ、もしかして大奥様が言ってたのってぇ、こういうことかしらぁって思ったんですぅ」

「自分は最初、伯爵が『菊乃井を正す者』かと思ってお供したのですが、結果はご覧の通り。そこにエリーゼから若様のことを手紙で教えられまして。しかし伯爵の前例もあります。自分・人なら兎も角、部下たちの命を預かる身としては慎重に見極めなくては……と」

「この砦の状況で隊長が祖母の言葉に従おうとしても、兵士たちの感情を考えると無理だったから、私を皆で試したってとこでしょう。そりゃ当たり前の反応ですね」

隊長は赴任してきた当初から、祖母の言葉を兵士たちと共有していたらしく、兵士たちも元は菊乃井の領民、祖母の言葉の件——遺言になってしまった訳だけど——は重く響いたようで、最初は本当に父に尽くして段々と少なくなっていく予算にも耐えていてくれたそうだ。

不正に関しても、父が正してくれることを願って内偵して、ようやく尻尾を掴んで訴えたらしい。にも拘らず、現状は良くならなかった。ここに至って限界を迎える寸前で、私の監査の報せが入ったとか。

「なんか聞いたことのある話ですね。文官の皆さんも爆発手前で間に合ったって言ってましたよ」

「そうですか。先代様の目をもってしても、まさか御曹子が成人するまで持たなかったとは思わなかったのでしょうな」

「両親のアレさが、想定の範囲外だったのでしょう。でも正直人心は間に合ったかもしれませんが、設備的には全く間に合ってない」

「いや、その件ですが……」

ばつが悪そうにシャトレ隊長が口を開くには、確かに砦はボロいけれど、実は中庭の畑は予算を非常食の備蓄や武器の収蔵に充てたかったから自主的に倹約していただけで、兵数も少なかったのでそこまで困ってはいなかったそうで。

「え？　じゃあまともな食事してないってのは……」

「この砦では野戦訓練として料理も兵士たちで行っております。その、どいつもこいつも自分含めて下手くそなのです」

「Oh……！」

なんということでしょう。

材料あっても意味ないじゃん！

余りに予想外の言葉に、一瞬絶句する。

今度こそ軽い目眩を感じて、くらりと倒れそうになるのを耐えながら、ロマノフ先生にすがり付く。

「か、カレー粉も食料に混ぜてやって下さい……！　カレーは誰が作っても、そんなひどい味にはならないから！」

「それだけじゃなく、料理を教えられる人材も頼みましょうね」

ありがたいロマノフ先生の言葉に頷こうとすると、おずおずとエストレージャが私に近づく。

そして跪くと、大真面目な顔をした。

「若様、俺ら料理できます」

「多分、この砦のひとたちより上手いっす」

「そうそう、俺たち貧乏暮らし長かったから食材無駄に出来ないし、店なんか入れないし、上手いもの食いたきゃ自分達で作るしかなかったですしね」

「で、では、任せても？」

地獄で仏ってこのことじゃん！

そう思ってお願いすると、力強くロミオさんたち三人が頷いてくれた。

だけじゃなく、暫くこの砦に残るとまで。

「俺ら、さっきからの話を聞いてちょっと考えたんです。砦を本気で力ずくで何とかする気なら、若様は迷わず師匠お三方を連れてくだろうなって」

「だけど若様は俺たちを連れてきた。それはじゃあ何でかなって三人で面付き合わせて、あーでもない、こーでもないって、な！」

「おう。で、若様は兵士たちと冒険者では戦いかたが違うって仰った。俺たちは冒険者だから冒険者の戦い方は知ってる。なら、ここに俺たちを連れてきたのは、俺たちが知らない兵士の戦いかたを覚えさせるためじゃないかって」

「な！」と三人が顔を合わせて頷く。

まあ、うん。

制圧というか、砦を掌握したら、三人を兵士たちとの連携を学んでもらうために、ここに放り込む気ではいたよ。

それに自主的にたどり着いて、自分から申し出てくれるのはありがたい話だ。

自分で考えて、周りにも相談や報告をして、答えに辿り着く。

それこそが菊乃井の領民の姿であって欲しい。

その一つの形をエストレージャが示してくれた。

だったら私がすることは。

「シャトレ隊長、三人を部隊に加えてください。冒険者としての位階は……下の上ですが、上の上であるジャヤンタさんのパーティをルールのある試合とはいえ、あと一歩まで追い詰めました」

「おうおう、見事に追い詰められて銘付の武器壊されたっての」

「承知致しました」

「「「ありがとうございます！」」」

ぺこんと三人揃ってシャトレ隊長に頭を下げた三人を、兵士たちも好意的に見守っている。

アレは「飯作れる人員キタコレ！」ってことかしら。

何にせよ歓迎されるのは良いことだ。

ジャヤンタさんがニカッと笑う。

「これで直近の坊の憂いは晴れたわけだ。そんなら暇が出来るよな？」

「ああ、そうですね。まずここの兵士の装備を何とかして、それから材料揃えないといけませんけど」

バーバリアンの装備の話のことだろうと踏んで答えると、ジャヤンタさんが目茶苦茶渋い顔をした。

なんでだろうと周りを見ると、レグルスくんもロマノフ先生もメイドさん二人も、それだけじゃなくてエストレージャやシャトレ隊長、そこにいた兵士たち皆がしょっぱい顔をしている。

「え、なに？　先に両親をギャフンと言わせた方が良い？　その方が兵士さんたちも士気があがる？」

私としてはあっちが来るまでは、こちらから手出しをする気は、今のところないんだけど。

だけど、両親の間を修復不能なくらいに不仲にしておくのは吝《やぶさ》かじゃない。

敵と敵に手を組まれるより、敵の敵はやっぱり敵にしておく方が、色々とやりやすいのは確かだもん。

加えて兵士たちの溜飲が下がって士気があがるなら、何か仕掛けるのもありかな。

と、ぷにっとほっぺたを摘まれた。

ロマノフ先生の指先だ。

「疲れるから考え事はお止《よ》しなさい」

「んん？」

「兵士たちの溜飲が下がるなら何か仕掛けるのも悪くないかと思って策を練ろうかと思っているのでしょう？　謀を考えたりするのは存外疲れるものです」

「いや、でも……」

アレだ。

さっきばたっと倒れたと思われてるからか。

違うんだけどなぁ。

ちょっと自分のイキり具合が恥ずかしくて目眩がしただけであって、大したことじゃない。

そう言おうとしたら、じっと据わった目でレグルスくんが私を見ていた。

「にぃにはちょっとはたらきすぎです！　れーとあそんだほうがいいとおもいます！」

「あー……えっと」

「じゃないとひめさまにいいつけましゅっ！」

あ、噛んだ。可愛い。

いや、そうじゃない。

どうやら忙しさにかまけて、レグルスくんにも寂しい思いをさせていた様だ。

しかし、やらなきゃいけないことは多い訳で。

時間をどうやって捻出しようか考えていると、ガリガリとジャヤンタさんが頭を掻くのが見えた。

「あのな、坊。確かに装備は欲しいけど、俺らは余裕がない新米じゃねぇんだ。ちょっとくらい待てる。それより坊が今やんないといけないのは休むことだ。目眩起こすくらい疲れてる状態で良いものなんか作れっかよ」

「いや、目眩っていうか、あれは別に大したことじゃ」

言い募る私に、エリーゼががっしりと肩を掴む。

「私ぃ、ロッテンマイヤーさんにぃ、このことご報告しますからぁ」

にこっと笑顔なのに、その目は全く笑ってなかった。


「若様、お話が御座います」

「はひ……」

あれから、取り急ぎ砦の兵士たちやシャトレ隊長の装備に「僕の顔をお食べよ」って、お腹を空かせたこどもに顔を差し出してくれる英雄のテーマソングでありったけの付与魔術を付けて。

指示は後日、それまでは今の体制を維持するようにと申し送りをして、食料を届けに来たヴィクトルさんと入れ違いに帰ってきた訳ですよ。

んで、エリーゼの報告を聞いたらしいロッテンマイヤーさんに取っ捕まって、お部屋に連行の上、パジャマに着替えさせられてベッドインなう。

膝の上にはプンスコしてるレグルスくんがいて、石抱きの石のつもりなのか抱きついて離れない。

「目眩を起こされたそうですので、手短に申し上げます」

「はい」

「明日から暫く、若様には休養をお取りいただきます」

「えー……、大丈夫ですよ」

「決定事項で御座います」

ロッテンマイヤーさんの背中に、暗雲が垂れこめている。

めっちゃお怒りですよ。

どうしたもんかなぁ。

上手く誤魔化せないかと考える私の前に、眼鏡の蔓を押し上げると、ロッテンマイヤーさんが跪く。

そしてそっと私の手を自身のそれで包み込んだ。

「若様、今から少し厳しいことを申し上げますが、虚心にてお聞き下さいませ」

「はい」

「まず、先日のお話で御座いますが」

「先日というと『アウレア・リベルタス』のことですか？」

「左様に御座います。大奥様がご存命であらせられれば、若様がご自身のお考えと大奥様のお考えをあわせて昇華なさったこと、大奥様もさぞやお喜びになるでしょう。しかしながら、こうも仰る筈です」

「はぁ……」

きらりんとロッテンマイヤーさんの分厚い眼鏡のレンズが光る。

「『甘い』と」

ド直球です。

いやー、思い当たるふししかなくって、思わず遠い目になっちゃったよ。

そんな私を見たロッテンマイヤーさんは、咳払いをすると「ルイさ……サン＝ジュスト様ともお話申し上げましたが」と前置きしつつ、言葉を紡ぐ。

つか、なんで「ルイ様」って言いかけて言い直したし。

そっちの方が気になるんだけど。

「法で権力を縛ると言う考え方、或いは議会を召集すると言うのは、なるほど良いお考えかと存じます。しかしながら、若様の仰る『君臨すれども統治せず』の形は、国ならばいざ知らず小さな領地には適さぬもの」

「まあ、そうですよね。政治を領民に任せてしまえば、領主の存在意義がなくなる。国ならば皇帝や皇族を国の象徴とすることも可能でしょうけれど」

肩をすくめると、ロッテンマイヤーさんの手が強く私の手を握る。

そのきらりんと光る眼鏡には、私の姿が歪に映っていた。

「それだけではありません。議会に全ての決定を委ねた場合、施行まで莫大な時間がかかります。その点、今のままならば領主の声は天の声。何をおいても優先され、制度を施行する速度は議会を開くよりはるかに早い。その利点を手放すことは、今の段階では悪手かと」

「独裁政治の利点は早さにありますから。しかし、独裁政治は為政者が人格的に問題があった場合、止められないんです」

「無血では無理で御座いましょう。しかし武力がなくては、領主もその行使はできません。だから軍を議会の制御下におかれたいのは、私も解ります。ですが、それは今ではない筈です」

そう、軍を率いる人を寝返らせたタイミングでは、まだ早い。

それが解っているから、シャトレ隊長にはまだ上司がルイさんになることは言ってなかったりして。

白旗をあげる意味でも両手をお手上げと振って見せると、ロッテンマイヤーさんにそのことを話す。

すると「賢明な御判断です」と頷く。

アウレア・リベルタスには結構な問題が沢山あって。

そもそも国家単位で語る話を、小さな伯爵領に適用しようというのが、大分無理ある話。

おまけにシビリアンコントロールも、実際問題、直ぐに首のすげ替えが出来る伯爵程度でやったとして、効果があるのかどうかっていうレベル。

でも、やっておきたいのは、やっぱり選択肢を増やしたいからだ。

今度はこちらがロッテンマイヤーさんの手を握る。

「異世界では身分制度が撤廃されているそうです」

「なんと……」

「でね、そこに至るまでに革命が起こり、沢山の血が流されたんだそうです。貴族も王族も処刑されたし、それ以前に貧困に喘ぎ、だからこそ自由と平等を手にしようとした平民たちが沢山亡くなったらしい」

「貴族はともかく、王族まで手をかけるなんて……口の端に上らせるのも畏れ多いことです」

「だけどね、それはそんな風になるまで民を追い詰めた結果なんだ」

かのフランス革命で散った王妃は、実は伝わっていた話と違って国も民も愛し、彼女なりに良いように国が立ち行くことを願っていたそうだ。

しかし大抵の貴族はそうではなくて、民に重税を課し、存在を踏みにじり、それを当たり前の権利と思ってもいた。

私は「1789」というミュージカルで使われた、自身を神に準《なぞら》えた貴族が高らかに、自分の望みは天の望み、自分の言葉は神の言葉、平民は逆らえば生きてはいけないと歌う歌を口ずさむ。

歌い終わった後見たロッテンマイヤーさんの顔は、眼鏡が邪魔してはっきりとは読み取れないけれど、明らかに困惑していた。

「どう思います?」

「異世界の貴族の歌で御座いましょうか……?」

「お芝居に出てくる貴族が歌う曲ですが、余りにも傲慢だと思いませんか? 翻って、帝国にもこんな歌を歌いそうな貴族がいるではありませんか」

たとえば、うちのオカアサマとか。

言外に含ませた言葉に、ロッテンマイヤーさんが息を詰める。

「今、帝国は根腐れをおこしかけている。それは良識のある貴族なら、誰でも感じていることだとロマノフ先生より教わりましたが、その雰囲気が私には異世界の革命前夜に似ているような気がするのです。平穏ではあるけれど、不平不満は静かに民に広まりつつある」

「若様……」

まだ菊乃井も帝国自体も盛り返せる所にあるらしいし、思想的にも自由だの権利だの平等だのというものは根付いてはいない。

しかし、領地に学問を広く敷くことになれば、その手の思想だって出てくるだろう。

現状、一年や二年で革命に至ることはないだろうけど、五十年・百年後には解らない。

その時にせめて菊乃井だけでも流血が避けられるようにしたいのだ。

「私が生きている間に成し遂げるべきは、領地を富ませ広く領民に教育を受けられる制度を作り、健康で文化的な生活が出来るような下地を作ることだと思うのです。流血の伴った革命がおこれば、そういうものが壊されてしまう」

なので今のうちに余り不満の出ない政治体制に移行できるようにしておきたい。

つまりその思想的な指針がアウレア・リベルタスなのだ。

そう言いきった私の手を、頷きながらほどいて、ゆっくりとロッテンマイヤーさんが立ち上がる。

そして、唇をそっと優しく引き上げて。

「甘《あも》う御座います」

「キビシー!!」

ほほほと口に手を当てて軽やかに笑うロッテンマイヤーさんに、私は天を仰ぐ。

ちぇ、上手く説明出来たと思ったんだけど、やっぱり勉強が足りないな。

ぷすっと唇を尖らせていると、こほんとロッテンマイヤーさんが咳払いする。

「サン＝ジュスト様ともお話致しました。若様は遥か未来、身分制度の廃止を視野に入れてお話されていたのでは、と」

「だから『帝政を否定するのか』って聞いたんですね」

私の言葉に頷くと、あれからロッテンマイヤーさんはルイさんと二人で話し合ったそうで、その時の話をしてくれた。

アウレア・リベルタスは穴が多い。

しかしそれは私がまだ来ていない何か不穏の影を察知して、兎に角権力を法で制したいのと、暴力装置になってしまう軍をなんとか権力者――この場合領主だろう――から取り上げたがってると判断してくれたそうな。

沢山の穴に関しては――。

「まだ幼年学校にも通える齢《とし》ではないのに、そこまで辿り着けたことこそ素晴らしいというべきだ、と」

「わぁ……」

ってことは、私がイキり倒していたのを、大人は生暖かく見守ってくれていたわけだ。

恥ずかしー！

羞恥で私がのたうつと、膝が動くからかきゃっきゃとレグルスくんが笑う。

しかし、そんな私の肩をロッテンマイヤーさんがしっかり掴む。

「若様、誤解なさいませんよう。私もサン＝ジュスト様も皆様も、若様が理想とする未来を語ってくださったことは、とても嬉しいので御座います」

しかしながら、如何せん経験が浅くて考えが甘い。

でも、それだってまだ六つということを考えれば、未来をきちんと見ている方だとルイさんは言っていたそうだ。

それはロッテンマイヤーさんも同じで、じゃあこれから勉強して経験を積んでいけば、より菊乃井に適した『アウレア・リベルタス』に辿り着くのではないか、と。

「そのために若様には、おやりいただかなければいけないことが御座います」

「勉強ですよね、もっと頑張らないと」

「そうでは御座いません。今、若様のおやりになるべきは、お身体を休めることに御座います」

「健全なる精神は健全なる身体に宿る」的な言葉はこちらにもあるらしく、それを鑑みると私はどや顔で未来を語るより、先に身体をどうにかすべきだそうで。

去年からこっち、恐ろしいほど次から次に色々やってきたのが、ロッテンマイヤーさんは「怖かった」と言う。

「ご無理はなさらないで下さいと何度も申し上げましたが、若様が目を輝かせてあれやこれやなさるのを見ると私も強くお止めするのは気が引けました。しかしながら、お身体に悪い影響が出るのであれば話は別に御座います」

「や、でも本当に具合が悪い訳じゃないし、離魂症だって悪くはなってない筈です」

「意識をなくすほどのことがおありでしたら、このアーデルハイド・ロッテンマイヤー、命を賭してもお止めしています」

ロッテンマイヤーさんの眉が八の字に下がった。

ロッテンマイヤーさんは私のすることは、基本的に止めないで動きやすいようにしてくれる。

今回だってシャトレ隊長と話が通じるエリーゼを付けて、私が説得しやすい下準備をしておいてくれた。

その人が強く止める。

肩を掴む手は、ほっそりとしていて小刻みに動いていた。

震えている。

気付いてまた、私は恥ずかしくなった。

「ごめんなさい、ロッテンマイヤーさん。私は随分心配かけたんだよね？」

「若様……」

「気付かなくってごめん。ちょっと休むよ。バーバリアンの皆さんに、服は少し待って欲しいこと、伝えてもらえる？」

「勿論で御座います……！」

美しいカーテシーをすると、ロッテンマイヤーさんは柔らかく笑ってくれた。

# I can't do it at my pleasure.

ロッテンマイヤーさんとの話し合いの後、少し休んでからの夕方。

ヴィクトルさんがヘロヘロになりつつルイさんを連れて屋敷に戻ってきたので、一緒に夕食でもという話に。

本来は食事の席で消化が悪くなりそうな話はしたくないんだけど、エストレージャは砦に留まり、屋敷の守りは先生方とバーバリアンの三人になった。

情報共有のためには、まあ、しょうがないのかな。

ルイさんはヴィクトルさんと一緒に砦に行き、シャトレ隊長と今後のことを話し合ったそうだ。

現場の指揮権はシャトレ隊長が執るのは当たり前として、連絡役を置いて密に連絡を取ることにしたそうだ。

そして、形式上の指揮権はやはりルイさんが持つことになったらしい。

それは要するに父が砦にやって来て、演習だとかなんだとか言って出兵を促しても「経費見直しのために私には権限がなくなりました。サン＝ジュスト氏に確認を取って下さい」で押しきるための方便だとか。

で、ルイさんは「では演習の目的や指針、今回の演習にかかる費用の見積もりを用意して所定の書類を提出して下さい」って感じでのらりくらりする気でいる。

これで父がルイさんを罷免するとか言い出したとしても、ルイさんは宰相閣下からご紹介頂いた人材。辞めさせるとなれば、如何なる非があったのかをお話して、宰相閣下の御納得を頂かなくては後々の仕事や人間関係に響く。

だけどルイさんが雇われたのは領地の建て直し、つまり経費削減や何やかやをするため。

いきなり何も起こってないのに領地の軍を動かすなんて言い出す伯爵と、経費削減のために難色を示した代官と、どっちが筋の通ったことを言ってるかなんてお察しだ。

更に伯爵夫妻の社交費の費用対効果の低さを理由に、それを削減して本来あるべき防衛費に回す旨の書類も出来ているという。

これで父の武器は使用不可。

残るは母の方だけど、これが意外や意外「何か誤解があるようですけど、私《わたくし》はあえて息子を厳しい環境においているのですわ。陛下からのご叱責は、ある意味私の計算通りですの」なんて嘯《うそぶ》いているそうな。

私を領地に放っておいたのも、祖母が私に領地を守る強さを身に付けさせるべく、母に「育児に関わるな」と遺言していたからだと、お涙頂戴の三文芝居をやっているという。

真に受ける人間は当然いない……こともないそうだ。

そして、そんな嘘っぱちを真に受けて、私と母の親子仲を取り持とうとする者もいるらしいので注意するようにと、冒険者ギルド経由の速達でロートリンゲン公爵が教えてくれた。

面倒くさい輩が湧いたな。

そんな感想が表情に出ていたらしく、報告してくれたルイさんが苦く笑った。

「解らなくもありませんが、そういう想像力の足りぬ輩は一定数いるものです」

「かかわり合いにならずに済めばいいんですけどね」

それよりも冒険者ギルド経由の速達の存在の方が気にかかる。

どんな仕組みなのか訊ねると、軽く眼を見開いた後でラーラさんが教えてくれた。

まず、冒険者ギルドや職人・商人ギルドは、海をまたにかけるネットワークを持つそうで、そのネットワークは転移魔術を刻んだ石盤で結ばれている。

ただ運べるもの自体は人なら一人が限界だし、荷物もそんなには無理。送れる場所だって、冒険者ギルドを経由したなら指定した冒険者ギルド、商人ギルドなら指定した商人ギルドにしか送れない。後はギルドへの依頼として届けてもらうか、取りに来てもらうしかないそうだ。普通の輸送方法よりは割高だけど、一刻を争う場合やら貴族的には充分早くて便利。

「うーん、沢山運べたらラ・ピュセルのコンサート観賞ツアー組めるのに」

「巡業に行くんじゃなくて、こっちの専用劇場に来てもらうってこと？」

首を傾げて、ヴィクトルさんが聞く。

ラ・ピュセルのコンサートとあって、ジャヤンタさんもきらきらした目で私を見ている。

「だって行くより来てもらう方が、菊乃井にお金が落ちますし。たとえばですけど、コンサートチケットと交通費、宿泊費込みでいくら～とかパックにして売り込むんです。転移魔術が容易に使えたなら馬車より安く交通費設定出来るし、浮いたお金で何度も来てもらえたら、その方が得かな……」

「と」と言いかけて、ロッテンマイヤーさんの背中から雷雲が立ち込めた気がして、口をつぐむ。

そうだった。

私、ちょっと休むんだった。

そんな私の様子とロッテンマイヤーさんを見比べて、ウパトラさんが何か言いかけたジャヤンタさんの口を塞ぐ。

「それよりも、坊や体調はどうなの？　倒れたってきいたけど」

「ああ、目眩がしたと聞いたが？」

「実はその件なんですけど……」

目眩がしたのは一瞬で、後は取り立てて何もない。でも大事になる前に、少しだけ休養しようと思う。ついては依頼された服の完成が遅れてしまうので、申し訳ない。

そんなようなことを話すと、ウパトラさんがコロコロと笑った。

「気にしなくていいわよ、そんなこと。だってワタシたち、アナタの愁いが晴れたらって言ったでしょ。それは体調も含まれるのよ」

「うん。ムリマも『体調が万全でないと、どんな名工だって良いもんなんか打てねぇよ』って、体調が整わない時は打ってくれないもんだよ。そんな時、客はその気になるまで何年も待つものさ」

「え……そういうもんなんですか？」

売り手市場しゅごい。

っていうか、そう言うのは世界に名だたる名工だから出来ることで、Effet・Papillonは零細企業もいいとこなんだから、ダメなんじゃなかろうか。

ちょっと返事に困っていると、ウパトラさんが首を横に振る。

「アナタ、その名工の銘付の武器を粉々にしたのよ？　新たな名工の出現に、職人ギルドがざわついてるって速達を届けに来た、ここのギルマスが教えてくれたわ」

「そうだよ、まんまるちゃん。ボクの情報網にも早速色々引っ掛かって来てる」

「そうなんですか……」

益々休んで大丈夫なんだろうかって気がしてくる。

そわっとした私の気配に、後ろに控えていたロッテンマイヤーさんがすっと動いて、私の横に立つ。

「若様、何も若様のご趣味までお止めになることは御座いません。ただ少し速度を緩めて、お身体のことを一番にお考えくだされば……」

「そう？」

「はい」

なんか難しいな。

学校を作りたいとか、法律を整えたいとか、領地を豊かにしたいとか、考えるだけでちっとも現実は動いていない。

それなのに、中途半端に革命だのなんだのを知っているせいか、似てるってだけなのに、どうしてもこのまま進んだらあっちと同じく血が流れる日がくるんじゃないかって、気ばかりが焦ってしまう。

もう頭の中がぐちゃぐちゃのごちゃごちゃだ。

整理しきれない色んなものが出てきて、目の奥が熱くて仕方ない。

「若様⁉」

「ぅ？」

ロッテンマイヤーさんの珍しく慌てた声に目線をあげると、何だか彼女の顔がゆらゆらと滲んで歪む。

おかしいと思って瞬きすると、頬っぺたが濡れたような。

さっとロッテンマイヤーさんの手が額に伸びるのと同時に、椅子がさっと引かれて、ロッテンマイヤーさんと反対側にラーラさんが立っていた。

すると首筋にひやりと冷たい手の感触。

「お熱が……⁉」

「結構熱いね」

ざわっと室内の空気が揺れる。

『お前はなんとも難儀な子どもだな』

男とも女ともつかない声が降ってくる。

ふわりと身体が持ち上がって、目の前いっぱいに夜色の布が広がって、ああ抱っこされてると気づいた瞬間、猛烈な睡魔に瞼が勝手に落ちていた。

はっとして目を開くと、辺りは暗くて。
瞬きを繰り返すと、ようやく目が慣れてきたのか、闇が薄らぐ。
さらさらと衣擦れが聴こえて見回せば、カサカサと黒い塊が頭上で動いた。
「タラちゃん?」
呼べば塊から伸びた蠍の尾のようなモノが、激しく左右に揺れる。
犬は喜ぶと尻尾をブンブン振るけど、それに似ていてちょっと面白い。
「ふふっ」と笑えば、『起きたか?』と影が動く。
「ひょう、りん、さま?」
『ああ』
さっきまで寝てたからか、声がちょっと枯れてる。
眉をしかめたら、背中にひやりとした手が差し込まれて、身体を起こしてくださる。
お礼をいうと、氷輪様が水の入ったグラスを差し出して下さった。
『熱がまだあるのだろう、飲むがいい』
「は、い」
頷いてお水を飲むと、冷たさが身体に染み込む。
あー、なんか生き返るわぁ。

ホッと一息つくと、サワサワと頭を撫でられる。

「ありがとうございました。あの、ここまで運んで下さったのって……」

『気にせずともよい』

抱っこされたと思ったのは錯覚じゃなかったらしい。

あわあわしていると、もう一度頭を撫でられた。

『気にせずともよいというのに、難儀な子どもめ。そんなことだから回さずともよい気を回して、熱なんぞ出すのだ』

「う、その……申し訳ありー」

「謝るでないわ」

「ッ!?」

いる筈のない姫君様の声が聞こえたと思ったら、部屋のど真ん中で空気が渦巻く。

そしてピカッと光ったかと思うと、姫君が部屋のど真ん中にいらして。

『遅かったな』

「喧《やかま》しい。そなたがいきなり現れた上に、妾まで姿を見せたとなれば、神気が強すぎてひよこ以外の者が気絶するであろうが」

『そうか』

「ふん！」と鼻息荒く言う姫君を、氷輪様はさらりと流す。

そのやり取りをぼんやりみていると、しゃなりしゃなりと姫君がベッドへと近付いてきた。そうしてボスッとベッドに腰かけると、私の額に手を伸ばす。

ひたりと触れる手はさらりとしていて、柔らかく、たおやかだ。

「どれ」とさやかに唇が動いたかと思うと、何だか身体が軽くなったような。

「熱を下げたが、調子はどうじゃ」

「はい、何だか楽になりました。ありがとうございます」

「うむ、後は水を沢山飲んで休むが良いぞ」

くふりと微笑みを浮かべると、姫君に身体を押されてベッドに沈む。

するとすかさず寝かしつけるように、氷輪様にぽんぽんとリズムをとるようにお腹を摩られて。

『お前のお守りたちには、お前が熱を出したのは、我らが異世界の文化を真似するなら異世界の歴史も学んだ方が良かろうと見せたものが悪かったのだろう、と説明しておいた』

「お主、こやつがロッテンマイヤーとやらに革命云々言うておったところからみておったのかえ？」

『……あのやり取りを知っていると言うことは、お前も見ていたのだな』

「妾はこれの主ゆえな。臣下のことを常に見守るのは主の務めぞ」

『ふん、その割に出遅れたな』

「夜はそなたの支配下ゆえ、妾が干渉しにくいからではないか⁉」

キッと姫君の眉がつり上がる。しかし氷輪様はそっぽを向いて応えない。

っていうか、話を総合すると、お二人はいつでも私を見守ってくださっているようで。

「あの……私の体調が悪そうだから、来てくださったんですか？」

『それ以外に何がある』

「うむ、朝は元気であったのにのう。桃をおいておくゆえ、朝にでも屋敷の者と食すが良いぞ」

「ひぇ⁉　仙桃みたいな大事なものを頂くような病気じゃ……⁉」

「イゴールの囲うておる小僧も、病の時は桃じゃと言っておったそうだ。桃は桃よ。見舞いじゃ」

何でもないことのように仙桃を枕元におかれてしまう。

目を白黒させていると、氷輪様が『受けとれ』と目線で仰って。

これは貰っておかないと逆に怒られるやつだ。

お礼を伝えると、姫君の眉が上がる。

「そなたの憂いは、異世界の歴史と今の帝国の有り様が似ている……だけではないのじゃろ？」

「それは……その……」

識字率をあげる、産業を興す。

それは一見良いことだけれど、物事には何事も表があれば裏もある。

領民に学問を敷くことで起こるのは、きっと良いことだけじゃない。良くないことも起こるんだろう。

口ごもると額をちょんと、姫君の爪紅の鮮やかな指先でつつかれた。

「理由はあえて聞かぬ。聞かぬが、だからこそ言っておく。それはまだ杞憂じゃ。何せまだ、そなたは何も成してはおらぬからの」

『もっとも何かを成して、それがどういう変化をもたらそうともお前の責任ではない。道具は道具。

使い方を教えたら、そのあとでそれをどう使おうとも、使うもの次第だ』

そう、なんだろうか？

ぽふぽふとあやすようなリズムに、段々と眠気がやってくる。

もっとちゃんと考えないといけないと思うのに、目がしょぼしょぼしてきて。

ああ、でも、来て下さったお礼もまだ言えてない。

と、トントンと外から扉を叩く音がする。

「誰」と聞く前に、姫君が「ひよこ？」と呟く。

姫君が扉に向かって団扇を閃かせると、静かに重いドアが開いて。

「にぃに？」

「ひよこ、部屋に入って速やかに扉を閉じよ」

「ひめさま？　はい！」

ぱたりと扉が閉まると、とてとてと軽い足音。

レグルスくんがベッドに近付いて来たようで、姫君が声をかけた。

「どうした、ひよこ」

「にぃに、おねつ……？」

「もう大丈夫じゃ、明日には元気になっておるぞ」

「れー……わたし、ここにいちゃだめですか？」

「兄が心配かえ？」

今にも落ちそうな瞼を開ける努力をしていると、そっと氷輪様に手で目を覆われる。

「大人しく眠れるかえ？」

「あい！」

「そうか、ならば兄の横に入るがよいぞ」

もそもそと布団が動くと、真横にレグルスくんが寝転んだような気配があって。

『弟も案じているし、我らも案じている。よく休め』

お礼も言えないまま、私は静かに眠りに落ちていった。

## 思いがけない夏休み？

「……また、貰っちゃったんですか」

「はい……。ご遠慮申し上げたんですけど、地上でどう受け取られていようと、姫君様には単なる桃なのだそうです」

「感覚が違いすぎるよね……」

「でも、滋養をつけるなら確かにこれ以上ないものだから、まんまるちゃんには良いことじゃないか」

翌朝、目が覚めた後のこと。

横に寝ていたレグルスくんと、枕元に鎮座していた仙桃のお陰で、神様方がいらっしゃったのが

夢じゃなかったのは解った。

一度レグルスくんを部屋に帰し、身支度をしてからロッテンマイヤーさんを呼んで桃を見せたら、急いで先生たちを呼んできてくれて。

だってさぁ、仙桃だよ？

何にも知らなかったから、去年はソルベにして皆で食べたけど、この桃の正体を知ってしまったらそう言うわけにも行かない。

どうすべきか先生方に相談することに。

昨夜の話をかいつまんですると、ロマノフ先生が私の頭を撫でた。

「『皆で食せ』と仰ったなら、それで良いのではありませんか？」

「でも、前は大騒動でしたし……」

「そりゃ、どんな経緯で仙桃を貰ったか解らなかったし、姫君様はもしかしたらあーたんとれーたんだけに食べさせたかったのかも知れなかったしね」

「でも今回は何も言わなかったら、まんまるちゃんが悩むだろうから『皆で食せ』って仰られたんじゃないかな」

「ああ、なるほど」

確かに言われてても悩むんだから、言われなかったらもっと悩むよね、私。

頷いていると、ラーラさんからもヴィクトルさんからも頭を撫でられて。

そういえばロッテンマイヤーさんからは、着替えのチェックの時に両手をぎゅっと握られたっけ。

皆、今日は何だかやたらと触れてくるけど、どうしたのかな。

ぼんやりと撫でる手を見ていると、ロマノフ先生が苦く笑った。

「氷輪公主様からありがたいお言葉を頂きまして」

「『子どもは瞬きをする間に大きくなる。そうなると容易に抱き上げることも、撫でることも出来なくなるぞ』ってさ」

「はぁ……？」

「そうそう。人間の子ども時代なんて幼年学校卒業するまででも十八年しかないし、そのうち抱っこしても撫でても嫌がられないなんて、生まれてから十年くらいの間だけだもんねぇ」

「なので君が嫌でなければ、そういうことを許してもらえればいいかな、と」

「え、いや、別に嫌ではないですけど」

突然抱っこされたりはびっくりするので、そう言うときは先に言ってもらえれば。

そう言うと三人はそれぞれ頷いてくれた。

そんな訳で桃は料理長に渡して、また出来るだけ皆で食べられるようにソルベにしてもらうことに。

ソルベは一口でも万病を癒す効果を見せてくれたので、万が一の場合にそなえて二人分ほど食べないでマジックバッグに保管しておくことにもなった。

で。

「いやぁ、氷輪公主様ってのはあんな男前な姐さんだったんだな」

「本当よねぇ、良いお土産話が出来たわ」

「男装が趣味でいらっしゃるとラーラさんから聞いたが、ため息が出るくらい美しくていらしたな」

朝食の時に顔を合わせたバーバリアンの三人は、特に神様が現れたことに驚いた様子もなく、氷輪様の件をあっさりと受け止めてくれていた。

逆に驚く私に、ジャヤンタさんが豪快に笑う。

「そりゃ驚きはしたけど、この世の中案外神様の加護を得てる奴は多いからな」

「そうなんですか？」

「おうよ。海の神様の加護持ちなら目の前にいるしな」

「へ？」

そういってジャヤンタさんは、カマラさんとウパトラさんに視線を移す。

すると二人は頷いて、くふりと唇の端を引き上げた。

「我ら龍族は一族すべてが海神《わだつみ》の加護を得ているよ」

「人魚族も一族全てが海の神様の加護を得てるわね」

「一族で……えー、凄いですね」

「始祖が海の神様のご息女を嫁御に貰ったからだってさ。つまり自分の孫子《まごこ》みたいなもんだから、ご加護くださるみたい」

なるほど、そんな風な関わりがあるのか。

世の中は私が感じるよりずっと広くて、まだまだ知らないことが沢山あるんだな。

知ったような気になってアレコレ悩むより、今は本当に学ぶべき時だ。今さらそんなことを思うなんて、本当に調子に乗ってたんだな。

ちょっと恥ずかしくなって黙る。

と、静かに食堂のドアがあき、入ってきたロッテンマイヤーさんが、足音も立てずにジャヤンタさんの方へと近寄った。

「ジャヤンタ様、お手紙がギルドから届いて御座います」

「お、ありがとさん。……なんだ？」

ばりっと勢いよく受け取った便箋の封をあけて、ジャヤンタさんは中から手紙を取り出す。

それを横にいたカマラさんとウパトラさんが覗き見ると、三人、顔を合わせてなにやらゴニョゴニョと。

顔を上げた三人は、なんだかニマニマしながら私を見た。

なんだろう？

首を傾げると、ウパトラさんが私の横に座っていたレグルスくんに話しかける。

「ねぇ、レグルス坊や。海って知ってるかしら？」

「うみ？　にぃに、うみってなぁに？」

「え？　えぇっと……しょっぱい大きな水溜まり？　波が打ち寄せてくる……」

「なみぃ？　なみってなにー？　なんでしょっぱいの？」

おおう、なぜなにどうしてが始まった。

可愛いんだけど、さて、海やら波をどう説明したもんだろう。

そのレグルスくんの様子を見ていたカマラさんが、ヒラヒラと手を振る。

「百聞は一見にしかずさ。海を見に行かないか？」

「そうそう、鳳蝶坊にレグルス坊、それから奏坊も誘ってさ」

「でもこの辺、海なんてないですよ？」

菊乃井は内陸部にあるから、海なんてない。湖はあるけど、それもかなり遠い。

気軽な様子のジャヤンタさんに「無理だ」と首を振ると、その視線が私をすり抜けてエルフ先生方に注がれる。

「そこで物は相談なんだけどよ。鳳蝶坊の先生方の誰か一人、俺たちの依頼に協力してくんねぇかな」

「そしたら鳳蝶坊やとレグルス坊やと奏坊やを、ワタシたちが海にご招待するわよ？」

「どういうことです？」

尋ねると、ジャヤンタさんが先程の手紙を見せてくれて。

そこにはバーバリアンを指名した護衛依頼が書かれていた。

なんでも夏の暑い最中になると、毎年南国のコーサラの専用保養地に出かける帝国貴族がいるそうで、バーバリアンは毎年現地での護衛依頼を受けているとか。そして今年も受けて欲しいと言う連絡があって、コーサラに帰る手段が欲しいのだという。

「ほら、エルフ先生たち転移魔術使えるだろ？　あれがあればひとっ飛びだし、鳳蝶坊もレグルス坊や奏坊とコーサラで保養が出来るし、悪い話じゃないと思うんだけどよ」

「いやー、でも、それは私が返事して良いことじゃないような」

「なんで？　先生たちに鳳蝶坊が『海に行きたいなぁ』っておねだりしたら良くね？」

「そんな我が儘言うのは、生徒としてちょっとどうかと」

「え？　いや、先生たち乗り気だぜ？」

「あれ、見ろよ」とジャヤンタさんの指差す方を見ると、先生方がテーブルを離れて円陣を組んでいる。

よくよく見ていると、手元が激しく動いて拳を出したり、手を広げたり、人差し指と中指以外折り曲げた形をしてたり……要するにじゃんけんしてて。

何度かあいこを繰り返したあと、グーを出したヴィクトルさんとラーラさんにパーを出したロマノフ先生が、小さくガッツポーズする。

それからロマノフ先生はにこやかに、ラーラさんとヴィクトルさんは憮然として、こちらを振り向いた。

「鳳蝶君がいきたいなら、吝《やぶさ》かではありませんが……」

凄い笑顔。

ロマノフ先生の様子に笑いを噛み殺しながら、ジャヤンタさんに「ほら」とつつかれる。

どうも、言えって事らしい。

「えぇっと……海に行きたいです、先生」

「お安いご用ですよ！」

うーん、良いのかな？

なんか、こう、甘やかされてるよなぁ、と。

海行きの話が出た翌日、サクサクと魔術で土を耕しながら、同じく魔術で畝《うね》を作っている奏くんに相談すると、きょとんとこっちを向く。

「ダメなのか？」

「え？」

「それってダメなことなのか？　若さまがいやならおれが先生たちに言ってやるけど、いやじゃないんだろ？」

「嫌なんてとんでもない！　嬉しいよ！　でも……」

先生たちにご迷惑やご負担になってないだろうか。

去年も野菜を植えた菜園、今年は人参と大根が加わって更に色鮮やかだ。

青々と繁った葉ごと人参を引き抜くレグルスくんを横目に、私たちは冬野菜用の土作りに勤しんでいる。

「あのさ、若さま。先生たちはおとなだぜ？　それも若さまやお家にやとわれてるわけじゃない。いやならいやって言えるんだ。それが言わないなら、別にいいんだよ」

「なぁ、じぃちゃん！」と、レグルスくんを見てくれている源三さんに、奏くんが水を向けると「おうさ」と源三さんが返してくれる。

でも家庭教師にしたってほぼ無料だし、その他にもご協力いただいてるのに、この上遊びにまで連れて行ってもらうなんて。

本当に良いのか気になってしまう。

「そんなに気にするなら、行くの止めたらいいじゃん」

「いやー、でも……」

「ジャヤンタ兄ちゃんたちだって別に先生たちがいなくたってそこには行けるんだろ？　若さまがそんなに気を使うならことわりゃいいよ」

「うー……海には行きたい！　っていうか、レグルスくんや奏くんと海で遊びたい！」

「じゃあ、先生たちに『ありがとうございます』でいいんじゃね？　後のことは後で考えりゃいいんだよ」

細けぇことはいいんだよとばかりの言葉に、思わず頷く。

そうだよね、折角連れて行ってもらえるなら目茶苦茶楽しむのが礼儀ってもんだよね。

後でやっぱりお礼がしたくなったら、何か作ろう。

そう決めて畝や土の整備を終えると、レグルスくんのもとに奏くんと歩き出す。

すると、大根の畑の一角、規則正しく並んでいるはずの場所に、一本だけ抜いたような跡があって。

「レグルスくん、大根一本だけ抜いた？」

「れー、にんじんしかぬいてないよぉ？」

「そうなの？　一本だけどこにいっちゃったのかな？」

「さがす？」

こてんとレグルスくんが首を傾げると、ふわふわの金髪が揺れる。

この屋敷の庭には、狐も狸も出るし、ウサギもいたりするから、それが持っていったのかも知れないな。

そう言うと、ちょっと奏くんが変な顔をする。

「たぬきにきつねは大根食べないと思うぞ。うさぎは大根よりにんじんじゃないかな」

「ああ、そうか。うーん、じゃあ何でないんだろ？」

首を捻ると「あ！」と奏くんが声をあげた。

何か思い当たったようで。

「ポニ子じゃないか？」

「ポニ子さん？　ポニ子さんは厩舎に繋がれてるから、ここには来ないよ」

「いや、ポニ子、さいきん、きゅうしゃを抜け出して庭で遊んでるみたいなんだ。さっきヨーゼフさんが『若様に言わなきゃ』って言ってて、おれが伝えとくって言ったの忘れてた」

「ああ、そっか……。おやつに持ってってたのかな？」

つか、厩舎から抜け出せるってポニ子さんどんだけ賢いの。

だけどイメージ的には馬も大根より人参な気がする。

まあ、それでも畝一つ食い尽くされてるなら問題だけど、大根一本くらいなら特に気にしなくていいかな。

今日のサラダに使う人参数本と去年も植えていたトマト、きゅうり、茄子、それからフランボワーズを収穫すると、畑仕事はこれで終わり。

源三さんが一番重い人参と茄子の入った籠を持つと、奏くんがトマト、私がきゅうり、レグルスくんがフランボワーズの籠をそれぞれ持って厨房へ。

とてとてと歩いていると、後ろから裾を引っ張る感じがあって。

レグルスくんかと思って振り返ると、誰もいない。

というか、レグルスくんは隣にいたし、何より両手はフランボワーズの籠で塞がっているんだから、私の服の裾を引っ張るなんて出来ない。

気のせいか。

それからまたとことこ歩いて厨房に今日の成果を届けると、そこで本日の庭いじり会はお開き。

海への旅行の件を詰めようと、奏くんを誘ってレグルスくんと三人でお茶することにした。

奏くんを連れ出す許可は、源三さんを通じて奏くんのご両親から得ている。

なので、持っていくものとか着るものとかの相談をしようと思って。

まあ、着るものの相談って言っても、浮き輪がいるかどうかと、水着を持っていくかどうかかなんだけど。

浮き輪も水着も、正直あるのか無いのか聞いたことがない。

あってもなくても作ればいいんだけど、奏くんが水着や浮き輪を持ってるなら、それを参考にしたいんだよね。

そんな訳でお茶を飲みながら、その辺のお話をするために、手足を綺麗に洗って、リビングへ。

その途中の廊下で、またもやツンツンと裾を引っ張られた。

レグルスくんとは手をつないでいるし、奏くんは真横を歩いてる。

なんなんだろうと裾の方に視線をやると、足元には大根が立っていた。

それもボッティチェリの「ヴィーナスの誕生」みたいなポーズの、いわゆる四肢のあるセクシー大根が。

「だいこん……」

「なんで大根が」

「それより、この大根、なんか内またただし、若さまの服にぎってるぞ？」

そう、大根が私の裾をツンツン引っ張ってる。

しかもちゃんと歩けるようで、内股気味に脚に見える根を曲げてもいるのだ。

試しに大根がツンツンしてる側の私の脚を動かすと、大根もつられて二足歩行でついてくる。

「にぃに、だいこんがあるいたよ？」

「うん、歩いたね」

「大根って歩けたのか。すげぇな」

三人で大根に拍手すると、照れているのか腕に見える部分を動かして、葉っぱが青々繁る頭部を掻くような仕草を見せた。

それに奏くんがはっとする。

「若さま、大根畑から一本無くなってた大根ってこいつかも!?」

「あ!」

歩けるから、きっと自分から畑を出てきちゃったんだろう。

時々口もないのにやたら高い声で「ゴザルゥウゥ」と聞こえるのは、この大根の鳴き声だろうか。

ていうか、大根って鳴くんだ。

驚いていると、ポンッと背後から肩を叩かれて。

びくっとして振り向くと、廊下で円陣を組んだりして。海で何するか相談かな?」

「どうしたんだい、

「ああ、いや……」

三人で大根を指差して、畑から歩いて出てきちゃったんだろうことを説明すると、ラーラさんが何だか痛そうな顔をして、眉間をもんだ。

それから、ガシッと肩を掴まれる。

「まんまるちゃん、ひよこちゃん、カナ。この世の真理を一つ教えてあげよう」

「「はい」」

「なぁに?」

なんだろう。

私もひよこちゃんも奏くんも、ラーラさんの真面目な表情に息を呑む。

「いいかい、三人とも」

「はい」

「大根は歩きも鳴きもしない」

「「「あっ⁉」」」

思わず三人で顔を見合わせたけど、そうだった！

大根は歩きも鳴きもしないんだった！

突きつけられた事実に愕然としていると、大根が小さく「ゴザルゥゥゥ」とまた鳴く。

大根じゃないんなら、これは一体なんなんだろう。

考えていると、ラーラさんの背後からひょこんとヴィクトルさんが顔を出した。

「四人とも、こんな廊下でなにやってんの？」

なにと言われても困るんだけど、レグルスくんと奏くんも同じく困ったのか、大根に視線を落とす。

それに気がついたヴィクトルさんも視線を下に向けると、大根に気づいたようで「ん？」と眉を寄せた。

「ちょっと、ラーラ。あーたんが心配なのは解るけど、子どもにマンドラゴラなんか食べさせたら興奮して夜に寝られなくなっちゃうよ？」

「マンドラゴラ⁉　この大根、マンドラゴラなんですか⁉」

「ああ、そうか。マンドラゴラなら二足歩行出来るし鳴くか」

「え、なに？　どう言うこと？」

首を傾げるヴィクトルさんに、「なるほど」と納得するラーラさん。

背後から更にやって来たロマノフ先生の笑顔が凄いのは気のせいかしら。

湯のなかで真っ白な脚を持ち上げると、なだらかな稜線を雫が流れ落ちる。

磨かれて光るような白さに、その脚線美の持ち主は、こちらに見せつけるように艶やかな脚を組み換えた。

その大根で出来た脚を。


マンドラゴラ（マンドレイク）：植物の姿をしたモンスターで、上位種にはアルラウネやドライアドなどがいる。

引き抜くときに凄まじい悲鳴をあげるが、それを聞いたものは発狂するか、運が悪ければ即死するといわれている。

しかし、その根には滋養強壮や精力増強の効果があり、ありとあらゆる病や傷、身体欠損すら癒す――奇跡の妙薬《エリクサー》の材料の一つである。

出典：ロマノフペディアより

たらいの中で悠々と、身体についた土を落とすセクシー大根は、ただのセクシー大根でなくてマンドラゴラだったらしい。

時々聞こえる「ゴザルゥウゥ」という声は、やっぱりマンドラゴラの鳴き声らしいけど、今のところなんの害もない。

あの後、ちょっとした騒ぎがあった。

私やレグルスくんや奏くんは、この大根マンドラゴラは大根畑に埋まっていたのが、何かの拍子で歩いて出てきちゃったんだろうと思っていたんだけど、先生方三人に言わせるとそれは「ありえない」そうで。

マンドラゴラは基本的には、ダンジョンとか魔素の濃度が濃い場所に生えるもので、普通の土地に生えてもすぐに枯れてしまうものだからだ。

マンドラゴラは生きていくのに、どうやらかなりの魔素や魔力が必要らしい。

当然、「なんで平地に二足歩行出来るくらい元気なのがいるわけ？」ってなるよね。

その理由を解明してくれたのは、なんとタラちゃん。

たまたまサンルームにお散歩に行くために天井を歩いていた所に、私達が大騒ぎしているもんだから糸を使って降りてきたらしく、大根マンドラゴラとしばらく見つめ合うと、驚いたことに私の部屋からインク壺と紙を持ってきて、尻尾にインクを付けてスラスラ理由を紙に書いてくれたのだ。

『いちねんまえより、こちらのおにわでおせわになっております。おっとますたーのうたにこもるまりょくをもらっていきてきて、このたびようやくじりきであるけるまでせいちょういたしました。ですのでおやくにたちたく、はたけよりあるいてまいりました』

いや、びっくり。

私の歌で大根マンドラゴラは生きていたらしい。

それよりビックリしたのはタラちゃんが字を書けたことだけど、それはレグルスくんが教えたそうだ。

屋敷にいるとき、レグルスくんは大概私といるけど、私がどうしても外せない用事があるときは宇都宮さんか奏くん、二人とも手が離せない時は屋敷にいる誰かと過ごす。

その誰かにタラちゃんも含まれていて、そんな時レグルスくんはタラちゃんに布絵本を読み聞かせていたという訳。

もうさぁ、うちのひよこちゃん才能溢れすぎじゃね？

剣術だけじゃなく、教師の才能まであるとか、天才過ぎる。

……話が逸れた。

ともかく私をマスターと呼ぶし、自分から使い魔になりに来て、私と接触を果たしたことで契約完了。

ヴィクトルさんの鑑定出来るおめめに映る大根マンドラゴラのステータスにも、見事私と契約している旨が映ったそうで。

「君は本当に目を離すと面白いことをするんだから」

「自前の魔力でマンドラゴラ育てたとか、聞いたことないんだけど」

「奈落蜘蛛《アビスタランテラ》に字を教えた幼児も聞いたことないいな」

ありがたくないエルフ先生たちの生暖かい視線を受けつつ、レグルスくんとタラちゃんは「ふんす！」と胸を張り、セクシー大根マンドラゴラは照れているのか大根っぽいのにくねくねしていた。で、それをロッテンマイヤーさんに伝えると、ロッテンマイヤーさんはお湯の入った盥《たらい》をマンドラゴラに渡して。

「若様の使い魔になるならば、身綺麗にしていただきます」

「ゴザルゥゥゥ！」

なんて会話があったかと思うと、速やかに廊下の端っこで大根マンドラゴラはお風呂……じゃなくて、盥のお湯につかって泥を落とし始めたのだ。

それで私は何をしているかというと、ロマノフ先生にお願いして部屋からミシンを持ってきてもらって、リビングで大根マンドラゴラの服を作ってたり。

だってタラちゃんが『まんどらごら、はだかです』ってノートに書くんだもん。

書かれた大根マンドラゴラも、くねくね恥ずかしそうに内股で『ヴィーナスの誕生』ポーズだし。

持っていた藍色のハンカチをちゃっちゃと裁ち切って、ズダダダとミシンをかければ、大根マンドラゴラサイズの着流しが出来上がる。

なんで着流しにしたかって言うと、鳴き声が「御座る」って聞こえるから。

「御座る」って言えばサムライでしょ。

ちなみに、同じ使い魔だし、マンドラゴラに服を作るならタラちゃんにもと思って、尻尾につけるリボンタイも作ったんだよね。

後で着けてあげよう。

「おお、鳳蝶坊器用だな」

そういってジャヤンタさんは、出来たばかりの着流しを摘まむと、廊下で宇都宮さんにタオルを渡されている大根マンドラゴラの所に持っていってくれた。

しかし、それを見ていたウパトラさんが首を捻る。

「アナタ、それ……」

「へ？　なんです？」

ヤバい、漢服があるから着物もあるかと思って作ったけど、もしかして無かった⁉

ドキドキしながらウパトラさんの言葉を待つと、同じく着流しを見たカマラさんが歓声をあげる。

「凄いな、コーサラの西族の民族衣装じゃないか。良く知ってたな！」

「え、あー……ほ、本で見たような気がして？」

思わず疑問系になった。

それに疑問を抱いたのか、ロマノフ先生が口を開こうとするのが目に入った。

しかし、掩護射撃が思わぬ方向から入る。

「そういや、ひよさまと遊んでるときに、その服みたいな絵を見たぞ」

「にぃにのおばーちゃまのほんにあったよ？」

奏くんとレグルスくんのナイスアシストに、ポンとロッテンマイヤーさんが手を打つ。

「そう言えば私も見覚えが御座います。少々お待ちくださいい、取って参りますから」

言うやいなや、ロッテンマイヤーさんはリビングから出て行くと、暫くして一冊の本を手に戻ってきた。

それをテーブルの上に広げると、確かに着物のような服を解説したページが、そこにはあって。

「……なんか、あれだな。鳳蝶坊も大概不思議だけど、坊のばあちゃんも不思議なおひとだったんだなぁ」

「そうですね。アウレア・リベルタスも元々は鳳蝶君のお祖母様のお考えから出たものだそうですし。どんなお方だったのか……」

ジャヤンタさんとロマノフ先生の言葉は、私の感想に近い。

貴方はどんなひとだったんですか、お祖母様。

湧いた疑問をロッテンマイヤーさんにぶつけてみようかと思った矢先、レグルスくんがひょこひょことマンドラゴラに近づく。

「にぃに、おなまえは？」

「んん、マンドラゴラのお名前のこと？」

「うん。なんてよぶのぉ？」

「そうだねぇ……『ゴザル』って鳴くから『ござる丸』で」

ぴしっとレグルスくんや奏くん以外が凍ったのは、なんでや？

さて、海行きが決まってからの二週間は怒濤のように忙しかった。

私とレグルスくんと奏くん以外の人が、だけど。

まず旅支度にエリーゼと宇都宮さんがてんやわんやで荷物や服を揃えてくれて、それの統括や行く場所の観光地やら私が好きそうなものを色々ピックアップして、更にEffet・Papillonの注文の整理等々をロッテンマイヤーさんがほぼ一人で片付けてくれた。

ヴィクトルさんやラーラさんは、ルイさんとシャトレ隊長に協力して、砦の運用や必要な物資の調達を請け負ってくれて。

実は私がボロボロだと思った装備は、シャトレ隊長が去年罷免された代官対策に、わざとそういう偽装を兵士たちに命じたり、自分の装備にも施していただけの、祖母から贈られた物凄く良いものだったそうな。

そこに私が全力で付与魔術をつけたもんだから、まさしく一騎当千状態になっているそうだ。

シャトレ隊長のその申告を受けて、兵士たちの装備を鑑定したヴィクトルさんがそう言ってた。

ロマノフ先生は私が軍を掌握したことと、暫く夏休みを取ることを、ロートリンゲン公爵へと伝えに行ってくれたり。

両親は相変わらず、色々な貴族に見世物的な扱いを受けているそうだ。

お誘いは尽きないから、菊乃井に怒鳴り込みに来るなら秋の終わりくらいだろうと、公爵は仰ったとか。

まあ、それは予測の範囲内だ。

それまでに気力も体力も充実させておかなければ。

バーバリアンの三人はと言えば、この機会にと武器を新調していた。

武闘会が終わって直ぐ、ジャヤンタさんは壊れた斧の破片と、ウパトラさんの曲がってしまった鉄扇を持って、ロマノフ先生に名工・ムリマの所に飛んでもらっていたんだけど、修理はやっぱり無理だった。

そこで新たに作ってもらうことになったらしいんだけど「ぱっとでの小僧だか小娘だか知らんが、ワシの武器が負けたまんまで終われるか！」と、ムリマが発憤して凄いのを誂えてくれたんだそうな。

で、私は何をしてたかと言うと。

「水着って言うのか、これ」

「そう。泳ぎやすくなるの」

「にぃに、うきわってどうするのぉ？」

「これを着けてると、お水のなかでプカプカ浮かべるんだよ」

赤白のストライプ模様のツナギにも似たレトロタイプの水着を、三人揃って着てみると、気分はなんだかもうビーチだ。

レグルスくんも私も奏くんも、ドーナツ型の浮き輪まで装備してる。

タラちゃんにもござる丸にも浮き輪を渡すと、二匹ともジタバタと何だか楽しそうに遊んでいて。

「なぁなぁ、でかい魚いるかな？」

「どうかな、いたら浜で焼いて食べられるかな？」

「おしゃかな！　れー、おしゃかなつかまえるー！」

試着を終えて普段着に着替えると、水着と浮き輪を旅支度のなかにしまう。

南国の白浜にさんさんと降り注ぐ太陽の光は、想像するだけでウキウキしてくるから不思議。

それは私だけでなく、奏くんやレグルスくんもそうみたいで、ぴょこぴょこと身体が動いてしまう。

「そう言えば」と奏くんが、にこやかに笑ったまま話し出した。

「おれさ、あたらしく『かじ』ってスキルが生えた！」

「かじ……鍛冶かな？　何か作れるってこと？」

「おう。このあいだ、じいちゃんの友だちのドワーフのおっちゃんが遊びに来てさ。ちょっと農具のなおし方とか教えてもらったら、生えた！」

「えー、かな、すごいねぇ！」

「おう、ひよさまにも今ど、スプーンとか作ってやるな」

「ありがとー！」

おぉう、奏くんは物作りの才能があったのか。それは凄い。

へへっと鼻の下をこすると、奏くんは誕生日に貰ったポーチから鉄板を取り出す。

「これでさ、バーベキューにつかったコンロ？　そういうの作れるんだぜ」

「おぉお！　凄いね！」

「えー、どうやるのぉ!?　かなー、どうやるのぉ!?」

キラキラと目を輝かせるひよこちゃんに、奏くんが得意気に「見せてやるよ」と胸を張る。

鍛冶って鍛冶場がないと駄目なんじゃないの？

そう思う私を他所に、奏くんは出した鉄板を両手で持つと、レグルスくんと私にちょっと離れるように告げる。

「ほんとはちゃんと場所がいるんだけど、おれはまじゅつが使えるから、かんたんなのならいらないんだ」

奏くんの額にじわりと汗が浮いて、両手で持った鉄板がぐにゃぐにゃと赤く柔らかくなっていく様子に、私もレグルスくんも視線が釘付け。

まるで粘土でも捏ねるようにして、奏くんは鉄板をコンロの形に変えると、今度は「ふんっ！」と気合いを入れて、鉄を冷ます。

すると、そこにはバーベキュー用の小さなコンロが見事に出来ていた。

鍛冶ってスキルはかなり便利らしい。

そういうと、奏くんが首を否定系に振った。

「これ、かじだけじゃないんだって。他にもレンなんとかいうのが二つ生えてたけど、じいちゃんの友だちのおっちゃんの話だと、おれはその二つとまじゅつが使えるから、他のかじのスキルもってるヤツよりべんりな使い方ができるんだってさ」

「へぇ、そうなんだ……」

「うん。だから金物がひつようになったら言ってくれよな。おれがかんたんなのなら作るから！」

にかっと白い歯を見せて笑う奏くんは、本当に頼れる兄貴って感じだった。

その夜のこと。

『百華は正しかったようだな』

おいでになった氷輪様が、籠に布を敷いて作ったベッドで寝ているっぽいござる丸を一瞥して仰った。

「どういうことでしょう？」

『マンドラゴラと妖精馬《ケルピー》は、共生している。この庭に一年前に根を張ったなら、その時に妖精馬《ケルピー》はこの辺りにいたということだ』

「そうなんですか？」

『ああ。マンドラゴラの頭に生える葉は妖精馬《ケルピー》の好物でな。マンドラゴラはそれを妖精馬《ケルピー》に与える代わりに、種子をそのたてがみに乗せて他所に運ばせているのだ』

なんかくっつきむしみたいだな。

でもマンドラゴラって魔素や魔力が沢山ないと、生きていけないんじゃなかったっけ。

私の心を読まれたのか、氷輪様が頷く。

『妖精馬《ケルピー》は高い魔力を持っているから、マンドラゴラの種子に少しばかり取られたところで痛くも痒くもない。妖精馬《ケルピー》が魔素の濃い場所を通ると、自然と種子が落ちる仕組みになっていてな。庭で歌っているうちに、無意識に魔力を撒き散らしていたんだろうよ』

「わぁ……」

『お前は異様に効率的に魔素を魔力に変換出来ているからな。加えて百華が長く逗留《とうりゅう》したのも作用しているんだろう』

氷輪様はふわりと藍地の星が散りばめられたように光るマントを閃かせると、少し目を伏せる。

相変わらずお美しくて、そんな何気ない動作にもため息がでそうだ。

『マンドラゴラが生えたなら、妖精馬《ケルピー》がまたこの庭にくるかも知れん。百華を手伝ってやるがいい』

「はい、必ずや」

『ああ』

姫君の憂いの一つが解消できるなら、家来としては嬉しい限りだ。

そんなことを思っていると、ふっと氷輪様が目を細めて、ふっと口の端を上げる。

『海に行くそうだな。あそこはロスマリウスの領分。奴にはお前と弟とお前の友の話を通しておく。楽しんでくるがいい』

「はい、ありがとうございます！」

『どこにいても、お前の歌は我や百華に届く。安心して旅路を行くといい』

これってどこにいても見守ってくださってるってことだよね。

恵まれてるなって、こういうときに何時も感じる。

私は少しでも、それに報いられてるのかな。

そうだったらいいなと思いつつ、私のベッドにお泊まりしてるレグルスくんの頭を撫でた。

# ひよこと蜘蛛と大根と

なつのはじめになりました。

れーのおうちに、歩いて鳴くダイコンがはえました。

でもダイコンじゃなくて、まんごらどら？　マンドラゴラ？　なんだそうです。

名前をござる丸といいます。

ござる丸はモンスターでダイコンじゃないから、たべられないんだそうです。

ござる丸はタラちゃんといっしょで、にぃにの「つかいま」です。

「つかいま」というのは、「まものつかい」のいうことをきくモンスターのことなんだとか。

よく解りませんが、タラちゃんもござる丸もにぃにのことが好きなようです。

タラちゃんとござる丸は、よく二人でお話をしています。

でも、しゃべっているのはござる丸だけで、タラちゃんはクモだからしゃべれません。

「や、ひよこちゃん。普通は大根は鳴かないし、お口は無いからね？」

「そうだった⁉」

今日はラーラせんせーと、お花に水をやる当番の日です。

ラーラせんせーの言う通りで、ござる丸はござござ鳴いていますが、ふつうダイコンには口もないしおめめもないのです。

あのござござは、どこから出てきているのでしょう？

「ん？　言われてみればそうだね。どこからあの鳴き声が出てるんだろう……？」

「ラーラせんせーもわかんないの？」

「うーん。ヴィーチャなら解るかも知れないよ？」

「ヴィクトルせんせー？」

ヴィクトルせんせーはにぃにのお歌のせんせーで、れーとかなのまじゅちゅのせんせーです。

おめめには【鑑定】というスキルが付いていて、何でも分かるんだそうです。

でも最近、見えすぎて困るからって眼鏡を掛けていることが多くなりました。

かなはそれを「あれ、ロウガンっていうんだぜ。じいちゃんも遠くはよく見えるけど、近くが見にくいって眼鏡かけてる」って教えてくれました。

若く見えるけど、ヴィクトルせんせーとロマノフせんせーとは、同じくらいの歳のおじいちゃんなんだそうです。

ヴィクトルせんせーはロウガン。

それなのにおめめを使って大丈夫なんでしょうか？

れーがそう言うと、ラーラせんせーが「ブハッ」とふき出しました。

「ろ、老眼⁉　ヴィーチャが老眼⁉」

ラーラせんせーは「あはははは！」とお腹を抱えて、涙が出るほど笑っています。

何が面白かったんでしょう？

解らなくって、こてんと首を傾げるとラーラせんせーは涙を拭いて首を振ります。

「大丈夫だよ。四百歳超えたくらいじゃ、エルフとしてはまだまだ若い方だから」

「ロマノフせんせーも、おじいちゃんじゃないの？」

「アリョーシャがおじいちゃん……⁉　ぷっ……だめだっ……お腹痛い……ぅくくっ……！」

そう言うと、ラーラせんせーは笑いながらお腹を押さえてうずくまってしまいました。

ラーラせんせーの笑いのツボは、よくわかりません。

ラーラせんせーがそうやって笑っているうちに、れーがお花の水やりを終わらせたので、ラーラせんせーが後片付けをしてくれることになりました。

なので、れーはヴィクトルせんせーの所に行くことにしました。

ロウガンでないなら、ヴィクトルせんせーにござる丸のお口とおめめがどこにあるのか見てもらいたくて、お願いすることにしたのです。

「ござるまるー！　あーそーぼー‼」

お庭の奥にある森に向かってござる丸を呼びます。

いち、にー、さん、しー、ご。

きっかり五つで、ぴょこんっとござる丸が野バラの植え込みから、緑の葉っぱがふさふさの頭を出しました。

「ござるまる、ヴィクトルせんせーのところにいくよ」

「ござー？」

ござる丸はおめめもお口もない頭を傾げると、れーに枝なのか根っこなのか解らない、とにかく手のように見える部分を差し出します。

それを握ると、れーはござる丸と並んでお屋敷へと歩きます。

ござる丸はれーより小さいので、歩くのもちょっと遅いです。

だから、おうちの中に入るまで、いつもより時間がかかりました。

ござる丸はにぃにが作った「着流し」という服を着ていますが、足元ははだし。

だから白い足？　根っこ？

もうよく解らないから足で良いです。

濡らして固くしぼった布で、ござる丸の足を拭いてからおうちに入ります。

すると、みょんっと天井からタラちゃんが降りてきました。

タラちゃんは足と尻尾に雑巾を着けています。

天井掃除のお手伝いをしていたようです。

れーとござる丸をじっと見たあと、タラちゃんはいそいそと足に着けた雑巾を尻尾に括りつけて、糸を使って字を書きました。

『どこいくですか？』

「ヴィクトルせんせーのとこ。ござるまるのおめめとおくちがどこにあるのか、みてもらうんだ」

れーがそう言うと、タラちゃんはござる丸の方を見ました。

それからまた糸を使って空中に字を書きます。

『のる、しますか？』

「うん。ござるまるものせて？」

『はい』

尻尾を揺らして、するりとタラちゃんが天井から降りてきます。

乗りやすいようにぺたんと姿勢を低くしてくれたので、れーは遠慮なくタラちゃんの背中に乗ると、ござる丸をお膝に抱えます。

「しゅっぱーつ！」

「ござー！」

万歳するように両手を上げると、タラちゃんがしゃかしゃかと走り出します。

でも廊下は走っちゃだめってロッテンマイヤーさんがいつも言ってるので、走るのは壁です。

タラちゃんはとても早くて、しゅたたたたっと走ると、すぐにヴィクトルせんせーのお部屋に着きました。

扉の前で降ろしてもらうと、れーはヴィクトルせんせーのお部屋のドアをノックします。

「こんにちはー！　ヴィクトルせんせー！」

しばらく待ちましたが、中からお返事がありません。

なのでもう一回呼んでみましたが、やっぱりヴィクトルせんせーは出てきてくれません。

もしかしてお留守でしょうか？

もう一回叩いてみよう。

そう思って手を握りしめた時でした。

「あれ？　レグルスくん、どうしたの？」

「にぃに！」

れーが来た方の廊下の先で、にぃにが立っていました。

お勉強が終わったのでしょうか？

とにかくれーはにぃにと会えたのが嬉しくて、とことこと早足で近付くと、ぎゅっとにぃにに抱きつきます。

朝ごはんを一緒に食べた後、にぃにはロマノフせんせーとのお勉強があって、れーはラーラせんせーとお花の水やりをするためにお別れして、ようやくまた会えたのです。

ぎゅっぎゅとにぃにのお腹に顔を埋めていると、にぃには頭を撫でてくれました。

にぃにのお腹は、初めて会った時はぽよんぽよんのふかふかだったのに、今はぺたんこでふにふにです。

ラーラせんせー、にぃにのお腹は伸びるって言ったのに、全然伸びないのです。

騙されました。

れーはラーラせんせーのことは好きですが、それはちょっと怒ってます。

嘘はだめです。

にぃにのお腹のことを思い出すと、れーのお口は自然と尖ってしまいます。

うちゅのみやは、そういうときのれーのお顔を「しょっぱいお顔」と言っています。

そのしょっぱいお顔でにぃにを見上げると、笑顔のにぃにの肩越しに、笑いを堪えるようなロマノフせんせーが見えました。

れーはいつか、このおいたんを越えるのです。

にぃにが一番頼りにするのは今はこのおいたんですが、このおいたんを越えて一番にぃにが頼れる存在になるのです。

決意を込めて見ていると、ロマノフせんせーも「良いですよ」と真面目な顔で頷きました。

「へ？　良いですよ？」

ロマノフせんせーの言葉を聞いたにぃには、何の事か解らなかったようで首をこてんと傾げます。

するとせんせーは誤魔化すように笑いました。

「ん？　レグルスくんも授業に参加させたいのでは？」

「あ、はい。ありがとうございます」

授業？

今度はれーが首をひねる番です。

なんの事かと思っていると、にぃにがれーの頭を撫でてからタラちゃんとござる丸を呼びました。

「ござる丸ってお口もおめめも何処にあるのか解らないでしょ？　授業として調べてみようかってお話してたんだ」

「それでござる丸君を呼びに、庭に行こうとしていたところですよ」

「ござるまるのおめめとおくち！　れーもわかんないから、ヴィクトルせんせーにみてもらおうとおもったの！」

「そっか。レグルスくんも知りたかったんだね」

「うん！」

なんと、にぃにもござる丸のお口とおめめが何処にあるのか、知りたかったんだそうです。

でもヴィクトルせんせーはお留守のようです。

どうやって調べるんでしょう？

れーがそう言うと、ロマノフせんせーは持っていた本を、れーとにぃにに見せます。

「これはモンスターの図鑑なんですが、マンドラゴラが書かれたページがあります。先ずそれを調べてみましょう」

図鑑はにぃにのおばあちゃまのお部屋で見たことがあります。

色んな物を詳しく説明したご本のこと。

授業はにぃにの部屋でやるそうで、にぃにと手を繋いで、反対側の手でござる丸と手を繋いで、ござる丸はタラちゃんに乗って歩き出します。

「モンスターの図鑑なんてあるんですね」

「えぇ、大分古い物ですが。魔生物学は中々発展しないんですよね。ほら、研究する対象が中々捕まらなかったり、人工的な繁殖が難しかったりで……」

「魔物使いがいるのにですか？」

「魔物使いにとって使い魔は己の武器です。魔物の生態を明かすことは、武器の性能を明かすことと同じですから、あまり協力的ではないですね」

「ははぁ。じゃあマンドラゴラやアビス・キメララクネの生態とかは……」

「謎に包まれているといっても過言ではないですね」

にぃにとロマノフせんせーのお話はちょっと難しかったですが、ようはモンスターのことはあまり解ってないってことでしょう。

ぽてぽてと一番ゆっくりなござる丸に合わせて歩いて、階段も上って、それから廊下をてくてく歩くとにぃにのお部屋に着きました。

にぃにのお部屋はいつもお片付け出来ていて、凄く良い匂いがします。

それはお花が飾ってあるからで、お花はにぃにの歌を毎日聞いているから、そのお礼に凄く良い匂いを出しているのと、近くにいる精霊さんたちが、お花のお手伝いしているからだそうです。

ヴィクトルせんせーが言ってました。

つまり、れーのにぃには凄いということです。

「さて、始めましょうか」

「はい」

「はい！」

「ゴザルッ！」

お勉強は本当は机と椅子でするものですが、今日はござる丸のことを調べるので、床に敷かれたラグに皆で座ります。

そうすると、ロマノフせんせーが図鑑をにぃにに渡しました。

「マンドラゴラのページを開けてみてください」

「はい」

にぃには図鑑を受けとると、表紙を開いて、それからぱらぱらとページをめくります。

沢山字が書いてあって、れーにも読めるのもありますが、読めないのもあって。

でもにぃには全部読めているようで、あっというまにマンドラゴラの載っているページを開きます。

そこには何だか不気味な形の、やせほそったダイコンが描いてありました。

ござる丸は大根だけど、なんだかぷくぷくしていて可愛いのに、絵のダイコンはねじくれて気持ち悪いです。

「ござ〜？」

『わたしはこんなかたちですか？』いってます』

ござる丸本人もなんか違うと思ったのか、ふるふると葉っぱの付いた頭を振るのを、タラちゃんが糸で通訳してくれます。

お隣のにぃにも「え？　予想外」と呟いています。

すると、ロマノフせんせーが図鑑の文字を指差しました。

「これはどうやら、土から引き抜いた時のマンドラゴラを描いたものみたいですね」

「あ……本当だ。土から抜かれるとマンドラゴラは死んでしまうから【死の絶叫】を上げる。【死の絶叫】を上げたマンドラゴラは不気味な姿になってしまうって書いてますね」

土から引き抜かれるとマンドラゴラは死んでしまう!?

れーはビックリしてござる丸を見ました。

だってござる丸は土から歩いて出てきています。

「ござるまる、つちからでてるよ……？」

土から引き抜かれると死んじゃうなら、この生きてるござる丸はなんなのでしょう？

もしやダイコンのゾンビ……？

ダイコン、腐っちゃう？

そんなことを思っていると、にぃにが頭を横に振りました。

「無理矢理引き抜いたらってダメって。自分で土から出る分には全然平気って書いてあるよ」

「よかった！」

「ござるぅ」

一安心です。

ほっとすると、益々おめめとお口がどこにあるのか気になってきます。

なのでにぃにに図鑑の続きを読んでもらうことに。

「えぇっとね……。マンドラゴラは湿気や熱に敏感で、大雨が降るようだと湿気で判断した場合や、土や大気の温度変化で山火事等を察知した場合は、自分の足でその土地から逃げだしたりもする……。凄いな」

「ござるまる、すごいねぇ」

「ゴザッ！」

にぃにの声に合わせて、ござる丸がビシッと背を伸ばします。

するとロマノフせんせーが首をひねりました。

「うーん。鳳蝶君、ござる丸君を呼んでみてください」

「へ？　ござる丸？」

「ゴザッ！」

ござる丸が手をあげてお返事します。

それを見てロマノフせんせーはもう一度首を捻って、今度はれーにござる丸を呼ぶように言いました。

「ござるまる？」

「ござー？」

やっぱりござる丸は、お手手を上げて返事します。

にぃにと顔を見合わせていると、ロマノフせんせーが「やっぱり」と言いました。

「やっぱり……？」

「はい。ござる丸君は君とレグルス君とで、鳴き方というかお話の仕方を変えていますね」

「え？」

「へ？」

どういうことでしょう？

にぃにと二人でこてんと首を傾げると、ロマノフせんせーが説明してくれました。

なんでもれーやにぃにには同じ鳴き声に聞こえましたが、エルフのお耳には違いが解ったそうです。

れーとお話しするときのござござは、にぃにとお話しするときのござござより、ちょっと気が抜けた感じだとか。

それはござる丸の中で、にぃにはご主人様で、れーはお友達くらいの感覚だからじゃないか、ということです。

『ひよさまはだいじなおとーとさま、わかるしてます』

「そう、レグルスくんは私の大事な弟だよ。ちゃんと解ってくれてるんだね」

「れーはにぃにがだいじ！」

ぎゅうっとにぃにに抱き付くと、タラちゃんが尻尾をふりふりします。

ござる丸もござござ鳴きながらぴょんぴょん跳ねます。

二人の頭をなでなですると、にぃにはまた図鑑を読んでくれます。

「マンドラゴラの身体の構造は、植物のそれとほぼ同じで……って、同じだったら歩けないんでは？」

「そうですね」

「おはなはござございわないよぉ？」

「そもそも【死の絶叫】も無理な話です」

「……この図鑑、間違ってるんじゃないです？」

「そうでしょうね。だって【死の絶叫】を上げたマンドラゴラは死んでいます。死んだマンドラゴラはただの植物ですから」

「ああ……そういう……」

うんうんとにぃにが頷きます。

どういうことでしょう?

れーが聞くと、にぃにが「生きてるマンドラゴラを、誰もちゃんと見たことがない」ってことだよって教えてくれました。

「生きているマンドラゴラを見られるのは、貴重なことですよ」

にっこりとロマノフせんせーも笑います。

にぃにはやっぱり凄いのだと、れーはとっても誇らしくなりました。

でも疑問が一つ。

結局、ござる丸のおめめとお口はどこにあるんでしょうか?

「ござるまる、おくちはどこにあるのぉ?」

「ござ~?」

れーは思いきってござる丸に聞いてみました。

するとの葉っぱが付いた頭の下、緑になっているところより少しだけ下がった辺りの真ん中にぽっかり穴が空いて——。

「ひょえ!?」

「ぴぇ!?」

「……っ!?」

この日、れーは知らない方が良いことが世の中にはあることを知りました……。

# 姿は乙女《ラ・ピュセル》、心は騎士《シュヴァリエ》

〝お父さん、お母さん、お元気ですか……〟


そんな文章を、ヴィクトル先生からもらった凄く上等な便箋に書こうとして、やっぱり止めて。

うちの両親は字が読めないけど、この便箋は書いた人の声で文章を読み上げてくれる勝《すぐ》れもの。

話し言葉で書いた方がいいのかな？

なんか解んなくて、はふっとため息ついでに便箋から顔を上げると、同じように便箋から顔をあげたステラちゃんと目が合う。

「凛花ちゃん、書けた？」

「うぅん。書き出しをどうしたら良いか解らなくて……」

首を横に振ると、横に座っていたシュネーちゃんも顔を上げると、首をこてんと傾げた。

「そうだよねぇ、手紙なんか書いたことないもん……」

「んー、『私は元気だよ』だけじゃダメかな？」

「でもヴィクトル先生、なんでも良いから今の自分のこと書いた方がいいって言ってましたよ？」

リュンヌちゃんや美空ちゃんも、まだ何にも書けていないようで、手元にある便箋は真っ白。

お父さんとお母さんに話したいことは沢山あるのに、文章にしようとすると、どうしても戸惑ってしまう。

それは皆同じみたいで、全員ペンを持つ手が止まっていた。

私たちは、去年の冬、菊乃井にやって来た。

来たくて来た訳じゃない。

騙されて連れて来られたの。

一昨年の終わりから去年の始めに、凄く怖い病気が流行って。

私の家はお父さんとお母さん、まだ小さい妹と弟、お祖父ちゃんと暮らしてた。

だけど流行り病でお祖父ちゃんが亡くなり、お父さんが寝込んで、どうにか色んな人からお金を借りて、お薬を買った。

お陰でどうにかお父さんは助かったけど、暫《しばら》くは働けない。

お母さんの内職では食べていくのも厳しくて、借金が益々嵩《かさ》んで、弟や妹は毎日ひもじくて泣いていたっけ。

そんなある日、街から口入れ屋さんがやって来た。

その口入れ屋さんは『帝都でお針子の仕事を斡旋《あっせん》している』っていって、貧乏な家の女の子に声をかけていた。

勿論、私の家にも。

私は一も二もなく飛び付いた。

だって弟や妹がお腹を空かせて泣いてるし、私だって手伝ってるけどお母さんは朝早くから夜遅くまで働いて、倒れちゃうんじゃないかと思うくらい、ずっと無理をしてたから。

私が口入れ屋さんと帝都に行くって決めたと話すと、お父さんとお母さんは「申し訳ない」って泣いたけど、私は何にも心配してなかった。

だって口入れ屋さんは親切だったもん。

前金だって沢山両親に渡してくれたし、私の勤めることになるお店から、お店の都合で私を簡単に辞めさせたり出来ないよう、契約書を先に取ってきて、お父さんに渡してくれたの。

帝都に向かう道すがら、他所の村から集められた美空ちゃんやシュネーちゃん、ステラちゃんやリュンヌちゃんとも合流して。

皆、私と似たような境遇だった。

家族を養うために、帝都で頑張ろう。

そう言って意気投合したんだっけ。

なのに、口入れ屋さんは私たちはを帝都に連れていってくれなかった。

それどころか最初は丁寧だった言葉遣いが、どんどん汚くなって。

騙されたんだって気付いた時には、私たちはどこかの街道で、柄の悪そうな男の人達に囲まれて野宿させられてた。

怖かった。

これからどうなるのかも、何処にいくのかも解らなくて。

皆で肩を寄せあって凌《しの》いでいたのは、寒さだけじゃなく不安や恐怖もだったと思う。

それが変わったのが、街道を歩いて歩いて、少しだけ賑やかな街に入った最初の夜。

泊まったのは宿屋じゃなくて、今にも壊れそうなボロ屋だったけど、雨風がしのげるだけ野宿よりはずっとましだった。

街だし、皆で逃げようって話したけど、それを察したのか口入れ屋さんに、私達が逃げたらお父さんやお母さんが酷い目に遭うって脅されて。

口入れ屋さんがお父さんたちに渡した契約書は、私達を奴隷として売り払う契約で、騙されたってお役所に泣きついても取り合ってもらえないようにしてあるって、ガハガハ笑ってたっけ。

皆、悲しくて悔しくて辛くて、身体を寄せあって泣きながら眠ってた。

そこにドカドカと沢山の足音と怒号。

何が何だか解らないうちに、気がつくと私たちは冒険者ギルドに保護されていた。

「最初、大勢のひとの前で歌って踊るって言われて、凄く嫌なことさせられるのかと思ったけど……」

「裸みたいな衣装で男の人の相手をするんだって思ったよね」

リュンヌちゃんとシュネーちゃんが笑う。

私も実はそう思ってた。

あれは冒険者ギルドに保護されて、二日経ったくらいだったかな？

ギルドに凄く綺麗なお顔のエルフさんがやって来て。

エルフさんなんて、普通田舎になんか来ないんだよ。

人間のことを馬鹿にしてるからだって、お祖父ちゃんは言ってたかな。

ヴィクトル・ショスタコーヴィッチと名乗ったその人は、私たちに「君たち、大勢のひとの前で歌って踊るって出来る？」って尋ねた。

当然私たちは首を横に振ったけど、お給料出してくれるって聞いて、どんな仕事でも家族のためになるならって頷いたのよね。

ステラちゃんと美空ちゃんがクスクス笑う。

「先生、私達があんまり暗い顔してたから直ぐ誤解してるって気がついてくれたね」

「そうでしたね。ちゃんと詳しく話してくれたし、『嫌なら無理強いしないからね』って言ってくれましたし」

私たちにヴィクトル先生は、私達をここに連れてきた口入れ屋さんは実は無免許の奴隷商だったこと、私達が保護された街が「菊乃井」というご領主の治める街であること、そこの次期ご領主である「若様」が町起しのために合唱団を作ろうとしていること、色々。

それで大体のことは解ったけど「なんで私達なんですか？」って訊いたら、ヴィクトル先生はとても困ったような顔をして。

『君たちには申し訳ないけど、ご実家の様子を調べさせてもらったよ。そしたらとてもじゃないけど、君たちをお家に帰せない状況だった。今、君たちをお家に帰したら、また売りに出されてしまうからね』

きっぱりはっきり言い切られちゃった。

そう、うちの状況じゃ、あの時口入れ屋さんの話に乗らなくたって、そう遠くない内に別の人買いに私は売られてたと思う。

だって弟や妹は幼くて、仮令売られた先がマトモな商家だったとしても、あの子たちにはきっと耐えられない。

それに比べて私は、後二、三年もしたら大人だもん。

そりゃあどっちを売りに出すかって言われたら、私の方だよね。

そして、そういう状況にあるのは私だけじゃなくて、リュンヌちゃんたち皆もそうだった訳で。

ヴィクトル先生はそんな私達の状況を「良くない」って思ってくれたんだそうだ。

お祖父ちゃんから聞いた話だと、エルフさんは人間なんか馬鹿にしてて、凄く愚かだから嫌ってる筈なのに、ヴィクトル先生はとても優しい。

それはでも、この菊乃井の若様のためだって言ってたっけ。

『君たちの境遇を知れば、あの子はなんとかしようと無理を重ねるだろう。それじゃあ、大人の僕たちがあの子の傍にいる意味がないんだよ。だから君たちのことは、僕がやる』

穏やかに、けれどはっきりとヴィクトル先生は請け負ってくれて。

それで人前に出るのだからと、同じエルフのラーラ先生を連れてきてくれた。

どこに出しても恥ずかしくない、立派な歌姫になれるように。

それからは貴族のご令嬢のように扱われて、歌もだけどダンスも字も行儀作法も、全て教えてくれた。

今だって勉強中だけど。

それで……ああ、そうだ。

帝都で開かれる音楽コンクールに出ようって話になったんだっけ。

あれは合唱団としてステージに立つのに少しは馴れた、一の月の中頃。

ルイさんというおじさん？　お兄さんかな？

ヴィクトル先生を頼って菊乃井にやってきた、ピアノを弾く人が、私たちに名を揚げるならそれに出れば良いって教えてくれたんだよね。

あの頃はある程度お金が貯まったら、合唱団を辞めてうちに帰ろうと思ってた。

そのためには菊乃井にもっとお客さんがくるようにしなくちゃいけない。

私達が有名になったら、きっと菊乃井は儲かる。そしたら私たちも沢山お金を稼げる。それで早く家に帰れる。

そんな風に単純な考えだったけど。

「……最優秀賞貰えて、本当に良かった」

「うん。若様のお手伝い、少しは出来たかな？」

「マリアお姉様も、私達が頑張るのが一番のお手伝いって仰ってましたし」

「ヴィクトル先生もラーラ先生もルイさんも誉めてくれたよね」

「エストレージャさんたちからは、お礼言われちゃったし」

私は独り言のつもりだったけど、聞こえちゃったのか皆が賑やかに答えてくれた。

ああ、若様のことも手紙に書かなきゃ。

若様に初めてあったのは、年が明けてしばらくしてから。

ヴィクトル先生に連れられてやって来た『あの子』は、私の弟より小さい子だった。

凄くびっくりしたのを覚えてる。

だって菊乃井の町起しのために料理を考えたり、合唱団を考えたりって、そんなの私の弟には出来ないもん。

最初は貴族だから特別なんじゃないかと思った。

だって貴族って、私達平民から取り上げた税金で好き勝手贅沢に過ごしてるってお父さんたち大人が言ってたもの。

家庭教師にはこの帝国の英雄が付いてるんだし、私達平民とは違うんだって思った。

若様とルイさんが話してたことは正直難しかった。

でも、若様が領地を豊かにして、貧乏だからって私達みたいに騙されて売られるような人が出ないようにしたいって思ってるっていうのは解った。

それにお父さんやお母さんみたいに、字が読めないことで騙されるのを防ぐために、領民皆に学問をさせたいことも。

凄いなって思った。

だって私よりも、弟よりも、若様は小さいんだよ?

なのに大人が出来ないことをやろうとしてる。

そしてそのためにコンクールで私達が勝てるように、衣装を作ってくれるって。

貴族だからお金があるんだなってその時は思ってたんだけど、後から布からアクセサリーから全部若様の手作りで持ち出しだって聞いたんだっけ。

若様は、大人が言ってる貴族と何か違う。

どう違うかまでは上手く言えなかったけど。

それもまあ他人事のようには感じてたかな。

でもコンクールが始まる少し前。

いつものようにカフェで歌って休憩してる時のこと、カフェのオーナーさんが頭に包帯を巻いた冒険者さんと一緒に楽屋に来て。

まだ包帯に血の滲む頭をガバッと下げた冒険者さんは、顔をあげると鼻水と涙でグシャグシャになっていた。

その冒険者さんは前の日、ダンジョンでモンスターに襲われて、命がけで戦って勝ったそう。

それと私達がどう結び付くのか解らなかったけど、冒険者さんがいうには、助かったのは私達のお陰らしい。

『モンスターに囲まれて、もうダメだって思った。でもその時に、不思議と君らのことを思い出したんだ。君らの歌を死ぬ前にもう一度聞きたいって。そしたら今度は生きて帰ったら君らの歌が聞けるって思えてな。どこからともなく力が湧いてきたんだ』

冒険者さんは『君らは故郷に置いてきた妹と同じくらいの歳なんだよ』と、ほろ苦く泣き笑っていた。

私達の歌が、この人を助けた？

その時の私は、うぅん、私だけじゃなくシュネーちゃんも美空ちゃんも、ステラちゃんにリュンヌちゃんも、皆、唖然としてたよね。

だって私達、自分のことだけで精一杯で、皆に喜んでほしくて歌ってた訳じゃなかったもん。

それでも……、それなのに……。

あの衝撃は多分一生忘れない。

その日から、ヴィクトル先生の言うには私達の歌は明らかに変わったそうだ。

『あのままならコンクールで最優秀賞なんて、まず無理だったよ』

『良いご経験をなさいましたわね』

私達が冒険者さんとの話をすると、ヴィクトル先生はそう苦く笑い、一緒に聞いてくれたマリアお姉さまは優しい目で笑ってくれた。

『ラーラ先生から聞きましたけれど、優しい世界を作るというのは難しいことですわ』

ため息を吐くお姉さまは綺麗だけど、私には言葉の意味が解らなくて。

私だけじゃなく、ラ・ピュセルの皆全員解ってないのが伝わったのか、お姉さまは憂い顔で教えてくれた。

『だって今の世界で満足している人は、変わることを嫌がる筈ですもの。きっと鳳蝶さんの敵はご両親だけでは済みませんわ』

敵。

その言葉にドキッとした。

若様はご両親と仲が悪くて、ご両親は税金で贅沢する悪い貴族で……って、カフェにくる冒険者さんから聞いたことがある。

コンクールと同時に開かれる武闘会にエストレージャさんが出てるのも、お隣の悪い貴族をコテンパンにやっつける若様の作戦の一つだって、エストレージャのお兄さん達が言ってた。

正しいのは若様の筈なのに、どうして若様の邪魔をするの？

私の疑問に答えてくれたのは、ラーラ先生だった。

『まんまるちゃんにはまんまるちゃんの、向こうには向こうの正しさがあるからだよ』

私にはよく解らなかったけど、ようは相手にも言い分はあるってことなんだと思う。

でも私は同じ暮らすのなら、若様のいう「優しい世界」の方がいい。

それは皆も同じ気持ち。

私達に何か出来ることはないのかな？

夜遅くまで皆と話し合ったけど、結論はやっぱりコンクールで最優秀賞を取ることだった。

だからお姉さまに私達は全力で挑むことを伝えると、お姉さまは少し驚いた後、柔らかい微笑みを浮かべて『わたくしも全力で参りますけれど、戦うよりも手を繋ぎませんこと？』と、コンクールの秘策を授けてくれて。

ヴィクトル先生もラーラ先生も驚いていたけれど、やってはいけないルールはないそうだからと、二人とも背中を押してくれたっけ。

なんで協力してくれるのか、お姉さまに訊いたら『わたくしにもお守りしたい方がいますの』って言ってた。

その方を守るためには、一人でも多く仲間がいる。若様にも仲間になってほしい。だから若様には強くなってもらわなければ困るのだ、と。

強くなるって、どういうことだろう？

首を傾げる私達に、お姉さまは手っ取り早く言うなら、菊乃井が豊かになることだと教えてくれた。

それは私達の目標とも合うし、若様の願いでもある。

『わたくしは姿は歌姫ですが、心は御方《おんかた》の騎士なのです。武器を持たぬ戦いをするのですわ。あなた方もその気概をお持ちなさいまし。我らは武器を持たぬ騎士なのです』

そう言い切ったお姉さまのお顔は、女神様のように綺麗だった。

私達は武器を持たない騎士。

その言葉にラーラ先生は「言い得て妙だね」と笑った。

私達ラ・ピュセルは、歌で人の心を獲ることが出来る。

私達に心を獲られた人は、きっと若様の味方になってくれるだろう。領土を増やすのと同じくらい凄いことだって言ってた。

それはきっと、若様や菊乃井を強くして守ることに繋がるんだ。

「私達は武器を持たず戦わない。でも歌で心を獲ることが出来る……」

ぽつりと呟けば、皆が私を見て頷く。

そっと手を差し出すと、シュネーちゃんが私の手に自分のを重ねて、その上にステラちゃんが手を重ねる。するとリュンヌちゃんがその上に、美空ちゃんも同じ様にリュンヌちゃんの手に自分の手を重ねた。

「私達は姿は乙女、心は騎士！」

「おー！」と皆で声を合わせて勝鬨《かちどき》を上げる。

そして顔を見合わせると、誰ともなく声を上げて笑いだした。

「おかしいの！　手紙書いてただけなのにね！」

「本当。皆、おんなじこと書いてたのかな？」

「かもねぇ。書き終わったら読ませてよ？」

「皆で読みあいっこする？」

「うん、いいね！　やろうよ！」

きゃらきゃらと明るい声が尽きない。

私達はラ・ピュセル。

姿かたちは可憐な乙女でも、心は「優しい世界」を開くための騎士だもの。

そうそう、若様に教わったんだけど、異世界では騎士を「シュヴァリエ」っていうらしい。

お父さん、お母さん、私は菊乃井で皆と一緒に頑張ります。

私は乙女《ラ・ピュセル》で騎士《シュヴァリエ》なのだから。

# 忠実なる守り役と忠実なる役人の邂逅

その方が屋敷をお訪ねになったのは、小雪ちらつく冬の日でした。

遥か北方の国・ルマーニュ王国からヴィクトル・ショスタコーヴィッチ卿を頼りに、帝国へと亡命してこられた方で、宰相閣下からのお手紙を携えておられました。

その様な方がいらっしゃるというのは、お家の一大事でもあります。

ですので若様にご相談をと思いましたが、ヴィクトル様とロマノフ様、ラーラ様に止められました。

曰く、事を誤れば若様に迷惑がかかると。

兎も角、今のところは静観してくれと仰られ、お三方はその方を菊乃井の宿屋にお預けになりました。

気にはなりましたが、若様のおためにならぬやもしれぬと言われては、そこは引くより致し方ありません。

ただ風と雪避けに被っていたフードから覗く、凍てついて疲れはてたような眼が、ひどく印象に残り、胸が痛みました。

次にその方にお会いしたのは、二の月の手前あたりでしょうか。

若様に連れられ、正式なお客様として屋敷にいらっしゃいました。

ルイ・アントワーヌ・ド・サン＝ジュスト様。

ヴィクトル様の仰ったように、ルマーニュ王国から亡命してこられたそうですが、その理由が大貴族の不正を許さなかったことで不興を蒙り、冤罪をかけられたのだとか。

先生方がサン＝ジュスト様の件を口止めされたのは、冤罪を晴らす算段があの時には立っていなかったからだそうです。

若様にご紹介なさったということは、その目処が立ったということでしょう。

菊乃井には有能な代官がいる。

若様の意図を正確に受け止め、ご両親に悟らせずに若様や領民が作り出した富を分配することの出来る代官が。

しかし、それがなるかならぬかは若様次第だったそうです。

ヴィクトル様の仰るには、サン＝ジュスト様は有能ではありますが、それ故に仕える主は選びたいとの希望があったのだとか。

祖国を自身の欲得しか考えられぬ大貴族に追われ、無念と失意を抱えて亡命した先の帝国も、腐敗の度合いは大して変わらない。

最早政治に情熱が持てないとまで、サン＝ジュスト様は絶望されていたそうで、その熱を再び甦らせるに足る人物でなくては出仕する意味がない、と。

そのサン＝ジュスト様を、若様は屋敷に招かれた。

それはつまり、若様をサン＝ジュスト様はお認めになったということなのでしょう。

あの方の目はもう凍てついてはいませんでした。

それどころか、鋭く強い射るような光を放っていたように思います。

それから暫くして、再びサン＝ジュスト様が屋敷をお訪ねになりました。

しかしそれは若様でなく、私《わたくし》に用があるとの事で。

「貴方が、アーデルハイド・ロッテンマイヤー様ですかな？」

「左様で御座いますが、私は単なる使用人。ロッテンマイヤーと呼び捨てていただければ……」

「ではロッテンマイヤーさん、と。貴方は我が君の育ての親も同然の方。呼び捨てなど出来ません」

「育ての親だなどと、そのような不敬な……」

「何故です？　我が君もそのように仰っておられた。この度も我が君より、領地の事は私より詳しい部分があるから意見を聞いてほしいと……」

「まあ……」

育ての親などと言われると、私は嬉しさもありますが、申し訳ない気持ちが勝ります。

私も含め、この屋敷の使用人は皆、若様に酷いことばかりをしてきたのです。

そう申し上げますと、サン＝ジュスト様の片眉が上がりました。

「どういうことです？」

「それは……」

サン＝ジュスト様は、あらかじめヴィクトル様より、若様と奥様・旦那様の関係を聞いていたそうです。

その上、ロマノフ様より私が若様の家庭教師をお願いするに辺りお話し申し上げたことも、お聞きになっていらっしゃいました。

だから若様の癇癪《かんしゃく》を止められなかったことであれば、致し方ないのではないかと仰ってくださいました。

しかし、私達の罪はそのような事ではないのです。

「……今の若様は、改心したのでなく、諦めてしまわれたのだと思うのです」

「諦めた？」

「はい。ご病気前の若様は、私達大人を試しておられたのでは……と。どこまで我儘を許されるか、どこまで共に居ようとするのか……」

若様のお望みはご不興を買ったとしても、真に自分を想い諫めてくれる存在を側におくことだったのではないかと。

しかし、私達は唯々諾々と若様に場当たり的に従うだけで、本当に若様に寄り添っているとは言えない存在でした。

しかし、一度「このままでは若様のおためにならない、どうかお諫めください」と旦那様にも奥様にも申し出ましたが、返ってきたのは「嫌なら辞めよ。後任は必要ない」の一言で。

辞めたとして、誰がその後若様をお育て申し上げるのでしょう？

それを思えば、それ以上若様の事を旦那様にも奥様にも相談する訳にもいかず……。

「唯々《いい》諾々《だくだく》と従うよりなかった、と？」

「相談が苦情と受け止められて解雇されれば、若様をお守りすることが出来なくなります」

「なるほど」

サン＝ジュスト様は重々しく頷かれました。

この屋敷にいる者は皆、大なり小なり大奥様にご恩があり、そのご恩に報いるために若様のお側にいる節もございます。

けれど、私にせよメイド達にせよ、男衆にせよ、皆、幼い頃不遇だったのです。

料理長は親に暴力を振るわれ、怒声を浴びせられて育ったせいか、子供のだとしても怒鳴り声に怯みますし、お針子のエリーゼは父親の解らぬ娘として母子共々村八分にされて育ちました。

馬丁のヨーゼフにしても、ぐずでのろまと苛められて育ったそうです。

私も口減らしで売られたのですが、それは建前。

父を亡くして母と二人で暮らしていたところに、転がり込んできた母の情夫に乱暴されかけたのです。

私はどうにか逃げおおせましたが、それを母に訴えたところ、母は私を平手打ちして「泥棒猫！」と詰《なじ》り、私を人買に売り払いました。

そんな普通ではない幼少時を過ごした私達には、若様にどのように接すればいいのか解らなかったのです。

「抱き締めてお話しを真摯に聞いてさしあげれば良かったのです。たったそれだけの事が、私達には出来なかった」

「お立場がありましょう」

「かもしれません。ですが、それに気付いたのも、若様の命が明日をも知れぬとなってからでした」

手遅れになる前に、どうして若様を抱き締めてお諫めする勇気が湧かなかったのか。

喪うとなってから初めて私達大人は、私達が幼い頃してほしかったことを思い出したのです。

「奇跡的に若様は助かりました。けれど、もう、私達を諦めてしまわれたのでしょう。我儘だったとお詫びになって以降、なに一つ不平を口にすることもなく、代わりに個人的なお望みを仰ることもなくなりました」

「…………」

あの分ではきっと、私や使用人がお見舞いさせていただいたのも、使用人としての義務でしたことと思われておいででしょう。

我儘に従ったのも雇われているから仕方なく。

今も雇われているから仕方なく、若様の側にいるのだと。

それなのにそんな者を育ての親だなどと。

情けなさに唇を噛みます。

メイドたるもの、感情を露にするものではありません。

ぐっと手を握りしめ、痛みで心を平静に戻すと、私は空いている手で眼鏡の位置を直します。

「そのような訳で、私のようなものにお気遣いいただく必要はございません」

はっきりと申し上げて頭を下げますと、すかさずサン＝ジュスト様から顔をあげるように声がかかりました。

何やら複雑なお顔をされたあと、顎を一撫ですると、サン＝ジュスト様はふっと口の端をあげられます。

とても柔らかく、こちらを包むような優しい笑みで御座いました。

「我が君も貴方も、私にはよく似ているように思えますな」

「似ている……？」

「はい。我が君は貴方がたに我儘に振る舞ったこと、それにより苦しめたことを後悔しておられ、貴方は我が君に寄り添えず、寂しくさせたことを後悔しておられる。どちらも相手を思うが故かと」

「しかし……」

「私は第三者です。だからこそ見えることがある。そして私には我が君も貴方も、互いを大切に思っているからこそすれ違っているように見える」

「心強いことだ」と、サン＝ジュスト様の穏やかな声が耳を打ちます。

何が、とお尋ねする前に、握り込んでいた方の手を取られました。

「これからは唯々諾々と従うのでなく、必要ならば諫言《かんげん》も辞さず、我が君に寄り添って歩まれるのでしょう？　私もそうするつもりです。同士がいる。これより心強いことが、どこにあるというのです」

「…………っ⁉」

「貴方に敬意を。これから、ともに我が君をお支えしましょう」

そう仰ると、握った私の手の甲にサン＝ジュスト様は唇を落とされ。

まるで貴婦人に対するようななさりように、頬が熱くなるのを止められませんでした。

そして月日は流れて初夏。

「……あのような事をなさって。誤解されたらどうなさいますの？」

「貴方には常に本心で接しています。不都合はありません」

しれっとそのような事を仰るのです。

もうルイ様のお目には絶望もありませんが、強い射るような光もありません。

けれどそのお顔には、ただただ優しく包み込むような、慈しみ深い微笑みが浮かんでいるのでした。

# あとがき

この度は「白豚貴族ですが前世の記憶が生えたのでひよこな弟育てますⅢ」略して「しろひよⅢ」をお手にとっていただき、ありがとうございます。

毎度、ヅカ好き名状しがたい何かなやしろです。

三巻です。

華やかな音楽コンクールや武闘会の裏側で、策謀が蠢き、親子喧嘩の派手なゴングがなりました。

さて、華やかといえばファンタジーに付き物の騎士。

今巻には、鳳蝶に忠誠を捧げ、騎士の誓いを立てる三人組のシーンがあります。

首打ち式（リッターシュラーク）にも様々な作法があるようで、これを書いた当初は色々資料を漁ったものです。

首打ちっていっても剣で肩や首に優しく触れるものから、滅茶苦茶力を込めて肩をぶっ叩くものまで、それはもう色々。骨折した騎士がいたなんて話も目にしました。

誓いの言葉も色々あって、だいたいは誠実であること、裏切らないこと、弱者を守ること、主君の盾であり矛であることを自らに課す形なようです。

武士道とは似てるようで非なるものですね。

こういう華やかさが、中世が好きな所以《ゆえん》なのかもしれません。

まあ、作中世界はどちらかといえば近世に近いんですが。

この巻では他にも会いに行けるアイドルな合唱団も華々しく活躍します。

ええ、私と鳳蝶の愛する「歌劇団」も、もとは「少女合唱団」でした。

菊乃井少女合唱団の少女たちも、清く正しく美しく宝塚のジェンヌさん方と同じく、世界に希望と夢と愛を届けてくれる存在になっていくことでしょう。

新たに加わった使い魔のマンドラゴラの話もしましょうね。

あれの元ネタは徒然草の第六十八段から。

私は便宜上、この話を「大根侍」と呼んでいます。

大雑把にいうと、大根を毎日「万病に効く」と食べていた九州のさるお侍さんがピンチに陥ったとき、助けに来た侍が「自分、大根の精です。恩返しにきました」って言って帰っていく話。

原文も凄く面白いお話なので、是非とも読んでいただければと思います。

協力してくれる冒険者パーティや、砦の兵士たちも新しく仲間に加わりました。

彼らの協力と優しさを得て、二人は手を取り合って未来への道を一歩一歩着実に、成長しながら進んでいます。

これから先も二人と周囲の絆の物語をお届けできれば幸いです。

# 謝辞

この度は「白豚貴族ですが前世の記憶が生えたのでひよこな弟育てますⅢ」をお手にとっていただき、ありがとうございます。

このコロナ禍の中、皆様方のおかげをもちまして無事に三巻の刊行が出来ました。

前二巻から引き続き、素敵な挿し絵や麗しのカバーイラストを担当下さった一人目の神様・keepout様。

ラフの段階ですら神様が降りてる可愛さに、毎度のことながら悶絶《もんぜつ》しております。

コミカライズを担当くださる、二人目の神様・よこわけ様。

こちらもネームの段階ですら、可愛くキラキラなお話に仕上がっていて奇声を発しながら何度も読み返したものです。

そして担当の扶川様。

挿し絵やカバー、コミカライズなどで、私が毎回奇声を発しているのが、出版社の広報Twitterで全国にバレました（笑）。

扶川様も奇声を発していることを、私はここでバラしておきますね！

このように沢山の方々に支えられ、「しろひよ」は出来ております。

多くの方々にいただいたご縁に感謝しつつ、携わって下さった方々、並びに読者の皆様にご多幸をお祈りさせていただきます。

ありがとうございました。

## コミカライズ第一話

# 白豚貴族ですが前世の記憶が生えたのでひよこな弟育てます @comic

shirobuta kizokudesuga zensenokiokugahaetanode hiyokonaotouto sodatemasu@comic


漫画 よこわけ

原作 やしろ

キャラクター原案 keepout

ただいま帰りました
ドタバタ
若様！ご無事ですか！
レグルス様に撥ねられませんでしたか!?
ズドドドド
撥ねられる!?
ここ屋内ですけど……!?
にいに！
ドスッ
ぐふっ!?

レ　レグルスくん…？
にぃに！
れーのこと　おいてっちゃ　めーでしょ！
何この　かわいい生き物！

やだー！
私の弟だったー！

チュン
チュン
今日も見事な
白豚ですね
むにっ
私の1日は
自分の容姿を
確認することから始まる

私こと菊乃井鳳蝶《きくのいあげは》は麒凰《きおう》帝国 菊乃井伯爵家の長男として生を受け今年で5歳
なんて大きなおなか…
5歳に見えないとはよく言われるけれど
この体型じゃあまあ仕方がない
それに実際精神年齢も今の6倍くらいあるのだ
ガチャ
実は私には前世の記憶がある
それが生えたのは今から半年ほど前のこと
流行病にかかり私は生死の境を彷徨《さまよ》っていた

はぁ
はぁ…
ああ熱い
体が熱い
なのに寒気が
止まらない
どうしてこんなことに
なっているんだろう
はぁ…
私は死ぬのだろうか
私…
ザワ
いや「俺」…？
ザワ…
「俺」はもう死んだのか？
「俺」は
日本に生まれた
フツーの男だった

趣味は
料理に裁縫・DIY
ミュージカル鑑賞
いわゆるオトメン
小学校からの親友
「田中」の趣味である
アニメやラノベの
コスプレ衣装製作を
手伝ったり
同人誌の原稿を手伝ったり
メシスタントになったり
社会人になっても
ふたりでつるんで
楽しく暮らしていた
そんな夏のある日
記録的な猛暑の中
3徹明けのテンションで
コミケに参加し豪遊したあと
帰宅したところで
ぶったおれた
…そこで記憶が
途切れているから「俺」は
その時死んだんだろう
たぶん
熱中症で
アホすぎる…

そこで自覚した
そうか…
私は「俺」の
生まれ変わりなんだ
医者の話によると
私は1週間も高熱に魘《うな》され
ぎりぎりのところで
命を取り留めたらしい
この辺りのことは
乳母のロッテンマイヤーさんに
聞いただけなので
よく覚えていない

はっきりしているのは
前の『俺』の記憶を貪《むさぼ》り食って
『私』は生き長らえられたということ
「私」は「私」
もはや「俺」ではないのだ
よし

チリン チリン。
くいっ
乳母
ロッテンマイヤー
じぃぃぃぃ
ボタンもずれてはおられませんきちんとお召しになられています
合格です
はいチェックありがとう

職務でございますから
ふゅ
今日も完璧《かんぺき》な栄養バランス
魚に具だくさんのスープ…前世の記憶をフル活用してリクエストしてよかったー
若様 本日のご予定を確認いたします

朝食後午前中はお散歩とお針子のエリーゼと刺繍
昼食後は庭師の源三と菜園作りおやつを挟みましてお勉強となっております
散歩から戻ったらエリーゼにはこちらから声をかけます
それまでは自由に作業をしているよう伝えてください
承知いたしました
では
しん…。

…………
もぐ‥
……おいしい
おいしいけど………
両親の顔もう1年くらい見ていないなあ

♪
あ・る・こー
あ・る・こー
ふふふふんふ〜
ぽて
ぽて
ぽて
……
ぷよん〜
ぷよよん
ぷよん
歩くたびに
腹の肉が揺れる…
ふふん〜〜〜♪
ぽて。。
ぷよよん
これでも以前よりはマシになったんだけどな〜〜〜
ダイエットもっとがんばらなきゃ
ムンッ!
若様
おはようございます
いい散歩日和ですね
!
おはよーございます

こういう運動を
やり始めた当初は
随分と周りに騒がれた
そりゃあ
驚くよね
前の私では
考えられないこと
だったから
ガシャーン!
そう
前世の記憶が生える前の私は
大変厄介な子どもだったのだ
ご飯をひっくり返すわ
高価なものを壊すわ
いーーやーー!!
野菜やだ!
食べたくない!
おいしくない!
お菓子
持ってきて!
ギャア
ばしゃーん
若様
きちんと栄養を
取りませんと……
やーっ
そりゃ〜〜もう
怪我人が出なくて
よかったってレベル……
当時は暴れれば
大人がみんな言うことを
聞いてくれると
本気で思っていたんだよね
だけど
違うんだよなあ
前世の「俺」の知識や記憶に
触れたからわかる

大人が私の言うことを聞いてくれるのは私の両親が彼らの雇い主でその生殺与奪《せいさつよだつ》を握っているから
ただそれだけのこと
そういうの親がちゃんと教えて躾《しつけ》をするものだと思うんだけど
両親は私に躾を行うこともなく寝床に臥《ふ》せっていても会いに来ず
見舞ってくれたのはロッテンマイヤーさんが声をかけた屋敷に勤める人たちだけ…それもたぶん職務として
つまり私は誰からも愛されてはいなかったのだ
前世の「俺」は両親に愛されていて親友との間に友愛もあった
それだけに愛されていないという事実が胸に突き刺さり
格差に愕然《がくぜん》とした
そして――
ぎゅっ…
あ、あのっ
…
ロッテンマイヤーさん

私を見捨てずにいてくれて
屋敷の人たちに私を見舞うよう声をかけてくれて
ありがとうございました
今まで私が愚かでした これからは…心を入れ替えるから どうか……
見捨てないでください
ごめんなさいしたわー もう全力で
あの時のロッテンマイヤーさん驚いてたな
もちろん屋敷に勤める人たちにもごめんなさいしましたよ
気持ち的には土下座したいくらいだったね

そして
心を入れ替えた証に
屋敷に勤める皆の仕事を
学ばせてもらうことにした
プス
………
プス。
プス。
しんけん
手が小さくて
やりにくい…
若様
ここは～…
最初は疑心暗鬼だった
屋敷の人たちも
1カ月2カ月と続いた頃には
私を受け入れてくれた
と思う
さくっ

今日もきれいだな
スウ…
きょろ
きょろ

シューベルトの
「野ばら」
前の世界で
作られた曲だけど
野にあっても
薔薇は薔薇
花の美しさを讃《たた》えるのに
世界線は関係ないのだ

この世界は前の世界に似たところがある
文化レベルは中世ヨーロッパ並み
だけど地動説は常識で我々の住む星は「地球」と呼ばれている
大陸は4つで言語は似たり寄ったり
麒凰帝国
麒凰帝国は大陸の中央にあって東西の血と文化をうまく取り込み東西融和を掲げた平和国家である……表向きは
長く続いた国家にありがちな腐敗はすべて抱えているし一部の貴族の搾取のおかげで民草は疲弊

恥ずかしながら
「菊乃井家」は搾取する側の
よろしくない貴族らしい――
……なんて
お教えしたのがバレたら
私はクビになって
しまいますねえ
フフッ
この人は家庭教師の
アレクセイ・ロマノフ先生
見ての通り
エルフである
キラ
キラ
まぶし…
アレクセイ・ロマノフ

この世界には
エルフの他に
ドワーフやワーキャット
精霊もモンスターも
魔族もいて
もちろん
魔術だって存在する
ファンタアジーな
世界である
ところで
鳳蝶くん
先日お願いしていた
マントの刺繍は
できていますか？
はい
バサ
これはこれは…
鳳蝶くんは
刺繍が
上手ですねぇ
これは
エルフに伝わる
魔除けの意匠で
この刺繍を
上手にできることが
いいお嫁さんになる
第1条件なんですよ

鳳蝶くんはいいお嫁さんになれます
ありがとうございます
いえ私男なんですけど……
関係ないです…
ではステータスを見てみましょうか
お願いします鳳蝶くん
はい「オープン」
パッ
名前／菊乃井鳳蝶
種族／人間
年齢／５歳
ＬＶ／１
職業／貴族
スキル／調理Ａ 裁縫Ａ
栽培Ａ 工芸Ａ
剣術Ｅ 弓術Ｅ 馬術Ｄ
特殊スキル／青の手 緑の手
……

いやー いつ見ても 貴族のご子息とは思えない スキルですね！
アハハ
剣術や 弓術・馬術は 嗜《たしな》みですけど
調理や 裁縫・栽培工芸って 普通は見ないですよ
おまけに「緑の手」「青の手」って…！
趣味なんですから 仕方ないじゃ ないですか！
プル プル
しかも 前世からの！
笑いすぎでは!?
もう魂に 染みついているとしか 思えない
コスプレ衣装 作ってたし…
緑の手 ＝ 植物の成長を助け その実りを約束する 特殊スキル
青の手 ＝ 裁縫・料理や工芸など 手を使う仕事の 特殊スキル
あと… 日々のお屋敷仕事の 勉強の成果も出ている気も するけども
むーっ

いやいや悪いことじゃありませんよ
もっちもっち
その歳で特殊スキル持ちなんて誇っていいことなんですから……
う
ぶ
もっちもっちもっちもっち
ブッ
アハハハハハ
あーだめだおなか痛い!
笑ってるすごく笑ってる
ひどい
みょ〜〜ん
は〜
もち
もちもち
あの先生…もちもちしないで…
ぱっ
まあなんにせよ熟練系の特殊スキルがあるのは悪いことじゃありません
何が身を助けるかわかりませんからね
……家が没落しても何か手に職があれば生きていけますもんね
イタイ…

ニマ〜〜〜ッ
そうそう
安寧《あんねい》にあって
そういう危機感を
持つのは大事ですよ
ニヤニヤ…
褒められて
ないよねこれ
ムム…
とりあえず
脱ボンクラを
目指そう
くっそう…

## コミカライズ出張版
# おまけ漫画

朝の日課
最近痩せてきた気がする指も細くなったような…!
久しぶりに我慢してたドーナツ食べようかな
フンフン〜♪
さ、レグルスくん
手を洗いましょうねー
ねえにーに
にーにのおてていつもよりぷよぷよしてる!きもちーね!
※悪気ゼロ
自分の目は当てにならんな…
ドーナツやめよ…
ありがとうレグルスくん…
弟の悪意ない言葉が兄のダイエットを密かに支えてくれていた

しろぶたくん
マンガ:よこわけ(藤丘ようこ)
ひよこくん

南国で楽しい夏休み！
のはずが……
にいにに
初春発売決定

緊急事態の第4巻!!
むううぅ……
婚約者《ふぃあんちぇ》え!?
IV
白豚貴族ですが前世の記憶が生えたのでひよこな弟育てます
やしろ
illust. keepout
2021年

楽しい船遊びから一転、
はぇ……
……？
寝起き

アゼリア帝国に
再び訪れたカミルから
なんとダンスのお誘いが――
一緒に踊らないか？
冬、発売決定！
コミカライズ
企画進行中！